KB230588

타로카드 읽는 카페

타로카드 읽는 카페

타로카드 읽는 카페

초판 1쇄 발행 • 2025년 8월 14일

지은이 / 문혜정
펴낸이 / 염종선
책임편집 / 박지영 곽주현 오윤 이주원
조판 / 신혜원
펴낸곳 / (주)창비
등록 / 1986년 8월 5일 제85호
주소 / 10881 경기도 파주시 회동길 184
전화 / 031-955-3333
팩시밀리 / 영업 031-955-3399 · 편집 031-955-3400
홈페이지 / www.changbi.com
전자우편 / lit@changbi.com

ⓒ 문혜정 2025
ISBN 978-89-364-3985-9 03810

타로카드 읽는 카페

문혜정 장편소설

창비

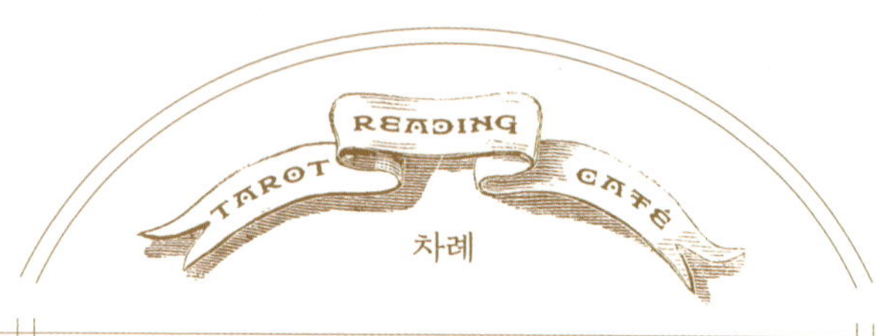

차례

타로를 읽는 사람

"여름에 해외여행을 가도 되는지 궁금해서요."

여자는 큰 고민이라도 되는 것처럼 말했다. 나는 별생각 없이 가벼운 손놀림으로 카드를 섞다가 잠시 멈칫했다.

"아… 여행을 가면 안 되는 다른 이유라도 있으세요?"

이렇게 되물으면서도 내 감정을 그대로 표현할 수는 없었다. 세상에는 다양한 사람이 존재하고 다양한 사람만큼, 혹은 그보다 몇배나 다양한 고민이 존재하는 법이니까. 일단 들어온 질문에 대해서 개인적인 판단은 하지 말자 마음먹고 시작했지만 이런 종류의 질문은 끝까지 파고들지 않아도 알 수 있다.

"제가 시험을 준비하는 중이거든요."

"시험공부를 하고 계시다는 얘기인가요?"

"네, 지금 공부를 하고 있고 시험은 10월이에요. 지금이 6월이니까 7월이나 8월쯤 동남아로 여름휴가를 다녀오고 싶은데 다녀오면 시험 일정이 코앞이라 가면 안 되나 싶기도 하고, 안 가자니 너무 공부가 안 돼서 머리를 식혀야 할 수 있을 것 같고… 그래서 고민이에요. 여름휴가로 해외를 다녀와도 될지."

나는 더이상 카드를 섞지 않았다. 원칙대로라면 질문을 듣고 추가 질문을 통해 질문자의 궁금증을 구체화한 다음 질문자에게 잘 섞은 카드를 건네주고, 질문자는 그 질문을 생각하며 카드를 섞어야 한다. 그후 다시 카드를 나에게 넘겨주면 스프레드 천 위에 카드를 고루 펼치고 질문자에게 몇장의 카드를 고르도록 한다. 그리고 일정한 규칙에 따라 카드를 배열한 뒤 그 상징을 해석하며 조언을 해주는 것이 타로 리더(tarot reader)가 하는 일이다. 원칙대로라면 말이다.

"여행을 다녀오지 않으면 공부에 전혀 매진할 수 없는 상태인가요? 그렇다면 갔다 와서 다시 열심히 공부를 하면 되고, 시험이 걱정스러워서 여행을 가더라도 푹 쉬지 못할 것 같으면 시험이 끝난 후 가시면 되잖아요. 꼭 이번 여름휴가여야 하는 이유가 있나요?"

여자는 이런 질문을 받을 거라 전혀 예상하지 못한 듯 눈을 끔뻑이더니 말을 이었다.

"아… 그것도 그런데, 지금 꼭 가고 싶고, 공부하려고 하면 집중이 안 되고, 그렇다고 떠나자니 말씀하신 것처럼 시험 걱정이 되어서 제대로 쉬지도 못할 것 같고, 갔다 와서 시험을 준비할 시간이 너무 모자라니까 후회될 것 같기도 하고… 그래요."

이런 결정도 스스로 못하는 사람에게 정말 정답이라는 게 존재할까? 지금 이 여자는 무슨 답을 기대하는 걸까? 일단 다녀와라, 그래도 시험에 붙을 것이다라는 긍정적인 답변? 혹은 네가 지금 제정신이냐, 공부나 하라는 혼꾸멍?

나는 조용히 카드 덱을 여자에게 건네주고 질문을 생각하며 섞고 싶은 만큼 섞어달라고 했다. 차라리 내가 신내림을 받은 무당이라면 정신 차리라는 불호령을 내리고 여자를 보내겠지만 나는 그저 타로카드의 상징을 읽고 풀이해주는 리더에 불과하다. 그러니 감정 없이 카드만 읽어주고 보내자.

"시험은 어때요? 난도가 높은 편인가요?"

"네, 일년에 한번만 치르기 때문에 경쟁률은 높고 합격률은 낮은 편이에요."

나는 감정을 섞지 않으려 노력하며 카드 덱을 테이블에 펼치고 여자에게 일곱장을 뽑으라고 했다. 여자는 심사숙고하며 카드를 골랐다.

하지만 카드를 뒤집어보지 않아도 답을 알 수 있다. 그녀는 후회할 것이다. 여행을 가든, 가지 않든. 중요한 건 여행이 아니기 때문이다. 그렇게 어렵고 까다로운 시험을 앞두고 이런 고민을 하는 사람이라면 보지 않아도 뻔하다. 공부를 열심히 하고 있다면 여행 생각이 날 리가 없다. 스트레스가 쌓여서 이렇게는 더 버틸 수 없다고 생각한다면 일단 아무 생각 없이 여행을 다녀와서 집중하면 된다. 그것만이 이 질문에 대한 유일한 답이 될 수 있다. 그러나 어느 쪽도 그녀가 원하는 답이 아니기 때문에 어떤 신비로운 힘을 가진 계시를 필요로 하게 된 것이다.

나는 그녀가 뽑은 일곱장의 카드를 공식에 맞춰 하나하나 뒤집으며 제자리에 놓았다. 그 카드들이 무슨 뜻인지도 모르면서 여자는 "어머, 어머, 어떡해!" 같은 감탄사를 내뱉었다. 타로카드를 읽으면서 가장 재미없는 순간이 바로 이런 때이다. 바보 같은 질문, 타로카드에 물을 필요가 없는 질문을 하는 사람들을 보며 그들의 카드를 읽어주어야 할 때.

"지금 질문자님은 그게 궁금한 거예요."

"왜요? 뭐래요?"

빙의된 신이 내 귀에 속삭이는 말을 빨리 전해달라는 듯 여자는 안달복달했다.

"휴가를 다녀와서 시험에 떨어지더라도 후회하지 않을 자신이 있는지, 그게 궁금한 거라고요."

나는 카드를 보지도 않고 말했다. 여자는 용한 무당이라도 만난 듯 나를 보며 또 한번 "어머, 어머" 감탄했다.

"공부를 안 하고 놀러 가면 나중에 그 순간들이 후회스러울까봐, 이 카드가 괜찮다고 하면 그걸 핑계로 놀러 가고 싶은 거잖아요."

그녀는 순진한 표정으로 고개를 세차게 끄덕였다.

"그런 마음이면 어차피 놀러 가도 마음 놓고 쉬지도 못해요. 어딜 간들 시험 걱정 때문에 제대로 놀지도 못하고, 돌아와서도 그때 그냥 공부할걸 내가 왜 갔지 하고 후회할 거라고요."

"그럼 어떡해요?"

"공부하세요. 공부하고, 10월에 시험 끝나고 가세요, 휴가. 동남아라면 겨울에 가도 상관없잖아요."

"떨어지면요?"

"가고 싶으면 가는 거죠. 어차피 다음 시험은 일년 후인데."

"아…"

여자는 굉장한 깨달음을 얻었다는 듯 나와 눈을 마주치며 천천히 고개를 끄덕이더니 지폐 한장을 내밀었다.

"감사합니다."

나는 무미건조하게 지폐를 받아 노트 사이에 끼워두며 그녀에게 상담 종료 사인을 보냈다.

"저 시험 보고 다시 한번 올게요. 너무 잘 보신다, 어머머."

여자는 함박웃음을 지어 보이고는 무언가 여운이 남은 듯한 얼굴로 나에게 묵례를 하고 가게 문을 나섰다.

돈 벌기 참 쉽네. 나는 그녀의 뒷모습을 바라보며 씁쓸한 기분이 들었다. 왜 이런 생각을 혼자서는 못하는 걸까. 놀 생각 그만하고 공부나 해,라는 말을 분명히 다른 사람에게서도 들었을 텐데. 그녀는 그 조언에 어떤 표정으로 반응했을까?

펼쳐져 있는 그녀의 카드를 내려다보았다. 사실 카드를 해석하는 것이 별 의미가 없었지만 딱 하나, 소드 7 카드가 눈에 들어왔다.

일명 도둑 카드.

속임수, 비겁한 행동으로 해석하기도 한다. 연애운에 대한 질문에 이 카드가 들어오면 연인이 나를 속이고 있거나 그러려는 것은 아닌지 의심해보라고 조언하고, 금전운에 대한 질문에 이 카드가 나오면 주변에 금전 사고가 날 가능성은 없는지 주의하라고 조언한다.

그녀의 경우엔 어떨까?

그녀는 스스로를 속이려 들었다. 노력은 하지 않으면서 결과의 달콤함만을 꿈꾸는 사기꾼이 꼭 바깥에만 있는 건 아니다. 어쩌면 우리를 가장 자주 속이는 건 자기 자신일지도 모른다. 그리고 나는 그녀가 올여름 휴가 계획을 짜기 시작했으리라 짐작했다. 내가 그녀에게 일년의 유예기간을 주었기 때문이다. 내 한마디로 그녀의 시험 준비 기간은 사개월에서 십육 개월로 늘어나버렸다.

사기꾼은 나였는지도 모르겠다.

Seven of Swords

소드 7

반칙이나 속임수, 부정을 암시한다.
불성실하고 책임을 회피하며 다른 사람을 속인다.

강렬한 감을 가진
나약한 인간

작은 자취방의 문을 열쇠로 잠그며 다음 달엔 꼭 도어록을 사다 달아야지 마음먹었다. 아무리 작고 하찮은 것들만 있는 곳이라도, 그래서 도둑 걱정은 할 필요가 없는 곳이라도, 주인인 나만은 그렇게 취급하지 말아야겠다고 생각했다. 무엇도 지킬 필요가 없는 곳에 사는 사람이라고 생각하니 나 자신도 하찮아지는 것 같았기 때문이다.

"이 동네 뭐 훔쳐 갈 거 있나? 그래서 여기는 도둑도 없어. 문 안 잠그고 다녀도 돼. 아주 청정지역이야!"

이 집을 계약하기로 결정한 날, 현관문의 열쇠 잠금장치를 보고 마스터키 같은 건 따로 없냐고 묻자 집주인은 그냥 '없다'고 담백하게 대답하는 대신 저런 쓸데없는 농담을 늘어놓았다. 그는 그렇게 어물쩍 넘어가더니 계약서에 도장만 꽝 찍고는 고급 세단을 타고 떠났다.

"저 양반한테 뭘 기대하지 마. 그냥 월세가 싼 대신에 불편한 점이 있구나, 하면 돼요. 물 새고 불난 거 아니면 알아서 처리하라고 할 거야. 저 양반은 여기 말고도 집이 아주 많아서 세입자들한테 크게 신경 안 써. 그게 아가씨한테는 더 좋은 일일 수도 있지 뭐. 괜히 윗집 아랫집 살면서 감 놔라 배 놔라 하는 집주인들보다 편해. 정 불편하면 나중에 아가씨가 도어록으로 바꿔 달아."

부동산 중개인 말대로 그동안 내가 본 다른 곳들과 비교해서 월세가 월등하게 낮은 이 집은 작고 낡고 어둡고 어딘지 모르게 얼룩덜룩한 느낌이 있었지만 싼 월세 덕에 세입자가 금방 채워진다고 했다. 중개인은 이 집이 매물로 나오자마자 보러 온 내가 운이 좋다고, 그러니 다른 사람이 채 가기 전에 얼른 가계약부터 걸라고 꼬드겼다.

첫 독립, 첫 자취방을 구하는 일이라 무엇부터 보고 비교하고 협상해야 하는지 인터넷에서 글로만 배운 나였기에 혹시 도배랑 장판은 해주시냐고 말을 꺼내봤지만 이렇게 싸게 내주는 집에 그런 것까지 해주면 남는 게 없다며 집주인은 불룩한 배가 들썩일 정도로 버럭 소리쳤다. 나는 몇집 보지도 않았지만 이미 지칠 대로 지쳐버려서 그 버럭 소리를 듣고는 순순히 계약을 해버렸다.

돌아보는 집마다 똑같은 질문을 해야 할 텐데 그때마다 집주인들이 버럭버럭하는 소리를 들을 자신이 없었다. 헤어진 남자 친구가 늘 말했던 나의 '나약한 정신 상태'가 이런 것일까.

그는 나를 가장 잘 아는 사람이었지만 동시에 나를 가장 모르던 사람이기도 했다. 나는 세상의 이야기들이 대체로 어떻게 흘러갈지 예상을 잘 하는 편에 속한다. 어떤 사람은 처음부터 끝까지 이야기를 듣고 난 이후에야 비로소 그 전말을 파악한다. 어떤 사람은 중반까지 듣고 나면 그 이후의 이야기가 어떻게 흘러갈지 파악하고, 어떤 사람은 끝까지 듣고 나서도 누군가 '이건 이렇고 저런 저렇다'고 붙잡고 설명해줘야 '아…' 하며 고개를 끄덕인다. 나는 아주 예민하게 이야기의 앞뒤를 금방 알아차리는 사람이다. 기승전결의 이야기가 있다면 '기'를 다 듣기도 전에 '결'을 느끼는 타입.

나는 단순히 서사만을 듣는 것이 아니라 이야기의 서두를 여는 화자의 얼굴, 표정, 목소리, 눈빛, 손짓, 옷차림, 걸음걸이, 제스처, 소지품, 얼굴에 진 주름 형태, 머릿결, 향기 등 무수히 많은 정보를 함께 본다.

물론 이걸 특별한 재능이나 재주라고 생각하지는 않는다. 누구나 신경 쓰면 알 수 있는 것들이다. 다만 나에게는 그것을 굳이 의식하지 않아도 훨씬 민감하게 받아들이는 정보처리 장치가 내재되어 있는 것 같다고 생각할 뿐이다.

위기의 순간마다 이 장치는 유리하게 작용했다. 나에게 접근하려는 사기꾼들을 초반에 걸러낼 수 있었고, 좋지 않은 영향을 끼칠 법한 친구들을 멀리할 수 있었고, 도망쳐야 할 순간이 눈앞에 닥치기 전에 도망칠 여유를 벌 수 있었다.

윤주는 이런 나를 '겁쟁이'라고 표현했다. 해보지도 않고 도망친다고. 하지만 나는 해보지도 않고 도망친 게 아니라 결론을 알면서 굳이 예정된 실패를 확인하고 싶지 않았다. 나에게는 그런 능력이 있었고 그에게는 없었을 뿐이다. 다만 그것이 정확히 어떤 능력인지, 어떤 감인지, 어떤 메커니즘으로 작동하는 것인지 설명하고 이해시킬 재주가 없었다.

그걸 나약하다고 말하는 이는 타인에 대한 이해가 부족한 사람이다. 자신에게 그런 능력이 없다고, 자신은 그런 것을 느껴본 적이 없다고 나에게 분명히 존재하는 것을 부정하는 사람은 자신이 느끼는 세상이 전부라고 판단하는 오만한 사람이리라.

우리는 그렇게 헤어졌다. 서로에게 나약하고 오만하다는 평가를 내리며. 한때는 사랑했고 여전히 사랑하기 때문에 더욱 가혹한 평가를 내릴 수밖에 없는 사이가 되어서.

아이러니하지만 이런 이별은 흔하다.

뾰족한 전자음을 내며 카페 도어록이 열렸다. 나의 작은 타로가게는 동네 카페 한구석에 세 들어 있다. 가까운 선배가 친한 친구가 하는 카페라며 소개해준 곳이다.

내 자리는 앤티크 가구 거리에서 발품을 팔아 구입한, 120센티미터 정도 폭의 오십년 된 빈티지 책상이다. 이 카페의 사장 언니가 자리를 빌려주며 말했다. 다른 건 다 마음대로 써도 되지만 책상만은 네 것을 가지고 왔으면 좋겠다고. 그리고 그 책상은 왠지 사연이 많아 보이는, 상처 가득한 고재로 만든 것이면 더욱 좋겠다고 덧붙였다. 왜냐고 물었더니 그녀가 싱긋 웃으며 말했다.

"무언가 더 그럴듯해 보이잖아?"

그럴싸한 이유라고 생각해서 나는 흠집이 많은 이 책상을 백만원 남짓 주고 샀다. 통장 잔고를 탈탈 털어도 책상 값의 반도 되지 않아 종종 아침 일찍 카페 문을 대신 열어주는 조건으로 그녀에게 무기한 대출을 받긴 했지만.

어디까지가 그녀의 계획이었는지는 모르겠으나 내 것이 아닌 공간에 나의 물건을 하나 채워 넣는 것으로 나름대로 이곳에 주인의식을 갖게 되었고, 사장 언니는 몇년간 자신을 괴롭히던 이른 오픈에서 벗어나 아침잠을 만끽할 수 있게 되었다. 서로에게 '윈윈'이라 생각하며 매일 정해진 곳으로 출근하게 된 게 벌써 반년이 지났다. 그러니까 그, 윤주와 헤어진 것도 그즈음이었다.

창문을 열어 환기를 하고 각종 머신들을 켜고 셀프바에 물과 시럽, 빨대와 종이 냅킨을 채우고 입구에 걸린 안내판을 오픈으로 돌려놓으면 준비는 끝이다. 이제 사연 많아 보이는 내

자리에 가만히 앉아, 새롭지만 새롭지 않은 사연을 듣고 오는
사람들을 맞이하면 된다.

The Hanged Man

매달린 사람

손과 발이 묶인 채 나무에 거꾸로 매달린 사람의 머리에 후광이 비친다.
오히려 새로운 관점으로 세상을 바라볼 수 있다.

그 사랑의 이름

오늘은 더이상 손님이 없을 것 같았다.

카페는 신혼부부나 노부부 들이 주로 사는 작은 빌라가 대부분인 골목 안쪽에 있다. 그래서 저녁 식사 시간쯤 되면 골목을 지나다니는 사람이 눈에 띄게 줄어들고 손님도 거의 드나들지 않는다. 사장 언니도 해가 저물면 좋아하는 책을 읽으며 시간을 보낸다.

그녀는 아침에 반갑게 인사를 나누고 나면 그뒤에는 나에게 별 관심이 없다. 해야 할 일을 하고 손님이 오면 마실 것을 내준다. 말동무가 필요한 날은 커피 두잔을 내려 내 낡은 책상 맞은편에 앉아 수다를 떨기도 하지만 '타로점'을 봐달라고 한 적은 한번도 없다. 우리는 그냥저냥 사이가 좋은 듯 어색한 듯, 서로에게 관심이 있는 듯 없는 듯 미적지근한 관계로 육개월을 함께 지냈다. 사교적이지 않은 성격 탓인지 나는 그런 관계가 전혀 불편하지 않았고 다행히 그녀 역시 그런 듯했다.

저녁 시간이 되면 나는 내 자리를 대충 정리하고 오늘 하루 마신 찻값을 결제한 뒤 퇴근했다. 내가 이 자리의 임대료로 치르는 금액이었다. 아무리 건너건너 아는 사이라지만 이건 좀 소략한 거 아닌가 싶어 임대료에 대해 말을 꺼내봤지만, 그녀는 그냥 "잘되면 더 내"라고 할 뿐이었다. 내 덕에 손님이 늘어나면 본인에게도 좋은 일이라면서.

시끌시끌하게 이야기를 나누며 차를 마시던 이들이 서로 약속이나 한 듯 스르르 빠져나가고 더이상 손님이 올 기미가 없어 보이기에 스프레드 천을 천천히 반으로 접고 있는데, 한 여자가 터벅터벅 걸어 들어왔다. 카페로 들어서는 그녀와 잠시 눈이 마주쳤지만 크게 신경 쓰지 않고 카드를 실크 주머니에 넣었다. 그렇게 짐을 다 정리하고 일어서려는데 주문을 하고 자기 자리를 찾아가던 손님이 나를 불렀다.

"혹시 여기서 타로카드도 볼 수 있는 거예요? 오늘은 끝났어요?"

잠시 내가 얼마만큼 배가 고픈지, 집에 가면 먹을 게 있는지 떠올려보다가 그녀를 마지막 손님으로 받고 오늘은 햄버거를 사 먹기로 마음먹었다.

"봐드릴게요. 여기 앉으세요."

그녀에게 맞은편 의자를 꺼내 손짓하고 나도 다시 자리에 앉아 타로카드와 스프레드 천을 주섬주섬 꺼냈다. 어느새 토스트와 뜨거운 커피를 내 온 사장 언니가 바로 옆 테이블에 쟁반을 내려놓고 갔다.

꽤 배가 고파 보이던 손님은 내게 말을 거는 순간 식욕 자체가 사라진 모양인지 옆에 놓인 토스트와 커피는 돌아보지도 않은 채 내 손동작을 가만히 바라보고 있었다. '빨리요, 빨리!'라고 재촉하는 듯한 눈빛이었다. 나는 능숙한 손길로 카드를 섞으며 물었다.

"어떤 게 궁금하세요?"

손님의 눈빛에는 경계까지는 아니지만 약간의 망설임이 묻어 있었다. 익숙한 표정과 상황이다. 질문을 하려면 필연적으로 숨기고 싶은 욕망, 남에게 말하기 부끄러운 사건 사고, 결정하지 못하는 우유부단함을 어느 정도는 드러낼 수밖에 없다. 돈을 받고 누군가의 고민이나 문제에 조언하는 일을 하는 사람은 제3의 공간 같은 존재이다. 여기에 양가감정이 발생한다. 일면식도 없는 사람에게 자신의 치부를 얼마만큼 솔직하게 드러내야 하는가에 대한 고민과, 오히려 접점이 없는 타인이기 때문에 모든 걸 털어놓아도 되지 않을까 하는 달콤한 유혹이다.

대부분의 사람들이 자신을 얼마나 노출해야 하는지 치열하게 고민한다. 일단 다 털어놓기로 마음먹으면 부담스러울 정도로 내밀한 이야기들이 마구 쏟아지지만 몹시 폐쇄적인 사람을 만나면 그의 진짜 고민을 알아내기 위해 추가적인 질문에 질문에 질문을 몇번이고 던져야 한다.

"저… 연애…에 대한 부분인데요."

눈앞의 손님이 조심스레 이야기를 꺼냈다. 처음 이 일을 시작할 때만 해도 "연애 어떤 거요?"라고 바로 되물었지만 이제 나는 가만히 듣는 쪽을 선호한다. 그리고 눈으로 말한다. 그래요, 연애의 어떤 부분이 궁금한가요. 세상의 연애에는 수도 없이 많은 종류가 있는데요.

"제가 지금 만나는 분이 있는데…"

그녀는 목이 타는지 옆 테이블로 손을 뻗어 자신의 커피를 한모금 꿀꺽 삼켰다. 우리가 서로 망설이며 시간을 보내는 동안 커피는 이미 미지근하게 식은 듯했다.

"음… 지금 만나는 분이 있는데, 헤어진 분이 자꾸 마음에 들어와요."

그녀가 슬쩍 내 눈치를 봤다. 나는 편안하게 이야기할 수 있도록 카드 쪽으로 시선을 옮겼다.

"그러니까, 연락이 오면 만나요. 만나면 좋고. 하지만 지금 만나는 분도 좋은 분이거든요. 좋은 분이고… 잘해주시고 다 좋은데…"

"그런데요?"

"그런데 헤어진 분도 만나면 또 좋거든요. 연락이 오면 제가 안 받으면 되죠. 그러면 되는 거 저도 아는데, 제가 자꾸 연락을 받아요. 받고 나서 만나고, 그럼 마음이 안 좋고, 지금 만나는 분한테도 죄짓는 거 같고. 그런데 연락을 끊으려고 하면 또 오거든요.”

그녀는 도돌이표 같은 이야기를 괴로운 표정으로 읊었다. 세상에는 수많은 종류의 연애가 있고 다양한 형태의 연인이 있지만 질문자의 경우를 굳이 분류하자면 ‘양다리’였다. 이분 저분 극존칭을 쓰고 갖가지 수식어를 갖다 붙여도 이 이야기는 결국 ‘양다리’로 분류될 것이다. 그러니 굳이 ‘저도 알아요’라든가 ‘좋은 분인데’ 하는 말을 덧붙이는 거겠지.

“그럼 질문하시려는 게, 지금 만나는 분을 정리하고 이전 분을 다시 만날까 하는 건가요?”

염불처럼 중얼중얼 반복되는 그녀의 일상 고백에 내가 끼어들었다. 둘 다 손에 쥐고 있어도 되나요,가 질문은 아닐 거잖아. 설마.

“아… 질문을 그렇게 해야 하나요?”

여자가 탁해진 눈빛으로 내게 물었다.

“그럼 반대인가요? 헤어진 분을 깔끔하게 정리하고 지금 만나는 분에게 올인할까 하는 질문이세요?”

설마 진짜 양다리를 계속 걸쳐도 되냐는 질문이야?

“아… 그럼 그렇게 해야 하나요?”

왜 다들 자신의 고민을 정리하려고만 하면 이렇게 모국어를 이해하는 데에 문제가 있는 사람처럼 변하는지 모르겠다.

"글쎄요. 어떤 게 궁금한 건지 먼저 자신의 질문을 정리해주셔야겠죠? 저는 타고난 사주팔자를 풀이해드리거나 신이 내려서 무언가를 줄줄줄 얘기할 수 있는 사람은 아니에요. 내 마음 나도 모르는데 내 마음이 뭐죠, 하는 질문에는 답할 수가 없어요. 궁금한 것, 답을 정해야 하는 것에 대해 질문하고, 그 질문에 대한 카드를 직접 뽑으시면 저는 그 카드의 상징을 해석해드릴 뿐이죠."

그녀는 다시 한번 커피를 들이켰다. 잠시 말없이 내리깔고 있던 멍한 눈빛에 일순간 탁 하고 불이 들어오듯 생기가 떠오르더니 말을 이었다.

"네, 그럼 그걸 질문하고 싶어요. 지금 만나는 분을 정리하고 헤어진 분을 만나면 다시 잘 만날 수 있을지."

나는 고개를 작게 끄덕이고 카드를 섞으며 물었다.

"그럼 혹시 그분과는 왜 헤어졌는지 이야기해주실 수 있어요?"

손님의 입술이 달싹거렸다. 다시 어디까지 솔직해져야 하는지 고민하는 것이다.

"그냥, 그런 거 있잖아요? 저는 자주 연락하고 만나고 표현하는 게 좋은데 그분은 그런 걸 부담스러워했어요. 그래서 다시 만나도 제가 또 외로워지지 않을까 걱정이 되고, 똑같은 문제로 또 싸우지 않을까 싶기도 하고요. 지금 만나는 분은 다정하고, 그런 부분에 있어서 전혀 부족함을 느끼지 않거든요."

"그런데 왜 헤어진 분을 다시 만나고 싶어요?"

"모르겠어요. 거절하지 못하겠어요. 연락이 오면… 만나고 싶고, 만나야 할 것 같고. 그런데 그분도 지금 만나는 사람이 있거든요."

"네?"

갑자기 뒤통수를 세게 맞은 기분이 들었다. 내가 너무 황당해하는 표정을 지으며 되물었는지 그녀는 입을 다물었다. 괜히 자신에게 불리한 정보를 내어준 것은 아닌가 걱정하는 모양이었다.

"그럼 질문을 바꿔야 하지 않나요? 질문자님의 마음만 정하면, 그가 현재 만나는 사람을 정리하고 돌아오겠다고 이야기 했어요?"

"아니요. 그런 얘긴 안 했어요."

"그런데 왜 다시 그분을 만나도 될까요,라는 질문을 하죠? 그분은 현재 사귀는 사람과 정리할 의사가 전혀 없을 수도 있잖아요. 그렇게 되면 이 질문은 성립 자체가 안 되는데."

"아… 그런가요? 그럼 어떻게 질문하면 되죠?"

여자의 눈빛이 불안함이라는 바람에 흔들리는 촛불처럼 일렁거렸다.

"그가 현재의 연인을 버리고 나에게 올 가능성이 있는지, 그 남자의 마음에 내가 있는지, 그게 먼저 확인되어야겠죠."

그리고 그건 확인하지 않아도 알 수 있지. 애초 그럴 마음이 있었다면 그는 지금 혼자일 테니까.

"네, 그럼 그 질문으로 할게요."

나는 카드를 그녀에게 넘겨줬다.

"질문을 생각하면서 섞고 싶은 만큼, 섞고 싶은 방법으로 섞어서 저에게 다시 주세요."

그녀는 작은 한숨을 내쉬고 천천히 카드를 섞었다. 저 카드에는 지금 그녀의 마음이 쌓이고 있을 것이다. 헤어진 연인에 대한 미련, 그가 자신을 다시 찾아줬으면 하는 바람, 그런다 해도 채워지지 않을 마음의 공허함 같은 것들이.

몹시 탁하고 끈적거리고 지저분한 감정이다. 감정은 수채화 물감과도 같아서 여러 색이 섞이면 섞일수록 탁해진다. 처음의 색은 무엇이었는지 알아볼 수도 없이 뒤섞여 빛을 잃어버린다.

내가 그녀에게서 돌려받은 카드를 펼치자 그녀는 신중히 자신의 카드를 골랐다. 뒤집는 카드마다 빛을 잃은 감정들이 엉겨 붙어 있는 것 같았다.

"그는 권위적이고 제멋대로이고 나쁜 남자였을 것 같아요. 매력은 있지만."

첫마디에 그녀가 고개를 끄덕였다.

"질문자님은 다정하고 감성적이고 세심하기 때문에 그런 남자분에게 외로움을 느꼈을 거고요."

"네."

“만약 그게 헤어진 이유라면 그는 바뀌지 않아요. 지금 현재 질문자님에 대한 마음 역시 카드에서는 깊게 느껴지지 않고요. 여전히 제왕적이고 제멋대로예요. 질문자님의 감정과 상황에 상관없이 연락하고, 또 끊잖아요. 만약 정말 질문자님과 재회하고 싶은 거라면 지금 만나는 분을 정리했겠죠. 그리고 돌아오라고 했을 거고요.”

“그렇죠.”

“이 관계에서 가장 잘 풀릴 수 있는 방법은 딱 하나예요. 둘 다 현재의 연인과 헤어지고 다시 만나는 것.”

“……”

“하지만 한번 헤어졌다 만난 연인은 처음으로 돌아갈 수 없어요. 재회한 시점부터 다시 새로운 관계가 시작되는 거예요. 헤어졌다는 과거를 지닌 관계죠. 전과 똑같은 문제가 발생할 수 있고, 똑같은 문제로 헤어질 수도 있다는 것을 알고 있는 관계요. 그렇지만 이건 최악이 아니에요. 최악의 관계는 둘 다 현재의 연인 관계를 유지한 채 몰래 또다른 관계를 시작하는 것이죠.”

“……”

“지금 그 남자분과 맺고 있는 관계에 대해 다른 사람들에게 떳떳하게 이야기할 수 있나요? 그 관계를 타인에게 인정받을 수 있나요?”

“……”

"아니요. 없을 거예요. 그러니까 괴로운 거고요. 이 문제는 어떤 식으로 결론이 난다 해도 좋지 않기 때문에 아무것도 결정할 수 없는 거예요. 그가 나를 다시 받아줄지 아닐지도 모르는 상황이고, 돌아간다 해도 이전의 괴로운 기억만 반복될 테니. 확실한 건, 그는 질문자님을 사랑하지 않는 것 같아요."

"그럼 지금 사귀는 사람은 사랑하고 있는 건가요?"

내가 한숨을 쉬었다. 사랑은 언제나 사람을 바보로 만들지.

"그건 다시 카드를 뽑아봐야겠죠? 또다른 질문이니까요. 하지만 사랑하는 여자를 두고 다른 여자에게 한눈파는 남자가 있을까요? 적어도 그분은 사랑을 모르거나, 사랑할 줄 모르는 사람인 것 같아요. 사랑 안 해보셨어요? 그 사람 말고 다른 사람에게 쓸 에너지가 남아 있던가요? 온통 그 사람만 생각나고, 시간이 나면 그 사람만 만나고 싶고, 그렇지 않아요?"

그녀는 답하지 않고 조용히 값을 치른 뒤 옆 테이블로 건너가 식어버린 자신의 저녁을 천천히 꼭꼭 씹어 먹었다. 왠지 그녀를 두고 혼자 훌쩍 나가버릴 수 없어서 내 자리에 그대로 앉아 있었다. 그렇게 한참을 멍하게 있던 여자는 왔던 모습 그대로 힘없이 터벅터벅 걸어 나갔다.

사랑은 그 어떤 감정보다 순수하고 촘촘한 에너지를 주고받는 과정이다. 양다리를 걸치는 것 역시 진짜 사랑은 아닐지라도 유사한 감정을 양쪽으로 분배해야 할 테니 남는 힘이 없었을 것이다. 주는 만큼 받아야 채워질 텐데. 오는 것이라도 제대로 받았다면 모를까, 그녀는 자신을 향한 진짜 애정마저 그냥 흘려보내버렸다.

"그런 자식들은 왜 여자한테 인기가 많을까?"

접시와 컵을 치우며 사장 언니가 혼잣말처럼 중얼거렸다.

"글쎄요. 갖고 싶은데 가질 수 없다는 사실이 소유욕을 자극해서?"

스프레드 천을 접으며 내가 말했다.

"소유를 할 수 있나, 사람을?"

나는 대답하지 않았다.

내 사람. 내 사랑. 내 연인. 내 모든 것.

나 역시 그렇게 애지중지 모시던 감정이 있었고 그것의 주체가 되는 사람이 있었다. 그 사람도, 그 사람에 대한 감정도 여전히 존재하지만 그것들은 공중에 뿌린 모래처럼 뿌옇고 가볍게 어디론가 흩어져버렸다. 하지만 사라지지는 않았다. 그게 내 괴로움 중 하나였고.

"내일 봐."

언니가 싱긋 웃어주었고 나도 작게 미소 지어 보이며 인사를 대신했다. 문을 나서는 순간 주머니 속 휴대전화가 부르르 울렸다.

저녁 안 먹었으면 같이 먹을래?

그의 메시지였다.

Three of Swords

소드 3

슬픔으로 상처 입은 마음.
피할 수 없는 문제를 맞닥뜨리게 된다.

하는 척하지만
하지 않음

결국 메시지에 답을 하지 않은 채로 잠을 설쳤다.

잠을 설치게 한 그 감정이 순수한 것이라고는 말할 수 없다. 대학 때부터 무려 십삼년이나 '연인'의 이름으로 지내온 남자와 언제나 그렇게 좋지만은 않았다. 권태기도 있었고 권태기보다 힘들었던 자격지심의 기간도 길었다.

윤주와 나는 연인으로서 조화를 이룬다기보다 서로 가진 조건이 티 나게 차이 나던, 여러모로 부조화한 커플이었다. 어쩔 수 없이 주변 사람들, 특히나 가까운 사람들의 입에 술안주처럼 오르내렸다. 그들에게 악의가 있어서, 윤주에 비해 부족해 보이는 내가 꼴 보기 싫어서 그런 건 아니었을 거다. 사람들은 별생각 없이 타인의 약점을 수다의 주제로 삼고는 한다. 우리는 그 주제로 참 좋은 '거리'였던 것이다. 어느 순간부터는 나도 익숙해져서 사람들의 수군거림이나 평가에 신경 쓰며 스스로를 괴롭히지는 않게 되었지만 십삼년이라는 긴 시간 동안 그와 함께한 모든 순간이 순도 높은 행복으로만 가득하지는 않았다.

그러니 지난밤 내가 쉽게 잠들지 못한 건 오래된 연인과의 새로운 시작에 대한 기대나 참고 있던 그리움의 폭발 같은 고차원적인 감정 때문은 아니었다. 하루가 지나고 다시 떠올려보니 그건 우월감이었다. 아, 그가 아직 나를 잊지 못하고 있구나. 냉정히 돌아선 줄 알았더니 내 생각에 괴로운 날들도 있구나 하는 낯선 감정에 대한 만족감.

뒤척이며 잠깐 잠들었다가 깨어난 새벽, 주황빛으로 시작해 점점 하얗게 밝아지는 아침 해를 멍하니 바라보다 생각했다. 이건 아주 오랜만에 느끼는 자극에 대한 설렘이구나. 그 이상도, 그 이하도 아니구나. 그리고 어쩌면 그도 그럴지 모르겠다. 그런 생각이 들자 뒷머리 한쪽이 차갑게 식으면서 뿌옇게 나를 감돌던 잠기운이 완전히 사라졌다.

"거 나도 한번 봐줄 수 있소?"

초로의 남자 손님은 옆 테이블에서 앞선 손님과 나의 상담을 지그시 지켜보다가 그 손님이 자리를 뜨자 내게 말을 건넸다.

"타로카드요? 물론 되죠."

나는 그에게 내 맞은편으로 와 앉으라고 눈짓했다. 하지만 그는 여전히 자기 자리에 앉아 팔짱을 끼고 웃으며 말했다.

"아니, 그냥 여기서. 나는 여기 앉아서 할게요. 한번 해보쇼."

나긋나긋 부드러운 말투였지만 무례한 태도였다. 자신의 질문에 대한 답을 찾기 위해서가 아니라 내가 하는 일에 호기심이 생겨 구경이나 한번 해보고 싶다는 뜻이었다. 나는 카드 덱을 테이블 위에 탁 내려놓았다.

"여기 앉으셔야 카드를 섞고, 뽑기도 하죠."

날선 내 목소리가 들렸는지 사장 언니가 카운터 뒤에서 슬쩍 이쪽을 쳐다보는 게 느껴졌다. 하지만 이내 관심 없다는 듯 다시 카운터 너머로 사라졌다.

"여기서 하면 안 되나? 허허."

그는 쑥스럽다는 듯 웃으며 내 맞은편 자리로 옮겨 왔다. 옮겨 오기는 했지만 묘한 자세였다. 분명 의자에 엉덩이를 얹어 두긴 했지만 떨어질 듯 말 듯 슬쩍 걸친 채 몸통은 원래 앉아 있던 테이블 쪽으로 틀어져 있었다. 그러니까 여차하면 도망가기 좋은 자세랄까? 게다가 여전히 팔짱을 낀 채였다.

얌전히 빗어서 포마드로 발라 넘긴 회백색 머리칼, 베이지색 점퍼, 얼룩 하나 없이 깔끔하게 다림질한 연회색 바지, 편안해 보이는 흰 운동화까지. 인자한 눈웃음이 기본으로 장착된, 처음 보는 사람이 갑자기 길을 물어도 친절히 안내할 것 같은 인상 좋은 노인이었지만, 그는 온몸으로 '나는 이런 것을 진지하게 생각하는 사람이 아니야. 그냥 호기심이야'라는 티를 팍팍 내고 있었다. 온화해 보이지만 고집이 셀 것 같았다.

"궁금한 게 있으세요?"

나는 바로 본론으로 들어갔다. 노인은 여전히 허허 웃으며 쑥스러운 듯 대답했다.

"아니, 그냥. 이런 건 한번도 해본 적이 없어서."

"타로카드는 신점이나 사주와는 달라요. 선택을 해야 한다거나, 답을 모르겠는 일이 있을 때 그것에 대해 질문하고, 질문하신 분이 직접 카드를 뽑고, 저는 뽑힌 카드의 상징을 해석해드리는 식으로 진행됩니다. 질문이 없으시면 진행하기가 어려워요."

노인은 눈을 슬쩍 감고는 내 이야기를 진지하게 듣는 건지 흘려듣는 건지 알 수 없는 표정으로 음, 하며 고개를 끄덕였다. 나는 더 설명하지 않고 가만히 기다렸다.

"그냥 봐줄 수는 없나?"

그가 다시 눈을 뜨고는 눈웃음을 장착한 채 부드럽게 물었다. 역시 고집이 세군.

"얼굴만 보고 무슨 문제가 있는지 알아맞힐 수는 없어요. 생년월일만으로 운세를 풀어드릴 수도 없고요. 타로카드는 필연적으로 궁금한 것이 있어야 해요. 내가 답을 내지 못한 것에 나를 대신해 타로카드가 답변하는 거죠."

그는 다시 눈을 감고 내 얘기를 들었다.

"그,"

노인이 그제야 눈을 뜨고 나를 바라봤다.

"그러면, 그, 그걸로 한번 해보지."

나는 카드를 섞기 시작했다.

"내가 지금 뭘 배우고 있는데 그걸 계속해야 할지 말아야 할지, 그걸 좀 물어보지?"

"지금 뭘 배우고 계신데요?"

"그 좀, 뭘 배우는 게 있거든."

"말하기 곤란하신 거예요?"

"아니, 그렇진 않고. 그, 요양보호사 자격증을 공부했어요, 얼마 전까지. 그러고서 최근에는 실습한다고 요양 시설에서 잠깐 일을 했는데, 그걸 계속해야 할지 모르겠네."

"계속할지 말지 고민스럽게 하는 부분이 있으세요?"

"그걸 좀 물어보고 싶다니까!"

어허! 하면서 노인은 불쾌감을 표현했다. 고집은 세지만 타인에게 짜증을 내보이지 않는 사람들이 목소리를 높이는 건 인내심이 거의 바닥났다는 뜻이다. 그는 타로카드 상담에 대해 내가 설명한 것을 완전히 이해하지는 못한 듯했다. 오늘의 운세 정도의 가벼운 오락거리를 원했는데 내가 자꾸 질문을 하니 짜증이 난 것이다. 나는 더이상 그의 화를 돋울 필요는 없겠다고 판단하며 대충 섞은 카드를 그에게 넘겨줬다.

"섞고 싶은 만큼, 섞고 싶은 방법으로 섞어서 저에게 다시 주세요."

그는 여전히 몸을 바깥쪽으로 돌린 채 나를 정면으로 바라보지 않는 위태로운 자세로 포커카드를 섞듯 타로카드를 섞었다.

"내가 이런 걸 진지하게 믿는 게 아니고, 그냥 한번 궁금해서 보는 거야."

노인은 카드를 천천히 섞으며 묻지 않은 이야기를 꺼냈다.

"나는 요 앞에 있는 교회를 다녀요."

아, 그래. 교회에 다니는 신도가 이런 것에 과도한 관심이 있다는 건 말이 안 되니까, 그래서 자꾸만 아무것도 아닌 척, 별로 관심이 없는 척하는 거였구나. 하지만 나 역시 당신이 교회를 다니든 절간을 다니든 관심이 없답니다. 나는 그저 타로카드 질문 자판기 같은 거라고요.

나는 대답하지 않고 카드를 펼쳤다. 그는 무심한 표정으로 별 고민 없이 중간에 있는 카드들을 대충 뽑아 내 쪽으로 휙 밀었다. 내가 카드를 펼치는 동안 그는 다시 눈을 감고 기다렸다. 카드를 뽑느라 잠시 풀었던 팔짱은 빗장처럼 다시 가슴팍에 올려져 있었다.

"다시 말씀드리지만, 저는 카드에 쓰인 상징을 읽어드리기 때문에 말씀해주신 정보만을 바탕으로 풀이할 수밖에 없어요. 무언가 맞지 않는다 싶으신 건 상징의 해석을 적용해서 이해하시면 될 것 같아요."

"음."

노인이 눈을 감은 채 낮은 소리를 내며 고개를 슬쩍 끄덕였다. 나는 첫번째 카드부터 천천히 해석을 시작했다.

"그 시험을 앞두고 열심히 준비하셨던 것 같아요. 당연히 공부도 많이 하셨겠고, 기대나 각오도 많이 하셨던 것 같습니다. 그런데 실습을 다녀오신 뒤에 고민이 생기신 것으로 보아 실습이 생각보다 어렵지 않았나… 싶어요."

노인은 아무런 대답도, 맞다 틀리다 내색도 없었다.

"요양보호사라면 당연히 몸을 써야 하니 육체적으로 힘든 일도 있었을 테고요. 물론 그런 걸 모르고 시작하신 건 아니겠지만 각오했던 것보다 훨씬 힘드셨을 거예요."

"…음."

그가 감고 있던 눈을 슬쩍 떴다.

"그래서 처음에 생각한 것과 달리 지금은 이걸 꼭 하고 싶다, 그런 마음이 좀 수그러든 상태인 것 같아요. 그렇다고 실습 잠깐 해보고 그간 공부하고 노력한 것들을 다 포기하는 게 맞나, 그런 고민도 생기고요."

"그렇지."

그가 맞장구를 치며 조금 더 크게 고개를 끄덕였다.

"계속해보셔도 좋지만, 제 생각에는 그런다고 해서 큰 변화가 있을 것 같지는 않아요. 열심히 하는 것처럼 바쁘게 움직이지만 실제로는… 열심히 하는 게 아닐 수 있어요."

"그게 무슨 말인고?"

"그냥 겉으로만 열심히 하는 척일 수 있다고요. 남들이 보기에는 열심히 하는 것 같지만 자기 자신은 아는 거죠, 진심으로 하고 있지 않다는 걸."

나는 마지막 카드를 손가락으로 톡톡 가리켰다.

"이 카드가 나오면 그렇게 설명을 해요. 열심히 하기는 했지만 이미 마음이 거기에 없다고. 여기 보세요. 카드에 있는 남자가 팔짱을 끼고 있죠? 자신의 앞에 이미 성취한 컵 세개를 늘어놨지만 마지막 컵 하나는 받지 않고 있어요. 스스로도 아는 거예요. 하기 싫은 일을 하고 있다는 걸."

어느새 그는 자신이 뽑은 카드를 하나하나 자세히 살펴보고 있었다.

"싫으면 그만두셔도 돼요. 그렇게 억지로 하는 건 아무런 도움이 되지 않아요. 어르신에게도, 어르신에게 도움을 받는 분들에게도."

노인은 이제 몸을 돌려 나를 마주 보고 있었다. 생각이 많아 보였다. 기본으로 장착된 듯한 인자한 눈웃음은 어느새 사라져 있었다.

"맞아요. 참 어렵더라고. 환자들을 번쩍번쩍 들어서 옮겨야 하고, 시간마다 닦아줘야 하고 그런 것이. 내 나이가 그리 적지 않은데… 근데 봉사를 하고 싶어서 시작한 건데 고것 잠깐 해보고 힘들다고 그만두는 게 또 그런가… 싶기도 하고."

노인은 말을 잠시 멈추고 고민하는 듯하다가 다시 이어갔다.

"아까 얘기하지 않았는데 내가 참 놀랐어요. 가서 열심히 한다고 하는데, 사실 그러지 않았거든. 힘들면 한번씩 엄살도 부리고, 해야 하는 걸 못 본 척하기도 하고. 그래서 이걸 계속해야 하나, 아니면 지금이라도 그만두어야 하나 고민하고 있었는데 그걸 아주 딱 잘 말했어.”

노인이 나를 보며 다시 미소 지었다. 그의 깊은 눈매는 가느다란 주름들로 촘촘히 길을 만들고 있었지만 자기 고백을 할 때의 눈빛은 어린아이처럼 보였다. 속물처럼 느껴져서 숨기고 있던 자신의 미성숙한 모습을 툭 털어놓고 후련해지고 싶어하는 어린 소년. 저 이거 못하겠어요, 힘들어요,라고.

“물론 내가 이걸 막 믿고, 신봉하고 그런 것은 아니야. 나는 교회를 다니는 사람이니까.”

하지만 금세, 다시 어디로든 발뺌할 수 있는 어른의 눈빛으로 돌아왔다.

“젊은 사람이 하기에도 힘든 일이에요. 저는 어르신이 꼭 그 일로만 봉사를 할 수 있을 거라고 생각하지는 않아요. 중요한 건 남을 돕는 거지, 그게 꼭 몸을 써야만 가능한 건 아니니까요. 그런 걸 한번 찾아보시면 어떨까 해요.”

노인은 기특하다는 듯 나를 바라보며 지갑에서 꺼낸 지폐 한장을 테이블 위에 조용히 내려놓았다.

나는 휴대전화를 내려다보았다. 메시지도, 부재중 전화도 없었다.

나는 뭘 기대하는 걸까?

분명히 나 스스로 아주 오랜만에 느끼는 단순한 자극이었다고 생각하면서, 혼자서 충분히 분석하고 정리했다 생각하면서 왜 자꾸만 뒤돌아보게 되는 걸까?

그는 내 연락을 기다리고 있을까?

머릿속이 복잡했다. 이놈의 연애는 대체 왜 끝나고 나서도 이렇게 복잡한 걸까.

"뭐 해?"

사장 언니가 내 책상에 커피 한잔을 내려놓으며 물었다.

"아니요, 그냥."

"기다리는 연락이라도 있어?"

"아니요."

"나 혹시 오늘 조금만 일찍 퇴근해도 될까? 자기 음료 대충 다 만들 줄 알지?"

언니는 뭐가 그렇게 쑥스러운지 몸을 배배 꼬며 말했다.

"콧바람 좀 쐬고 싶은데 이놈의 카페 때문에 어딜 나돌아 다니질 못하잖아. 자기 덕 좀 보자. 못 만드는 메뉴는 그냥 재료가 떨어졌다고 해. 괜찮아."

"그러세요. 오늘은 제가 끝까지 있다가 문 닫고 갈게요."

"응, 대신 내일은 내가 일찍 나올게. 자기가 늦잠 자."

벌써 카운터 뒤쪽으로 돌아간 언니가 소리쳤다. 그러고는 콧노래가 들리는 듯한 가벼운 몸놀림으로 후다닥 가방을 챙기더니 손을 흔들며 빠르게 카페를 빠져나갔다.

커피가 좋아서 카페를 차렸다는 사장 언니는 그게 얼마나 바보 같은 생각인지 개업 일년 만에 깨달았다고 했다. "커피가 좋으면 맨날 카페 투어나 다녔어야 했어"라고. 커피가 좋아서 차린 카페에서 마실 수 있는 건 자기가 내린 커피뿐이라는 사실을 그땐 왜 몰랐는지 모르겠다고 했다. 그전에는 퍽 진득하니 카페에 붙어 있었는데 내가 이곳에 상주하게 되자 마음에 새로운 바람이 분 것 같았다. 지난달부터는 에스프레소 머신을 다루는 방법을 가르치더니 스팀밀크를 만드는 법, 과일 주스를 만드는 법, 버블티 타피오카 펄을 삶는 법까지 매일 하나씩 새로운 메뉴를 가르쳐주었다. 나는 버벅대면서도 거절은 못하고 그녀가 원하는 대로 해주고 있다. 카페 아르바이트를 해본 적이 있는 터라 그때의 기억들도 점차 살아났다.

단골손님 중에는 혹시 사장님이 바뀌었냐고 묻는 사람도 있었다. 나는 아니라고 손을 내저었지만 뒤늦게 그 얘기를 전해 들은 언니는 혹시 이 카페를 해볼 생각은 없냐고까지 묻기도 했다. 싸게 넘겨주겠다며.

나는 카운터 뒤쪽에 있는 주방으로 들어가 그녀가 적어놓고 간 레시피를 들여다보았다. 내가 헷갈린다고 한 메뉴의 레시피를 따로 정리해놓은 것이었는데 모범생의 필기노트 같아서 조금 웃겼다. 이게 뭐라고 그렇게 열심히 써두었는지 빨간 펜, 파란 펜으로 줄도 그어져 있었다. 땡땡이를 치기 위한 노력인가?

나는 노인의 카드를 떠올렸다. 열심히 한다는 것이 무엇인지 모르겠다. 잘하려고 한다는 것이 무엇인지도 모르겠다. 노력과 에너지를 쏟는 것만으로는 열심히 하는 게 아닐 수도 있다. 그 노력과 에너지가 올바른 방향을 찾아야만 맞다고 할 수 있다고 생각했다.

이 감정의 방향은 맞나? 그가 나에게 무언가 기대한 것이 맞나? 우리가 서로에게 바라는 것이 같나?

나는 커피를 입안 가득 터질 듯 채우고 꿀꺽 삼켰다.

Four of Cups

컵 4

권태기. 현재 상황이 불만스럽다.
에너지가 흐르지 못해 정체되어 있다.

미련과 희망 사이

늦잠을 자도 되는 날이었지만 눈이 일찍 떠졌다. 전날에도 잠을 설쳤지만 푹 잠들 수가 없었다. 사장 언니가 일찍 퇴근하지 않았더라면, 카페에 나 혼자 있지 않았더라면, 내가 계속 그를 생각하고 있지 않았더라면 언제나와 같은 평범한 날로 지나갔을 것이다. 하지만 어제는 그렇지 못했다. 마치 운명의 신이 내가 알아차리지 못할 속도로 천천히 밀거나 당기는 듯했다.

나는 홀로 카운터 뒤에 앉아 사진이나 그림을 감상하는 것처럼 휴대전화 메시지 창을 띄워놓고 오랫동안 바라만 봤다. 통화 버튼을 누르고 싶은 마음 반, 그렇게 하면 반드시 후회할 거라는 마음이 반이었다.

눌러, 눌러, 눌러봐,라고 숫자들이 말하는 것 같았다.

하지만 후회할 거야. 똑같을 거야.

숫자들을 달래듯 혼잣말을 하는데 갑자기 강렬한 진동이 느껴지면서 그의 번호가 크게 떴다. 그가, 전화를 걸어 온 것이다. 그리고 동시에 출입문에 달아둔 풍경이 짤랑 울리며 손님들이 들어왔다.

"어서 오세요."

벌떡 일어나 계산대 앞에 정자세로 서며 말했다. 주머니에 쑤셔 넣은 휴대전화가 멈추지 않고 계속 울렸다.

"따뜻한 아메리카노랑 아이스 라테 주세요."

"드시고 가세요?"

"네, 먹고 갈 거예요."

"준비해서 자리로 가져다드릴게요."

"저, 근데."

신용카드를 내밀며 여자가 말했다.

"여기 타로카드 보지 않아요?"

여자 옆에 선 남자는 흥미롭다는 듯, 한편으로는 남의 일을 구경하는 듯 여자와 나를 번갈아 바라봤다.

"네, 봐드리고 있어요."

여자의 말에 답을 하면서도 내 신경은 온통 진동하는 휴대전화에 가 있었다.

"그럼 궁합 같은 것도 보세요?"

"네, 궁합도 볼 수 있어요."

"우리 둘이 궁합 봐주세요. 어떻게 하면 돼요?"

그때까지도 멈추지 않고 울리던 진동이 끊겼다. 통화 목록에는 그의 번호가 부재중으로 남았을 것이다.

"주문하신 음료를 준비해서 갈게요. 저기 저 책상 앞에 앉아 계시면 돼요."

여자는 고개를 크게 끄덕이며 남자의 팔짱을 꿰어 끼고는 신이 난 듯한 목소리로 "가자!" 하고 내 책상 쪽으로 걸어갔다. 나는 커피머신 앞에서 주머니 속 휴대전화를 한번 슬쩍 쳐다 봤다.

부재중 (1)

그는 다시 전화를 걸까? 그가 다시 걸면 나는 받을 수 있을까? 정체를 알 수 없는 설렘과 갑자기 등장한 손님들에 대한 연한 원망이 섞여 뇌의 정보처리 속도가 느려진 것 같았다. 생각을 떨치기 위해 고개를 세차게 휘젓다가 흥미로운 눈으로 나를 바라보던 남자 손님과 짧게 눈이 마주쳤다. 나를 구경하는 듯한 그를 못 본 척 냉장고 문을 열어 우유를 꺼냈다.

서툴게 만든 음료를 그들 앞에 내려놓았다. 여자는 떨리는지 남자의 팔을 툭툭 건드리며 웃었지만 남자는 책상에 놓인 카드에 더 관심이 있어 보였다. 그들에게 음료를 권하고 여자에게 열장의 카드를 뽑게 했다. 남자는 흐릿한 미소를 머금은 채 따뜻한 커피를 홀짝일 뿐 아무런 말이 없었다.

"우리 궁합 안 좋게 나오면 어떡해요? 우리 헤어지라고 나오면?"

여자는 나와 남자를 번갈아 쳐다보며 호들갑스럽게 물었다. 남자는 피식 하고 웃었다. 더 좋아하는구나. 단박에 알 수 있었다. 연인 사이의 애정은 언제나 같은 크기로 커지고 작아지지 않는다. 한쪽이 더 클 수도, 금방 꺼질 수도, 혹은 생각보다 오랫동안 그 열정을 간직할 수도 있다.

하지만 내가 가진 애정이 더 클 때 상대에게 그것을 굳이 드러내는 것이 좋은지, 나는 아직 모르겠다. 상대방에 대한 감정을 숨기는 게 좋다고 볼 수는 없지만 적어도 서로 비슷한 크기의 감정을 나누는 것처럼 내보이는 것이 자신에게 좀더 유리하지 않을까 하고 생각할 뿐.

"타로는 바뀔 수 없는 운명이 아니라 참고와 조언을 위한 것이니까요. 두분에게 좋지 않은 카드가 나왔을 때 그것을 서로 고치려고 노력하면 미래는 바뀔 수 있어요. 너무 걱정하지 마세요."

카드를 한장씩 뒤집으며 내가 말했다. 여자가 귀엽게 고개를 끄덕거렸다. 상처받은 적 없는, 작은 새 같은 여자라고 생각했다. 그리고 어쩌면 그녀의 첫번째 상처가 이 남자가 될지도 모르겠다는 생각도 했다. 작은 새처럼 유쾌하고 맑은 이들은 자신에게 열정적으로 관심을 보이지 않는 상대를 만나면 그 반짝거림을 잃어버리기도 한다. 내가 사랑하는 만큼 그의 사랑도 돌아오겠거니, 혹은 더 큰 사랑이 돌아오겠거니 굳게 믿었던 신뢰가 무너져내리면 덩달아 자신의 자아도 와르르 무너져내리고 마는 것이다. 그 신념을 지켜줄 다음 사람을 만나기 전까지는.

그 과정에서 가끔 작은 새에서 작은 장미로 변하는 여자들도 있다. 상처받은 작은 새가 죽은 자리에 연약한 가시가 돋은 장미가 피어난다. 이렇게 연약하고 천진한 여자들은 몇번이고 자신의 빛을 잃고, 다시 찾고, 또다시 잃는 과정에서 새로운 존재로 진화하고는 한다. 그게 항상 좋은 방향으로 이루어진다고 볼 수만은 없어서 '진화'라고 해도 될지는 모르겠지만.

"음… 현재… 두분의 상황은 잘 모르겠네요. 약간 애매모호한 면이 있는 것 같아요. 남자분은 이 관계를 좀 지나치게 감정적이지 않나…라고 생각하시는 것 같고요."

"엥? 자기 그래?"

여자가 팔꿈치로 남자의 가슴팍을 쿡 찔렀다. 그는 대답하지 않을 거야. 그럴 이유도 못 느끼겠지.

주머니 속 휴대전화가 다시 울리기 시작했다. 진동이 꼭 안절부절못하는 나 자신처럼 느껴졌다.

"하지만 질문자님은 너무 차분한 연애라고 생각하고 있어요."

"맞아요!"

"남자분은 다소 신중하고 감정 변화가 크지 않은 타입이신가요? 여자분을 어리고 천방지축인 편이라고 생각하시는 것 같아요. 그럴 수도 있는데, 그건 이분의 매력이죠. 나쁜 건 아니에요."

"나 너무 철없다고 생각해?"

여자가 다시 얄밉다는 듯 남자를 흘겨보았다. 하지만 애정 가득한 미소를 머금은 채였다. 어느새 두번째 진동이 멈췄다.

인생에서 수많은 문제와 사건 사고가 일어나는 이유는 팔할이 타이밍이다. 그러니 내가 지금 그의 전화를 받지 못하는 건, 우리 사이의 방향이 당장은 맞지 않다고 어떤 묘한 타이밍이 판단했기 때문일 것이다. 그렇게 생각하기로 했다. 그러지 않으면 지금 내 앞에 앉아 노닥거리는 이 연인들을 당장 쫓아내 버리고 싶을 테니.

"그래서 두분은, 두분의 미래는…"

여자의 맑고 초롱초롱한 눈이 기대감에 부풀어 나를 쳐다봤다. 남자는 여전히 그녀와 나를 번갈아 쳐다보며 기분 나쁜 미소를 짓고 있을 뿐이었다.

"남자분에게 달렸네요. 질문자님이 더 노력한다거나, 무엇을 더 보여준다거나, 적극적으로 나선다고 달라지지는 않을 거예요. 더 깊은 관계, 발전된 관계를 원한다면 남자분이 어떻게 하느냐가 중요해요."

작은 새의 눈에 실망감이 가득 서렸다.

"집착. 음… 아마 현재의 상황에 완전히 만족하지 못하고 있는 게 문제인가 싶기도 하고요. 하지만 그건 더 적극적으로 호응해주지 않는 남자분 때문일 수도 있겠죠. 제 조언은 서로 다름을 인정하고 질문자님은 조금 더 차분하게 관계를 바라볼 것, 둘 사이의 균형을 찾는 데 집중할 것. 남자분은 질문자님의 성향과 애정에 조금 더 관심을 가지고 맞춰주는 게 좋겠어요. 사람은 다 다르니까요. 오래 만난 연인이라 해도 언제나 같은 감정을 느끼고 같은 곳을 바라보는 건 아니에요. 그러니 서로 원하는 방향이나 감정의 진폭이 다를 수 있음을 이해하고 공감해주면 좋을 것 같아요."

작은 새는 깊게 고개를 끄덕였다. 마음이 약한 사람들은 누군가의 조언에 진심으로 반응하고는 한다. 그 사람에게 다른 저의가 있다거나 자신을 통제하려 든다거나 그 조언이 해로울 수도 있다는 가능성을 크게 고려하지 않는다. 그저 자신을 생각하고 조언해준다는 데 감사하는 것이다. 그래서 나는 이런 작은 새들이 많이 다치지 않고 자신의 사랑을 완성할 수 있기를 바라지만, 펼쳐진 카드를 가만히 내려다보며 커피를 홀짝이는 남자를 보니 그녀는 장미로 변할 수도 있을 것 같았다.

"좋아! 내가 자기를 이해해보도록 노력할게. 자기도 그래줘."

"…그래."

하이파이브를 요청하며 내민 여자의 손을 슬그머니 잡아 내린 남자가 대답했다.

"왜 전화했어?"

커플들이 돌아가고 난 뒤, 감정 없는 목소리로 말하기 위해 노력하며 윤주에게 전화를 걸었다.

"왜 안 받았어?"

그의 목소리가 풀 죽은 듯 들렸다.

"…왜 했는데?"

그는 답이 없었다. 실망한 얼굴이 눈앞에 보이는 것 같았다. 나에게 섭섭함을 느낄 때면 그의 얼굴에는 작은 새처럼 안쓰러운 표정이 드리우곤 했다. 십삼년간 몇번이나 보아온 그 표정이 선명히 그려지는 것 같아 미소가 슬쩍 나왔다.

"손님이 있었어. 상담 중이라 받을 수가 없었어."

"아…"

"왜 했는데?"

"가도 돼?"

"어딜?"

"거기. 너 일하는 곳."

이번에는 내가 말을 잃었다. 이 타이밍을 어떻게 받아들여야 할지 알 수 없었다. 새로운 시작일까, 아니면 똑같은 결론에 이르는 미련의 반복일까?

그가 나의 허락을 구하지 않고 온다 해도 막을 방법이 없다.

여기는 카페니까. 아직 마감 시간까지 한시간 넘게 남아 있어서 나는 이곳을 버려두고 떠날 수도 없었다.

"갈게. 근처야."

그가 다급하게 말했다. 내가 거절할 말을 고르는 중이라고 생각한 것 같았다. 반은 맞고, 반은 틀렸다.

"카페에 오겠다는 손님을 막을 수는 없지. 네 마음이야."

나는 최대한 감정을 담지 않은 목소리로 대답했다. 전화를 끊은 지 십오분이 지나지 않아 그가 도착했다. 주차가 여의치 않은 좁은 골목이라 가게 출입문에 바투 붙여 세워야 했지만 곧 영업이 끝날 테니 크게 신경 쓰이지는 않았다.

나는 그가 들어서는 것을 보고 바로 아이스 아메리카노를 만들어 헤이즐넛 시럽을 한 펌프 넣었다. 그게, 그의 커피였다. 말하지 않아도 알 수 있는 그의 취향. 어색한 듯 반가운 듯 웃으며 들어오는 그에게 커피를 내주었다. 내 손길을 눈으로 좇던 그가 멈칫하는 것이 느껴졌다.

"헤이즐넛 시럽 넣었어, 너무 안 달게. 괜찮아?"

"응."

그가 피식 웃으며 고마워,라고 말했다. 나는 조용히 그의 맞은편에 앉았다. 우리는 말없이 서로를 마주 봤고, 그냥 그뿐이었다. 할 말이 없는 것도, 있는 것도 아니었다. 할 말이 없어 불편하지도 않았고, 해야 할 말을 못해 답답하지도 않았다. 그를 조용히 마주 보는 이 순간이 이상하면서도 편안하게 느껴졌다.

그도 그랬을까? 우리는 꽤 오랫동안, 그간 보지 못한 서로의 얼굴을 그 시간 속에 채워 넣듯 그렇게 물끄러미 바라만 봤다.

익숙하다.

그 말이 정확할 듯했다. 불편하고 낯선 상황에 놓인 채 길을 잃은 사람처럼 긴장하며 살다가 오랜만에 원래 내가 속했던 공간과 시간, 사람에게로 돌아간 듯했다. 나른한 기분이 드는 것 같기도 했다.

그때 갑자기 출입문이 열리고 풍경이 맑은 소리를 내며 울렸다. 책상에 포개고 있던 내 손 위로 다가오던 그의 손이 공중에서 길을 잃은 채 가만히 멈췄고 나는 반사적으로 출입문을 돌아다보며 벌떡 일어났다.

그 남자였다. 작은 새를 울릴, 무신경한 그 남자.

우리는 무언가 나쁜 짓을 하려다 들킨 어린아이들처럼 부끄러워졌고, 남자 역시 보지 말아야 할 것을 본 듯 어색하게 미소 지으며 자신들이 앉았던 테이블로 빠르게 다가갔다.

"두고 간 게 있어서요."

그는 후다닥 자리를 뒤지더니 가느다란 팔찌를 머리 위로 들어 보였다. 작은 새가 카드를 고를 때 팔목에서 반짝이던 저 팔찌를 본 것 같기도 했다.

"여기 있네요."

그는 우리를 향해 보고하듯 말하고는 짧게 묵례를 한 뒤 뒤도 돌아보지 않고 사라졌다. 창피하고 당황스럽고 얼굴이 화끈거렸다. 우리가 무엇을 잘못했기에? 우리는 아무것도 하지 않았다.

그러니까, 아직은. 아직은 아무것도 하지 않았다. 하지만 만약 그가 들어오지 않았더라면 무언가를 했을 것이다. 그때의 분위기와 감정과 상황 때문에 어쩔 수 없다는 듯 손을 잡았을 테고 어쩌면… 어쩌면 우리가 이미 헤어졌다는 사실을 지워버리고 다시 예전처럼 돌아갔을 수도 있다. 우리는 그걸 원할지도 모른다는 사실을 서로에게 들킨 것이고, 우리에 대해 아무것도 모르는 제3자에게도 들켜버렸다. 그는 차가운 커피를 벌컥벌컥 마셨다. 당황한 것이 나뿐만은 아닌 게 분명했다.

남자가 돌아간 뒤 우리는 더이상 서로를 쳐다보지도, 이야기를 나누지도 않았다. 하나의 결을 가진 타이밍의 파도가 또다시 휩쓸고 지나간 기분이었다.

만약 그 남자가 돌아오지 않았더라면, 윤주가 내 손을 잡고 무언가 이야기를 했더라면. 그런 가정은 아무런 의미가 없다. 그 순간 우리의 타이밍은 그 남자에 의해 방해받을 운명이었을 테니.

남은 커피를 한번에 쭉 들이켜고 일어선 윤주가 집 앞까지 데려다주겠다고 했지만 나는 거절했다. 그는 더 권하지 않고 카페 앞을 가로막고 있던 세단을 타고 떠났다.

우리는 이제 다시 닿지 못할 타이밍 속에 살게 된 걸까?

어떻게든 이어보려 했지만 몹시도 힘이 들었고, 어떻게든

이해해보려 했지만 지나치게 달랐고, 익숙하고 편하지만 서로
에게 부끄럽고 당황스러운 존재가 되었다. 나는 휴대전화 속
통화 목록을 내려다봤다.

부재중 (2)

어떻게든 해보고 싶었던 마음이 닿지 않은 시간이 느껴졌다.

The Devil

악마

연인에 대한 집착.
중독에서 벗어나지 못해 이성을 잃을 수 있다.

불운의 시간을 견디는 방법

카페에서 캐럴이 나오기 시작했다. 사장 언니는 약간 부끄러운 듯한 표정으로 머라이어 캐리의 노래를 틀면서 나에게 11월 1일부터는 꼭 캐럴을 튼다고 말했다. 딱히 크리스마스에 대한 기대나 로망이 있어 보이지는 않아서 이유를 물으니 지금 뭘 해야 하는지 누가 명확하게 정해주는 것 같아서 좋다고 대답했다.

카페를 운영한다는 건 단순히 맛있는 원두를 사서 맛있게 내려주는 게 전부가 아니라, 멋진 공간에 그럴싸한 테이블과 의자를 배치한 뒤 사진이 잘 나오는 다기와 접시를 준비해야 하고, 여기에 방문하는 사람들의 취향을 대체적으로 저격하는 괜찮은 배경 음악까지 틀어야 하는 복합적인 일이라고 했다. 그렇게 처리해야 할 많은 일들 중에 '어떤 음악을 틀어야 하느냐'라는 숙제나마 줄어든 것 같아 좋다고. 그녀는 "말도 마"라며 질린 듯 손을 휘저으며 플레이리스트에 캐럴을 착착 추가해나갔지만 그게 꼭 일이 줄어서만은 아닌 듯 조금은 즐거워보였다.

대부분 캐럴에는 쨍그랑거리는 종소리가 들어가기 마련인데 나는 그 소리가 '지금부터 크리스마스다!'라는 알림 같다고 생각했다. 그래서 캐럴을 들으면 우리 마음속에 몽글몽글한 감정들이 만들어지는 거라고.

All I want for Christmas is YOU.

너만 있으면 된다. 어쩜 이렇게 순진한 소원을 빌 수 있을까? 누군가 나에게 크리스마스 선물을 준다고 하면 나는 무엇을 달라고 말할까? 저는 필요한 게 아주 많아요. 하나만으로는 부족해요.

"언니! 언니! 저 타로 좀 봐주세요."

노래 가사를 음미하고 있을 때 어제의 작은 새가 짱알거리는 목소리로 외치며 가게로 뛰어 들어왔다.

"언니, 아침에도 되죠? 저 어젯밤에 한숨도 못 잤어요. 여기 여는 시간만 기다렸어요."

그녀가 내 맞은편 의자에 커다란 가방을 턱 내려놓으며 말했다. 어제는 대책 없이 해맑고 연약하다 생각했는데 오늘은 어딘가 모르게 결연해 보이기까지 했다.

"네, 물론이죠. 어제 다 물어보지 못하셨나봐요?"

"언니, 내가 좀 그렇게 보이죠."

작은 새가 내 눈을 똑바로 쳐다보며 물었다. 어제와 같지만, 어제와 달라 보였다. 당황스러웠지만 당황스럽지 않았다. 한 사람 안에 여러가지 빛깔의 모습이 있다는 건 그다지 놀랄 일이 아니니까. 다만 어제의 그녀가 지금 자신의 모습을 숨기고 있었던 것인지, 아니면 어젯밤 갑작스럽게 각성한 것인지는 알 수 없었다.

"무슨 뜻이죠?"

나는 되물었다. 여자는 바로 대답하는 대신 잠시 내게 양해를 구하더니 카운터로 가 자신의 커피를 사 들고 왔다.

"한심해 보인다고 생각하는 사람들이 있더라고요. 제가 남친 얘기를 하면요."

다시 자리에 앉으며 그녀가 말했다. 뜨거운 커피를 호호 부는 자그마한 입술이 참새의 부리처럼 귀여웠다.

"글쎄요. 저는 그냥 질문을 받고 카드를 풀이해주는 사람일 뿐이죠. 질문하는 사람은 어떤 얘기든 할 수 있고요."

혹여 내 거짓말이 티 날까봐 눈을 내리깔았다. 나는 질문을 받고 기계 혹은 자판기처럼 풀이를 내주는 역할을 하려고 한다. 최대한 판단을 하지 않기 위해. 하지만 내가 진짜 기계도 자판기도 아니니 자연히 무언가가 내 안에서 끊임없이 개입하려고 한다.

　내가 사용하는 타로카드는 총 78장이다. 메이저라고 불리는 카드가 22장, 나머지 마이너카드가 56장. 다양한 사람들의 고민을 78장의 카드 안에서 찾아내고 분석하고 해결의 실마리를 찾아주려면 단순히 78장 카드의 의미를 외우는 것만으로는 부족하다. 마이너카드는 메이저카드만큼 강한 상징이나 캐릭터를 지니지 않기 때문에 타로 리더는 질문자의 이야기를 해당 카드의 어떤 스토리와 연결 짓고 해석해야 할지 일부는 상상하고 일부는 참견해야 한다. 그 과정에서 당연히 타로 리더의 경험과 성향, 고정관념이 개입할 수밖에 없다. 그리고 나는 그것이 스마트폰 앱이나 AI로 보는 타로와의 가장 큰 차이점이라고 생각했다. 기계는 입력된 값만을 제공할 수 있다. 그 조합 역시 입력된 경우의 수들일 것이다.

　하지만 인간인 타로 리더는 수치화할 수 없는 자신의 오감을 해석에 활용한다. 평균을 내거나 논리적으로 설명할 수도 없다. 고정관념이나 선입견이 섞일 수 있다는 단점은 오히려 특징이 된다. 그 점이 타로카드를 특별하게 만드는 조건이기도 하다. 누구에게나 정확한 답을 내려줄 것을 찾는다면 굳이 타로카드에 질문을 던질 필요가 없으니 말이다.

　"알아요, 다들 날 한심하게 생각한다는 거. 가끔은… 남자친구도 그렇고."

　그녀가 가볍게 어깨를 으쓱해 보였다. 쉽게 상처받고 쉽게 부서질 것 같지만 생각보다 강한 참새일지도 모르겠다.

"어떤 게 궁금하세요?"

최대한 감정이 실리지 않은 목소리로 물었다. 어제보다는 그녀라는 사람에 대한 호기심이 커졌지만 타로 리더로서 앉아 있는 동안은 개인적인 관심을 티 내고 싶지 않았다.

"남자친구랑 헤어지면 그 사람이 저를 잡아줄까요?"

우스꽝스러운 질문이네.

"아니아니, 그거 말고요. 이건 좀 별로인 것 같아요. 남자친구가 저를 사랑하고 있는 걸까요?"

점점 더 우스꽝스러워지고 있다. 나는 카드를 천천히 섞으며 말했다.

"그건 카드가 아니라 남자친구에게 직접 물어보는 편이 더 빠르고 정확하지 않을까요?"

참새는 입을 꾹 다물었다. 화가 난 것인지 생각에 잠긴 것인지 알 수 없었다. 우습지만 의외로 자주 나오는 질문 중 하나이다.

그가, 혹은 그녀가 나를 사랑하나요?

나는 그 질문이 내가 배가 고픈 걸까요,를 타인에게 묻는 것과 다를 바 없다고 생각했다. 너의 배고픔은 너의 위장과 그 위장이 내는 꼬르륵 소리에 달려 있지 내 의견에 달려 있지는 않다는 게 나의 답이고.

물론 안다. 이런 종류의 질문은 연애사를 상담할 때 절대 빠질 수 없고, 사주니 별자리점이니 신점이니 하는 곳에서도 단

곧 질문이자 캐시카우라는 걸. 이 질문을 어떻게 다루느냐에 따라 연애 관련 상담에서 얼마나 많은 돈을 벌 수 있느냐가 결정되기도 한다.

그렇지만 정말 바보 같은 질문이잖아. 당신은 나를 사랑하나요,가 아니라 그가 나를 사랑하나요,라니.

"그렇죠. 그게 가장 빠르고 정확하죠. 하지만 그 사람이 솔직하게 말하지 않을 수도 있잖아요."

참새는 알아듣지 못하는 내가 무척 답답하다는 듯한 표정이었다.

"사람의 말은 솔직하지 않을 수 있죠. 동의해요. 하지만 말이 솔직하지 않다고 해서 그것을 알아차릴 수 없는 건 아니죠. 사랑하지만 사랑하지 않는다고 할 때, 사랑하지 않지만 사랑한다고 할 때, 다르다는 걸 알 수 있지 않나요? 적어도 내가 사랑하는 사람이라면 그 진심을 모를 수는 없을 거라고 생각하는데요."

여자가 입술을 깨물었다.

"하지만 뭐, 그래요. 그게 알 수 없는 일이라고 쳐요. 사랑하지도 않으면서 말로만 사랑한다고 하는 사람, 내가 사랑받는 게 확실한지조차 모를 정도로 표현하는 사람의 사랑이 진짜 사랑이라고 생각하세요? 그런 사람의 마음을 알고 싶은 건가요? 아니면 아니라는 걸 알면서도 위안이 필요한 건가요?"

참새의 눈에 눈물이 가득 차올랐다. 빨갛게 핏대가 선 그녀의 눈동자에는 약간의 원망과 피로가 담겨 있었다. 그녀도 알고 있는 것이다. 어제 그녀는 답이 궁금해서 질문을 던진 것이 아니다. 남자친구의 반응을 보고 싶었던 것이다. 아무렇지 않은 척, 상처받지 않은 척 가볍게 웃어넘겼지만 밤새 그녀의 마음이 얼마나 시리고 불안했을까. 다시 한번 위로받기 위해 날이 밝자마자 뛰어왔는데 나는 아무렇지 않게 그녀에게 상처를 입혔다.

"질문을 바꿔서 던져보시면 어떨까요?"

나는 손가락으로 어색하게 카드 덱을 어루만지며 말했다.

"'내가 그를 정말 사랑하고 있는 걸까요?' 아니면… '그를 위해 나를 바꾸는 게 우리 사이를 더 행복하게 만들어줄까요?' 그것도 아니면 '나는 그가 없어도 행복하게 살 수 있을까요?' 같이 내 마음에 대한 질문으로요."

"만약 아니라고 나오면요? 그 사람과 헤어지는 것이 더 좋다, 그 편이 더 행복하다고 나오면 어떡해요?"

나는 다시 카드를 섞기 시작했다.

"결정은 질문자의 몫이죠. 카드는 질문자님의 행동에 물리적인 영향을 끼칠 수는 없어요. 단지 내 마음을 더 잘 들여다보는 판단의 이정표로 삼는 거죠."

참새가 무언가를 결심한 듯 허리를 꼿꼿이 세우며 말했다.

"그럼 그렇게 질문할래요. 그 사람이 내 진짜 사랑이 맞는지."

나는 그녀에게 카드를 쥐여주었다. 사랑이 가장 중요한 세상에서 사는 사람에게는 그것만이 전부이다.

예상대로 그녀의 카드는 온통 답답하고 불운한 기운으로 가득했다.

"자, 이 카드 보여요?"

참새는 휴지로 눈가를 찍어내며 고개를 끄덕였다.

"열심히 해도 되지 않는 일들이 있어요. 노력으로 해결할 수 없는 일들이 분명히 있죠, 세상에는."

나는 카드의 그림을 손가락으로 가리켰다.

"여기 신발 보이세요? 너무 급하게 방어하려는 나머지 양쪽 신발을 짝짝이로 신고 있어요. 자신에게 진격해 오는 여섯개의 막대를 막기 위해서요."

그녀는 카드 속으로 들어갈 것처럼 집중하며 다시 고개를 끄덕였다.

"신발까지 잘못 신어가며 열심히 막아보고는 있지만, 성공할 수 있을지 없을지는 알 수 없어요. 왜냐하면 결과는 내 손을 벗어난 일이니까요. 그럴 땐 그냥 내가 할 수 있는 일을 하면서 흘러가게 두는 것 말고는 방법이 없어요. 신발을 고쳐 신는 건 이 전쟁이 다 지나간 뒤에나 할 수 있는 일이에요. 어려운 일이지만 지나가도록 두는 것 말고는 방법이 없습니다."

여자가 콧물을 훌쩍 들이켰다.

"내가 노력하든 하지 않든 슬픈 상황은 생길 수 있어요. 내가 뭘 잘못해서도 아니고 뭘 덜 해서도 아니에요. 애를 써도 무언가 자꾸만 어긋나고 잘못되는 듯한 기분이 들 때는 그냥 아무런 노력도 하지 말고 가만히 그 상황이 흘러가도록 내버려둬보세요. 어쨌든 시간은 흘러가고, 지나간 것들은 언젠가 잊히기 마련이니까요.”

결국 그녀는 길 잃은 어린 새처럼 울먹일 수밖에 없었고 나는 매우 어색하고 난처한 상태로 그녀가 내민 상담료를 받아들었다. 그녀를 울린 것이 마음에 걸렸지만 그게 내가 할 수 있는 최선의 조언이었고 결과적으로는 가장 덜 상처 주는 말이라고 믿었다.

그녀에게 펼쳐 보여준 카드들을 다시 카드 덱 속으로 섞어 넣으며 떠드느라 마른 입술을 혀로 훑었다. 뒷맛이 씁쓸했다. 그녀에게 객관적이고 적절하게 반응했을까? 원하는 것이라고는 그 사람의 사랑뿐이라는 속 편한 소리나 웅얼거리는 그녀가 조금 얄미워서 심통 맞게 군 건 아닐까?

내 뒤에서 사장 언니가 “참 귀여운 여자인데, 나쁜 남자를 만났나보네”라며 중얼거리는 소리가 들렸다.

그 남자는 정말 나쁜 남자인 걸까? 사랑의 방향과 타이밍이 맞지 않는다는 게 선함과 악함으로 규정할 수 있는 문제일까? 그 남자가 여자를 덜 사랑하는 게, 그래서 그녀의 마음을 아프게 하는 게 그의 탓이라고 할 수 있을까? 사랑하지도 않으면서 사랑하는 듯 착각하게 놔두는 게 더 나쁜 건 아닐까? 적어도 그 남자는 누가 봐도 상대가 자신에게 보여주는 관심만큼은 흥미가 없다는 뜻을 표시했다.

농부가 일년 내내 애써 가꾼 사과를 한순간에 떨어뜨린 태풍의 악행.

태풍은 악행을 저지른 게 아니라 그냥 존재했을 뿐이다. 악행이 있었다면 '태풍이 널 싫어해서 네 사과를 떨어뜨린 건 아닐까?'라고 말한 나 하나뿐일지도.

부디 다음번에는 좋은 날씨와 좋은 계절을 만나 사랑을 할 수 있기를.

그녀에게 이 말을 해줄 걸 그랬다는 후회가 들었다.

Seven of Wands

완드 7

어려운 상황을 맞닥뜨렸지만 고군분투하고 있다.
헛된 노력으로 끝날지라도 일단 부딪쳐본다.

내가 갇힌 성

연말이 가까워 오니 타로카드로 신년 운을 보거나 묵혀둔 한 해의 고민을 풀어보고자 하는 손님들이 꽤 몰려들었다. 내가 이렇게 편안하게 돈을 벌어본 적이 있나 싶었다. 내 입 하나만 건사하면 되니 내일은 어쩌나, 다음 달은 어쩌나 하는 걱정 때문에 늘 구겨져 있던 표정도 조금 가벼워졌다.

"너 많이 밝아졌어."

윤하 선배는 오랜만에 만난 나를 보며 그렇게 말했다.

"내가요?"

"응, 초여름쯤 본 게 마지막이었나? 그땐 당장이라도 쓰러져 죽을 것같이 보였거든."

솔직하고 꾸밈없는 말투에 눈치 보지 않는 태도로 독설을 내뱉는 선배는 겉으로 보이는 것에 비해 속내는 퍽 따뜻한 사람이다. 굴곡 없는 삶을 살아온 듯 보이는 그녀에게 왜 이렇게 냉소적인 태도가 기본값으로 장착된 건지 정확히는 알 수 없지만 어쨌거나 결과적으로 보자면 나는 그녀에게 많은 도움을 받았다. 금전적으로든, 심리적으로든.

전 남자친구인 윤주와 내가 서로에게 호감을 느끼던 무렵부터 괜한 자격지심에 망설이던 내게 용기를 주며 우리 사이의 오작교가 되어준 사람도 그녀였고, 아무리 많은 아르바이트를 해도 모자랐던 등록금의 일부를 선뜻 빌려준 사람도 그녀였으며, 나와는 일면식도 없는 사장 언니에게 이 카페 구석자리를 내어주도록 설득한 사람도 그녀였다.

우리는 학내 동아리에서 문예지를 만들 때 짝지어진 멘토와 멘티였다. 습작한 소설을 이메일로 주고받고 피드백을 해주며 가까워졌다. 자주 만나는 사이는 아니었지만 늘 혼자라 생각했던 내가 언제나 조금은 기댈 수 있는 사람이었고 그녀 역시 이런 나를 자연스레 받아주었다.

우아하게 커피를 홀짝이는 그녀의 네번째 손가락에서 큼지막한 다이아몬드 반지가 번쩍거렸다. 다른 이에게는 과해 보이기 십상인 것들이 선배에게는 꼭 들어맞는 그림처럼 아름다워 보였다.

"지금은 살 만한가봐?"

나는 피식 웃었다. 자칫 무례하게 들릴 수 있는 말투에 실린 따뜻한 염려.

"살 만해요. 선배는요?"

선배는 어깨를 으쓱해 보였다.

"내가 뭐 특별할 게 있겠니? 매일 똑같지."

"아주 팔자가 좋아? 남편은 여전히 돈 많이 벌고? 너 하고 다니는 거 보니까 그런 것 같기는 한데."

사장 언니가 다가와 곁에 앉으며 말했다. 항상 누구든 살짝 내려다보는 듯한 윤하 선배를 솔직하게 대하는 사람은 거의 본 적 없었지만 선배는 오히려 그런 사람을 더 좋아했다.

"돈은 나도 많아. 돈도 많고, 운도 많고, 나한테 없는 건 글 쓰는 재능뿐이지."

선배가 지지 않고 대답했다. 마지막 말은 내게 하는 자조적인 농담인지 나를 보며 킥, 하고 웃었다. 나도 따라 웃었다. 우리가 얼마나 원했던 것인지.

그녀는 나와 함께 몇번의 소설 공모전에 도전하며 등단을 준비하다가 대학 졸업과 함께 다 그만두고 바로 결혼해버렸다. 상대는 그녀의 집안만큼이나 부유한 집안의 둘째 아들이었다. 이렇게 보면 조건만 보고 한 결혼 같지만 그가 그녀에게 아주 오랫동안 열렬히 구애해온 건 우리 동기들 사이에 널리 알려진 이야기였다. 대대로 의사 집안의 잘생긴 의대생이던 그는 이제 강남 어딘가에서 아주 큰 성형외과를 하고 있다고 했다. 그녀에게 어울리는 짝이자 러브스토리였다.

"너 아직도 죽상이면 아르바이트나 소개해주려고 온 건데 살 만하면 됐고.”

그녀가 나를 떠보듯 말했다. 하지만 그건 나에게 장난을 치는 말일 뿐, 결국 그 일자리를 소개해줄 것이 틀림없었다.

“해주세요. 아직도 죽을 것 같아요.”

나는 보호자 앞에서 배를 발랑 까뒤집는 강아지처럼 그녀가 원하는 대답을 내어주었다. 그녀는 쓸데없는 자존심이 강한 내가 이런 낯간지러운 말을 아무렇지 않게 할 수 있는 유일한 사람이었다. 아마도 그녀의 의도 자체가 단순하고 유치해서일 지도 모르겠다. 배배 꼬아 생각할 필요도 없고 그 안에 다른 뜻이 있나 고민하지 않아도 되는 점이 좋았다.

“글 쓰는 일이야. 괜찮아?”

이번에는 그녀가 내 눈치를 보았다.

글을 쓰는 일.

“너무 무겁게 생각하지 마. 대필이나 편집은 아니고 웹툰 스토리 작가야. 그림은 꽤 잘 그리는데 글 쓰는 데 소질이 없는 웹툰 작가가 있대.”

선배가 말했다.

“너는 어디서 그런 걸 잘 물어온다?”

사장 언니가 툭 끼어들었다. 윤하 선배는 언니를 매섭게 째려보았고 언니는 못 본 척 카운터로 돌아갔다.

“너도 그게 신기하니?”

선배의 얼굴에 다시 냉소적이고 장난스러운 미소가 번졌다.

그녀를 따라 어깨를 으쓱해 보였다.

"소개해준 사람이 남편 학교 후배이고 웹툰 작가들 소속사 같은 걸 운영하는 사람이래. 웹툰은 나도 잘 모르지만 요즘 인기 좀 있는 사람이라고 하고. 뭐라더라? 그 회사에서 밀어주려고 신경 써서 스토리 작가도 대표가 직접 알아보는 거래."

"난 웹툰도 잘 모르고 스토리 작가는 더더욱 모르는데?"

"네가 언제 뭐 따지면서 돈 벌었니?"

그녀가 예상치 못한 날카로운 질문을 던졌다. 맞아. 나는 아르바이트의 신처럼 닥치는 대로, 시간이 허락하는 대로 일을 해왔다. 한푼이라도 더 벌어야 했으니까.

윤하 선배는 가죽 다이어리의 한 페이지를 쭉 찢어 묵직하고 값비싸 보이는 만년필로 멋들어지게 사인이라도 하는 것처럼 전화번호를 옮겨 적어주었다.

"고마워요."

"인사는 됐고, 나도 타로나 봐줘."

나는 조금 놀랐다. 내게 이 일을 할 수 있는 장소와 사람을 소개해줬지만 한번도 타로카드를 봐달라고 한 적이 없었던 그녀였다. 태어나는 순간부터 언제나 넘치는 행운이 따랐던 사람이기에 필요성을 느끼지 못하는 거라고 생각했다.

"궁금한 게 있어요?"

"응."

"뭔데요?"

그녀가 부끄럽다는 듯 말없이 미소 지었다. 쉽게 입이 떨어지지 않는 모양이었다.

"질문을 말하지 않고 볼 수는 없어? 좀 부끄러운데."

선배는 마음을 다잡으려는 것처럼 천천히 커피를 마셨다. 나는 기다렸다.

"써보려고, 새해부터. 글을, 아무도 몰래."

내 입꼬리가 실룩 올라가는 게 느껴졌다. 솔직하고 당당하지만 어린아이처럼 순진한 구석이 있는 사람이다. 그녀는 벗어나지 못한 것이다. 자신의 인생에서 얻지 못한 단 하나의 욕망을.

"글, 쓰면 되죠. 질문이 뭔데요?"

나는 모르는 척 침착하게 되물었다.

"내가 끝까지 쓸 수 있을까? 스스로에게 좌절하지 않고?"

나는 대답 대신 카드를 섞기 시작했다. 그리고 그녀의 손에 카드 덱을 쥐여주고, 섞고, 펼치고 뽑았다. 이 질문, 이 꿈은 그녀의 것이자 나의 것이기도 했다. 우리는 두근거리면서도 떨리는 마음으로 카드를 펼쳤다. 내가 이렇게 신성한 마음으로 타로카드를 만진 적이 있었던가. 나는 꽤 오랫동안 그녀가 뽑은 카드를 바라봤다.

평소의 그녀라면 대체 무슨 뜻이냐고 재촉할 법도 한데 이번에는 그녀 역시 그 카드들을 물끄러미 바라만 보았다. 궁금하기도 하지만 두렵기도 할 테지.

“음…”

나는 천천히 입을 뗐다. 그녀의 시선은 여전히 카드를 향해 있었다.

“다른 것보다, 이 카드가 저는 가장 잘 보여요.”

선배는 내가 짚어준 카드를 뚫어져라 쳐다봤다.

“칼들에 갇혀 있는 여자, 보여요?”

“…응.”

“그녀의 몸을 묶고 있는 밧줄도 보이고요?”

“응.”

“그럼 밧줄이 느슨하게 묶인 것도 보이나요?”

그녀는 아예 카드를 들어 눈앞에 대고 그림을 자세히 살펴보았다.

“…보여.”

“선배가 아주 좋은 상황, 아주 좋은 마음 상태를 가지고 있다고 말할 수는 없어요. 이전보다 나은 결과가 나오리라 확신할 수도 없고요. 지금 선배의 마음은 갇혀 있거든요.”

그녀는 고개를 젖혀 우아한 자태로 머리카락을 뒤로 넘겼다. 그 아래 반짝이는 그녀의 눈빛이 드러났다.

“하지만 벗어날 수 있어요. 느슨한 밧줄을 풀어내면 눈을 가린 안대도 벗을 수 있고요. 이 안에 묶인 채 갇힌 것이 선배 자신의 의지가 아니었는지 생각해봐요. 누군가 선배를 가둬서 나오지 못한 건지, 그 평계로 나오고 싶지 않았던 건지.”

선배의 눈은 카드에 못 박인 듯 흔들림이 없었다.

"나오고 싶다면 스스로 나오면 돼요. 선배를 가두는 건 없어요, 선배 자신 말고는. 상처받을까, 좌절할까, 혹은 큰소리치며 시작해놓고 흐지부지 끝날까 하는 고민은 모두 선배가 스스로 만든 감옥일 뿐이죠. 나올 수 있는 방법은 스스로에게 있어요. 사실은 누구도 신경 쓰지 않을 거예요."

윤하 선배가 고개를 들어 나를 바라봤다. 나는 거울을 통해 또다른 차원의 나를 바라보는 기분이 들었다.

"쉽네?"

그녀의 자신감 넘치면서도 묘하게 냉소적인 미소가 다시 입가에 스며들었다. 거울 속의 나를 보며 웃듯 나도 그녀를 따라 웃었다.

Eight of Swords

소드 8

스스로를 가둔 틀에 갇혀 있다.

쉽게 해결할 수 있는 문제일 수 있으나 현실을 도피하고 있다.

나와의 차이

나는 윤하 선배가 주고 간 쪽지를 보며 전화를 거는 대신 문자를 써 보냈다. 목소리도 모르는 사람에게 '저는 누구고요, 누구에게 소개를 받았고요, 무슨 일을 한다고 들었는데 맞나요? 어디서부터 어떻게 진행하면 될까요?'라고 말할 자신이 없었다. 어딘지 모르게 부끄러웠다. 특히 '소개를 받은'이라는 말을 꺼낼 자신이 없었다. 팍팍하기 그지없는 내 인생에 영향력 있는 누군가를 소개해주고 일거리를 가져다주는 나름의 뒷배가 있다는 것은 참으로 놀랍고 경이로운 일이 아닐 수 없으나, 마음 아주 깊은 곳에는 그 사실을 인정하기도 입 밖으로 꺼내기도 어려워하는 내가 있었다. 창피했다. 이유 없이 부끄러웠다.

메시지는 전날 밤늦게 이미 써놓았지만 전송을 누른 건 아침 열시쯤이었다. 아홉시는 막 출근한 후거나 일과를 시작한

직후일 테니 정신이 없을 테고, 열한시는 점심시간이 코앞이라 마음이 들떠 있을 테니 열시가 딱 적당한 시간이라고 생각했다.

이 짧은 문자 메시지로 혹시나 글솜씨 같은 걸 엿보려 하지는 않을까 염려되어 별 내용도 없으면서 마음이 울렁였다. 선배가 처음 말을 꺼냈을 때 부담스러워 어떻게 거절해야 하나 싶었던 마음이 진심이 아니었다는 듯 내 마음은 혼자 설레고 있었다.

아직 몰라. 그냥 예의상 소개해준다고 한 걸 수도 있어. 이미 구했다고 할 수도 있어. 내 이력서를 보고 보잘것없다고 거절할 수도 있어.

문자를 보내기 전에도, 보내면서도, 그리고 보낸 후에도 나는 계속해서 내 마음속 일말의 희망에게 경고를 주며 눈치 없이 저 혼자 자라나지 못하도록 억눌렀다. 그게 건강하지 못한 생각이라는 걸 모르기 때문이 아니었다. 싹을 틔우고 몸을 펼치기 시작한 희망을 잘라내고 뽑아내는 것보다 이편이 훨씬 쉽고 마음의 상처도 덜하기 때문이었다. 비겁해 보일지 몰라도 그게 지금까지 내가 살아남을 수 있었던, 희망에 짓눌려 죽지 않을 수 있었던 방법이기도 했다.

마음은 휴대전화 화면에 머물러 있었지만 나는 부러 쳐다보지 않았다. 휴대전화로 시간을 확인하지 않았고, 인터넷 검색도 하지 않았다. 아예 휴대전화가 없는 것처럼 외투 주머니에 넣어두고 반나절을 지냈다. 어차피 급한 전화를 걸어야 할 일도, 걸어올 사람도 없으니 잠시 휴대전화 없이 산다 해도 큰일이 날 리 없었다.

그렇게 겨울 해가 뉘엿뉘엿 지는 늦은 오후, 경품 뽑기라도 하는 것처럼 벽에 걸어놓은 외투 주머니에 손을 넣어 살며시 휴대전화를 꺼냈다. 방망이질 치는 마음이 누군가에게 들키지 않았으면 하는 심정으로 화면을 켜보았다. 부재중 통화 기록과 '안녕하세요'로 시작하는 메시지가 미리보기 화면으로 슬쩍 보였다.

"뭘 그렇게 러브레터 몰래 보는 사람처럼 숨을 참고 봐?"

사장 언니가 건네는 말에 깜짝 놀라 어깨를 들썩이다 휴대전화를 떨어뜨릴 뻔했다.

"요즘 이상해. 연애하나?"

언니의 촉은 좋으면서도 묘하게 적중률은 높지 않았다. 나는 피식 웃어버렸다.

"연애하면 꼭 먼저 말할게요."

"됐어. 그냥 내가 알아차리는 게 재밌지, 남이 연애한다는 얘기 전해 듣는 거 별로."

언니는 고개를 절레절레 저으며 자리를 떴다. 휴대전화의 메시지를 열었다.

안녕하세요, 신세련 작가님.

학교 다닐 때 함께 작가 준비를 하던 후배분이라고 형수님께 이야기 전해 들었습니다. 글을 무척 잘 쓰시는데 사정상 잠시 쉬고 계신다고요. 일단 먼저 만나 뵙고, 웹툰 작가님과 미팅도 진행하면서 향후 진행 방향에 대해 논의해보았으면 합니다. 전화를 드렸으나 통화가 어려우신 것 같아 메시지를 먼저 보내드리오니 괜찮으시면 미팅 가능 일자를 알려주시거나 전화를 주십시오. 감사합니다.

유성환 올림

심장이 빠르게 쿵쾅거리기 시작했다.

이게 계기가 될까? 다시 글을 쓰게 될까? 글을 쓰며 먹고사는 사람이 될 수 있을까? 그래도 될까?

한줌 기대가 막을 새도 없이 연기처럼 마음속에 피어올랐다.

휴가가 따로 있는 것이 아니었기에 사장 언니에게 양해를 구하고 반나절 자리를 비우기로 했다. 갑작스레 무슨 일로 자리를 비우는지 상황 설명을 해야 했기에 그녀에게 미팅 얘기를 했더니 연애 얘기보다 더 좋아해주었다. 아직 하게 될지 어떨지 모른다며 마음속 희망의 싹을 꾹 밟았지만 "시작이 반이다"라는 그녀의 말에 새싹이 쏘옥 하고 머리를 내밀고야 말았다.

미팅 전날 밤에는 몇벌 있지도 않은 옷들을 늘어놓으며 어떤 것을 입어야 '작가'처럼 보일까 고민도 했다. 내가 가진 옷 중에 그럴싸해 보이는 건 삼십대가 된 기념이라며 윤주가 생일선물로 사주었던 얇은 가을 코트 하나, 그리고 윤하 선배가 자기 취향이 아니어서 안 입는다며 준 검은색 긴소매 원피스 한벌뿐이었다. 모두 오륙년은 족히 된 것이라 낡은 티가 났다.

간이 옷장을 아무리 뒤져도 누군가와 처음 만날 때 입을 만한 '정장'이라고는 그게 다였다. 예쁘게는 아니어도 후줄근하거나 볼품없어 보이고 싶지는 않은데 왜 나는 이런 날을 대비해서 깔끔한 외출복 하나 준비하지 않았을까 기분이 울적했다.

결국 다음 날 나는 언제나처럼 윤하 선배가 물려준 낡은 원피스에 윤주가 사준 가을 코트를 걸치고 집을 나섰다. 내의를 껴입었는데도 한겨울의 칼바람은 가을 코트가 당해낼 재간이 없었다. 두꺼운 목도리에 얼굴을 파묻고 빙판길에 넘어지지 않으려 종종걸음을 치며 전철역으로 걸어갔다.

나는 대표가 보내준 주소의 삼층짜리 작은 건물 앞에서 망설이다가 전화를 걸었다. 이런 식의 미팅은 처음이라 어떻게 해야 할지 몰랐다. 그냥 무작정 들어가서 제가 누굽니다, 왜 왔습니다 하면 되나, 아니면 지금 일층인데 들어가면 되나요 물어봐야 하나 하는, 내가 생각해도 한심한 고민을 하다가 결국 전화를 하기로 했다. 처음으로 목소리를 듣게 된 대표는 밝은 목소리로 건물 전체가 모두 자신의 사무실이라며 이층으로 올라오면 된다고 했다. 굽이 닳아 드러난 쇠 심이 대리석 계단에 짜각짜각 울리는 소리가 민망하여 나는 뒤꿈치를 들고 까치발로 올라갔다.

사무실 안으로 들어서기 전 유리문 옆에 붙어 있는 전신 거울에 나를 슬쩍 비춰보았다. 화려하거나 화사하지는 못해도 깔끔해 보였으면 하는 마음이었다. 하지만 내 바람과는 다르게 낡은 것들은 아무리 깨끗하게 빨고 닦아도 깔끔해 보이지 않았다. 나는 밝고 젊고 세련돼 보이는 이 사무실에 어울리지 않는 낡은 커튼 같았다. 어디 찢어지거나 구멍 난 곳은 없지만 이제 버려도 되는 그런 커튼.

"아, 작가님? 신 작가님 맞으시죠? 어서 들어오세요!"

밖에서 망설이는 나를 발견한 대표가 유리문을 벌컥 열며 반겨주었다. 문이 열리는 순간 감각이 느껴지지 않을 정도로 꽁꽁 얼어붙은 얼굴에 온기가 확 닿았다. 옆으로 비켜서며 들어오라고 손짓하는 그를 지나쳐 안으로 들어갔다. 뚜르르 울리는 전화벨 소리, 타닥타닥 키보드 소리, 지이이잉 하며 종이를 뱉어내는 복사기 소리가 거슬리지 않게 각자의 소음을 내며 따뜻한 사무실 안을 채우고 있었다. 대표는 복사를 하러 나왔다가 나를 발견했는지 손에 종이 뭉치를 들고 있었다.

"생각보다 일찍 도착하셨네요. 전달해드려야 할 내용들을 복사하고 있었거든요. 일단 회의실 안에 가 계시면 서류들을 가지고 가겠습니다. 차는 어떤 걸 드릴까요? 커피나 녹차, 홍차도 있어요."

대표는 두어걸음 정도 앞서 걸으며 반쯤 몸을 돌려 뒤따르는 나에게 말했다. 나는 얼떨떨한 표정으로 홍차라고 대답하고 안내받은 작은 회의실 안으로 들어갔다. 그러고는 대표가 손으로 가리키는 의자에 앉았다. 그가 잠시만 기다려달라며 황급히 문을 닫고 나가자 부드러운 소음들도 함께 멈췄다. 사무용 책상과 의자가 가득 찬 작은 회의실 안에는 정적과 나, 둘뿐이었다.

아무도 없었음에도 어색함을 이기지 못한 나는 가방에서 노트와 볼펜을 꺼내 책상 위에 올려놓았다. 아이디어가 떠오르면 마구잡이로 적던 노트였다. 늘 가방 안에 넣어두고 하루에도 몇번씩 무언가를 적거나 찾아보던 노트였으나 마지막으로 펼쳐본 것은 반년도 훨씬 더 전의 일이었다. 마지막으로 무엇을 적었는지 기억도 나지 않았다. 어젯밤 무언가 메모할 것을 챙겨 가야겠다고 생각하고 꺼냈으나 차마 펴보지는 못했다.

"오래 기다리셨습니다!"

다시 문이 벌컥 열리자 나는 깜짝 놀라 벌떡 일어났는데 그가 인자하게 웃으며 앉으라고 손짓했다. 잘나가는 웹툰 작가진을 관리한다고는 하지만 자리가 잡히기 전인 신생 회사의 대표치고는 퍽 여유로워 보였다. 자신의 꿈 외엔 아무것도 거리낄 것 없는 삶을 살아온 사람들은 딱히 이룬 것이 없어도 초조해 보이거나 쫓기는 기색이 없다.

그는 종이컵을 내 앞에 내려놓고 다른 한 손에 들린 서류는 자기 앞에 내려놓았다.

"들으셨겠지만, 저희가 유진주 작가의 신작을 준비하면서 전작에서 유 작가가 아쉬워했던 스토리라인을 보강하고자 전문 작가분을 찾고 있습니다."

"아, 네."

"이것도 들으셨는지는 모르겠지만 유 작가의 전작이 꽤 흥행했어요. 혹시 보셨어요?"

"아… 아직이요."

"웹툰을 즐겨 보시지 않으면 모르실 수 있죠."

내가 난처해하자 대표는 걱정 말라는 듯 눈웃음을 보여주었다.

"기존의 타깃층을 공략하면서 전작과 비슷한 수준의 흥행을 바란다면 유 작가가 스토리를 써도 괜찮습니다. 하지만 저희 회사에서는 이 콘텐츠를 웹툰으로만 두고 싶지 않거든요. 앞으로 드라마나 영화 같은 영상매체로도 넓히고 싶어요. 그래서 저희가 웹툰 작가를 매니징하고 있는 거고요. 웹툰이 최종 콘텐츠가 아니라 시장성을 가늠하는 1차 콘텐츠인 셈입니다. 유 작가는 아직 완결 작품이 두편밖에 되지 않는 신인 축이지만 데뷔 후부터 지금까지 조금씩 팬층을 넓혀왔고 또 앞으로 더 발전 가능성이 있기 때문에 저희 회사에서도 밀어주고 있어요."

"아, 네."

"그러다보니 스토리 쪽에서 도움을 받을 만한 전문 작가님이 필요했습니다. 스토리 따로, 작화 따로 진행하는 것이 아니라 스토리를 유 작가와 함께 공동으로 작업할 작가님이요.”

“네.”

“저희가 찾기도 하고, 주변에서 소개받아 몇몇 작가님들을 만나봤습니다. 신 작가님을 뵙기 전에요.”

“아, 네, 네.”

나는 목이 타서 홍차를 한모금 마셨다. 여기서도 경쟁을 해야 한다는 뜻이었다.

“물론 작가님의 실력을 의심하는 것은 아닙니다. 유 작가와 함께 작업을 해야 하니 작품의 성격이나 개인적 성향이 서로 잘 맞을지, 저희도 미리 파악해야 하기 때문이에요.”

내 마음을 읽은 듯 대표가 황급히 덧붙였다.

“그리고 이것도 들으셨는지 모르겠지만 유 작가는 제 동생입니다. 친동생.”

대표가 빙긋이 미소 지었다.

“처음에는 웹툰 그린다고 집에서 반대가 컸어요. 노인 양반들이 웹툰에 대해 뭘 알겠습니까. 그런 거 하면 다 굶어 죽는 거 아닌가, 그러셨죠. 그런데 처음부터 생각보다 잘되어서 현재는 오히려 제가 사업적으로 동생 덕을 보는 셈이에요. 주변 친구분들의 손주들이 유 작가의 작품을 봤다고, 좋아한다고 하는 얘기를 듣고 부모님도 이제는 마음을 놓으셨고요. 유 작가가 저희 집안 늦둥이거든요.”

대표가 민망한지 아하하 소리 내어 웃었고 나 역시 아무 감정 없이 예의상 그를 따라 빙긋 미소를 지었다. 진주는 참 좋은 오빠를 두었네. 나는 얼굴도 모르는 진주가 조금 부러웠다.

"이전에 미팅한 작가님들은 이미 다른 웹툰 작가와 작업한 결과물이 있거나 발표한 작품들이 있으셔서 참고할 수 있었는데 신 작가님은 아직 등단 전이시라고 들어서 메일로 작품 제출을 요청드렸습니다."

나는 고개를 끄덕였다. 어제 저녁, 그간 써두었던 단편 몇편을 뽑아 메일로 보냈다.

"아직 유 작가가 확인은 못했어요. 오늘까지 마감해야 할 작업이 있다고 했으니 지금은 밤을 새우고 뻗어 있을 거예요. 내일 중 확인할 것 같습니다."

"네."

나는 꺼내놓은 노트를 만지작거렸다. 오늘 미팅에서 내가 이 노트를 펴볼 일이 있을까? 그는 나에게 무슨 말을 하고 싶어서 여기까지 불렀을까?

"같이 일한다는 작가도 없고, 다른 후보 작가들과 저울질하면서 왜 추운 날 굳이 여기까지 오라고 했을까 궁금하시겠죠?"

대표가 여전히 따뜻한 미소를 머금은 채 정곡을 찔렀다.

"유진주 작가가 성격이 그렇게 사교적이지 않아요. 예민하다면 예민하고, 괴팍하다면 괴팍하고, 무심하다면 또 무심하죠. 뭐 독특해요. 늦둥이라 더 신경 써서 예의 바르게 키웠는데 어떨 때 보면 아주 시건방지거든요. 똑같이 예민하면서 괴팍하고 무심한 사람이면 함께 일하기 어려울 거예요. 제 동생이니 제가 제일 잘 알죠. 괜히 안 맞는 사람 둘을 붙여놓고 파국을 맞는 걸 보느니 제가 먼저 두분이 잘 맞을지 확인하고 싶었습니다. 아무리 동생이라지만 프로젝트가 망하면 손해는 대표인 제가 보는 거 아니겠습니까?"

대표는 또 하하하 소리 내어 웃었다. 나도 다시 빙긋 웃었다.

"작가님들 실력이야 다 좋겠죠. 그건 유 작가가 판단할 몫이기도 하고요. 솔직히 얘기하면 저는 그냥 작가님들과 유 작가의 궁합을 본달까요? 뭐 그런 역할입니다."

그놈의 궁합이 뭔지는 모르겠지만 대표의 눈에 우리가 잘 맞을 것처럼 보이도록, 그런 표정을 짓자. 나는 미소를 지우지 않은 채 고개를 작게 끄덕였다.

"유 작가가 신 작가님보다 나이가 훨씬 어립니다. 아직 서른도 안 됐어요. 지금까지 만난 후보 작가님들은 유 작가보다도 나이가 어렸고요. 솔직히 얘기하면 저는 나이가 많으신 분이 옆에서 마감도 닦달하고 게으름 못 피우게 쪼기도 하고 그러시면 좋겠습니다."

얼굴이 확 달아올랐다. 서글서글한 인상과 친절한 말투 때문에 막연히 좋은 사람일 거라 예상했는데 그는 의외로 아무렇지 않게 남의 단점을 쿡쿡 찌르는 사람인 걸까? 아니면 이 또한 나의 피해의식일까? 혹은 일부러 자존심을 상하게 해서

성격의 바닥을 본다는 압박면접 같은 걸까? 아르바이트 말고
는 한번도 취업활동을 해본 적이 없는 나는 이런저런 생각만
하다가 다시 차를 한모금 꿀꺽 마셨다.

"특별히 자신 있는 장르나 자신 없는 장르가 있으실까요?"

그가 물었다.

"글쎄요. 자신이 있는 장르는 잘 모르겠지만 그렇지 않은 장
르는 있어요. SF나 판타지 쪽이요."

나는 솔직하게 대답했다.

"그렇군요. 유 작가의 전작이 SF였어요."

뜨끔했다.

"하지만 괜찮아요. 그런 쪽은 유 작가가 잘해요. 오히려 로
맨스 쪽이 약하죠. 그 녀석 연애도 꽤 해본 거 같은데 로맨틱한
이야기는 잘 못 쓰더라고요."

대표는 별것 아니라는 듯 어깨를 으쓱했다.

"후속작의 장르는 아직 정하지 않았고, 아마 스토리 작가님
이 확정되면 유 작가와 협의해서 결정하게 될 텐데 저는 로맨
스를 선호합니다. 아무래도 영상물로 제작할 때 특수 장르 대
비 제작비나 흥행에 대한 부담이 덜하니까요. 잘되면 저희가
제작사로 참여할 수도 있거든요."

유 대표는 오빠 모드와 대표 모드를 자유롭게 오가며 나와의
면접을 이어갔다. 한시간여의 면접 동안 나는 과거에는 집안
의 유일한 골칫덩어리였으나 어쩌다보니 현재는 잘나가게 된

동생의 뒷바라지를 위해 엔터테인먼트 회사를 운영하던 대표가 아예 새로운 사업에 뛰어들었다는 사연도 알게 되었다.

나는 가족들에게 골칫덩어리가 되어본 적이 한번도 없다. 내가 사고를 치지 않았기 때문이 아니라 가족들 누구도 나에게 관심을 갖지 않았기 때문이다. 나는 그저 집안의 가장이었고, 그들은 내가 사고를 치든 말든 어떤 꿈을 꾸든 말든 방세를 내고 냉장고에 음식만 채워 넣으면 그만이라고 생각했을 것이다.

나라고 다를 게 있었을까?

나 역시 동생들이 사고를 치든 말든 사춘기가 왔든 말든, 학교 불려 다닐 일만 없고 옥바라지만 안 할 정도면 된다고 생각했다. 내가 할 수 있는 건 그저 너희 입에 밥을 넣어주는 것뿐. 지금은 그마저도 버거워 도망쳐나왔지만.

대표의 이야기를 들으며 간간이 맞장구를 치고 대꾸했지만 그가 가족에 관련된 이야기를 꺼내면서부터 나는 거기에 없었다. 대표는 진주를 반항아, 과거에도 없었고 앞으로도 없을 문제아처럼 묘사했지만 나는 그 속에서 진주에 대한 가족들의 관심과 애정을 느꼈다. 버겁게. 그리고 자꾸만 나의 가족을, 나의 동생들을, 그리고 나 자신을 그의 이야기 속 가족들과 비교하며 조금씩 가라앉고 있었다.

Nine of Swords

소드 9

부정적인 감정 때문에 괴로운 상태이다.
슬픔으로 잠 못 이루며 머릿속이 복잡하다.

선택의 결과

최대한 빨리 최대한 긍정적인 답변을 주겠다는, 믿음직스러우면서도 아무런 보장도 되지 않는 대표의 약속을 뒤로하고 사무실을 나섰다. 코트 안으로 파고드는 칼바람을 느끼지 않으려 노력하며, 걸음을 내디딜 때마다 짜각짜각 소리를 내는 낡은 구두 소리를 무시하려 노력하며 걸었다.

내 기분이 아니라 나를 둘러싼 것들에 주의를 기울이려 했다. 지나가는 사람들, 반짝이는 상점들, 크고 작은 간판들, 거기에 쓰인 귀엽고 간결한 글씨들, 어디선가 희미하게 들려오는 음악들. 차분히 내 마음을 알아보려고, 내가 원하는 게 뭔지 알아차리려고 숨을 천천히, 또 길게 내쉬어봤다. 담배 연기처럼 희고 뭉글거리는 입김이 차가운 공기 속으로 퍼져나갔다.

나는 글을 쓰고 싶다. 나는 작가가 되고 싶다. 나는 글을 잘

쓰고 싶다. 나는 괜찮은 작가가 되고 싶다. 나는 돈을 벌고 싶다. 나는 나만 책임지면서 살고 싶다. 나는 지금 내가 하고 싶은 것이 뭔지 알고 싶다. 나는 나를 위해 살고 싶다.

나는,

갑자기 숨이 턱 막혔다. 내가 바라는 것 중에 크게 어려워 보이는 건 없었다. 그 무엇도.

다시 태어나고 싶다, 영원히 살고 싶다, 로또 1등에 당첨되고 싶다, 이런 허무맹랑한 소원이 아니었다. 그런데 나를 막고 있는 것은 무엇일까? 누군가에게는 심심하게만 들릴 소원이 내게는 왜 이다지도 갑갑하고 답답하게만 느껴질까?

카페로 돌아와 멍하니 앉아 손님을 기다렸다. 누군가 와준다면, 나에게 '타로카드를 볼 수 있나요?'라고 묻는다면 '네, 당연하죠. 여기 앉으세요'라고 답할 텐데. 간간이 풍경이 짤랑거리며 사람들이 들어오고 나갔지만 오늘 손님들은 여기 우두커니 앉아 있는 나에게 관심이 없어 보였다. 사람들의 입은 쉴 새 없이 움직이며 서로에게 무언가 말하고 맞장구쳤지만 내 귀에는 아무런 소리도 들어오지 않았다. 우웅우웅 하는 뭉개지고 둔탁한 소리만이 주위에 잔뜩 번져 있었다.

"오늘은 좀 한적하네?"

사장 언니가 커피와 함께 말을 건넸다.

"그러게요."

"왜 그렇게 멍하니 있어? 미팅이 별로였어?"

"그랬나? 모르겠어요."

나는 정말로 멍청한 표정을 지었다.

"근데?"

"모르겠어요. 지금까지는⋯ 글을 써서 출품하거나, 누군가 쓴 글을 윤문하거나, 아예 새로 써달라는 요청을 받거나 했죠. 오늘 미팅을 하면서는 기분이 이상했어요. 내 글을 쓰지만 누군가와 함께 만드는 이야기여야 하고, 그것도 쓰기 위해서는 선택되어야 하는데, 나는 선택받고 싶은 건지 아닌지도 모르겠고, 그들이 나를 선택하고 싶은지 아닌지도 모르겠고. 내 글이 아니라 내 성향이나 같이 일할 사람과의 궁합이 어떤지가 더 중요한 조건일 수도 있대요."

"아, 일종의 면접 같은 거였구나?"

"그렇죠, 면접. 전에는 글을 잘 써서 시험에 통과해야 한다고 생각했는데 오늘은 좀 달랐던 것 같아요. 글은 두번째였어요."

"그거야 자기가 글을 잘 쓴다는 걸 전제로 했기 때문이겠지."

"그것도 이상하지만요. 근데 그렇게 해서라도 내가 그 일을 원하는 건지 잘 모르겠어요."

"그게 뭐 나쁜가? 전에는 운이나 기회가 없어서 그랬던 거고, 이번에 좋은 기회와 운으로 다시 시작하게 되면 결국엔 자기가 쓰고 싶은 글을 쓸 수 있겠지."

그렇게 말하고 언니가 씩 웃었다. 본인도 알까? 복잡한 인생에 비해 너무 심플한 답변이라는 걸. 왜 우리는 타인의 인생에 대해서만은 모든 것이 단순한 공식에 따라 술술 풀릴 거라고 생각하는 걸까? 내 인생은 점심 메뉴를 정하는 사소한 일부터 시작해 모든 것이 복잡하게 꼬여 있는 것 같은데.

"저, 지금 타로카드 볼 수 있어요?"

사장 언니의 뒤로 손님 한명이 조심스레 다가와 물었다.

"네, 물론이죠. 여기 앉으세요."

나 대신 언니가 대답하며 의자를 빼주었다.

"엄마는 제가 그냥 일반 인문계 고등학교로 진학하기를 원하셨어요. 저는 미술을 하고 싶은데. 그땐 너무 어리니까 엄마 반대를 꺾고 예고에 갈 수 없어서 일반 고등학교로 왔는데, 저 미술 너무 하고 싶어요."

"지금 몇살인데요?"

얼굴이 하얗고 동그란 소녀는 축 늘어진 어깨를 하고 대답했다.

"이제 고3이 돼요. 지금이 아니면 다시 바꿀 수 없을 것 같아서 고민이 돼요."

"미술은 갑자기 할 수 있는 게 아닌데 지금 미대 쪽으로 준비한다고 갈 수 있을까요?"

"제가 예고 안 가고 포기하는 조건으로 엄마가 미술학원은 보내주셨어요. 취미로 하라고요. 계속 다녔고, 지금도 다니고 있어요. 근데 고3 되면 입시 준비를 해야 하니까 엄마가 미술학원을 끊어버린대요. 사실 엄마 몰래 학원에서 입시 준비를 하려고 했거든요. 미대 합격하고 나서 말씀드리면 설득할 수 있지 않을까 해서요.”

학생이 입을 앙다물자 말랑해 보이는 볼이 단단하게 뭉쳐져 결의에 차 보였다. 어리지만 하고 싶은 것이 있고, 그것을 지키기 위해 한발 물러나는 법도, 잠시 숨기는 법도 알고 있는 똘똘한 아이라고 생각했다.

“저 미대에 원서는 꼭 넣어볼 거거든요. 어떤 사람은 대학 가서 계속 취미로 하라고 하는데, 저도 그게 더 쉬운 길이라는 걸 모르지는 않아요. 일반 대학 가서 다른 공부 하고, 경험을 넓히면서 취업도 하고, 그림은 계속 취미로 그리면서 도전해도 된다고, 그게 더 안전한 거라고요. 미대 가서 화가가 못 되면 실패하는 건데, 취미로 하다가 화가가 되면 그건 성공하는 거고, 화가가 못 되어도 실패한 건 아니래요.”

“누가 그래요?”

“…아빠가요. 엄마한테는 이런 말 못 하는데 아빠는 제 편이라 얘기를 자주 하거든요. 엄마한테 비밀도 지켜주고요. 근데 아빠는 반대는 아니지만 반대하고 싶은 것 같았어요.”

“타로카드에 질문하고 싶은 건 뭐예요?”

나는 카드를 섞으며 물었다.

“미대에 가면, 가서 화가가 되지 못하면 제 인생이 정말 망할까요?"

학생의 해맑은 표정과 목소리에 카드를 섞던 손이 멈칫했다. 나는 그녀의 눈빛에서 '아니요'를 듣고 싶은 열망을 읽었다. 엄마는 들으려고도 하지 않고, 아빠는 그녀를 걱정하고는 있지만 응원하지는 않는다. 그녀의 꿈을 잡아 주저앉히려는 주변의 여러 시도가 있었지만 똘똘한 아이는 다음 기회를 기약하는 차분함과 위기를 피하는 기지를 발휘하며 자신의 꿈을 여기까지 끌고 왔다.

하지만 이제 스스로에 대한 믿음이 옅어져가는 상황에 맞닥뜨린 듯했다. 삶에 있어서 꿈은 아주 소중한 것이고 인생을 풍성하게 이끌어가는 에너지원이 될 수는 있지만 꿈 자체가 삶이라고는 할 수 없는 거니까. 그다지 재미없고 의미 없는 삶일지는 몰라도, 꿈 없이도 삶은 계속될 수 있다.

"자, 카드를 섞고 싶은 만큼 섞어주세요."

학생은 진지한 얼굴로 고개를 끄덕이더니 신중한 태도로 카드를 섞었다.

"학생이 볼 때 나는 어때 보여요? 망한 인생 같아요?"

나는 카드를 하나씩 뒤집으며 물었다. 학생은 생각지 못한 질문에 화들짝 놀라 눈이 동그래졌다.

"아빠가 말한 '망한다'는 게 어떤 의미일까요?"

내가 물었다. 학생은 생각에 잠긴 듯 보였다.

"돈을 못 버는 것? 아무도 내 그림을 좋아하지 않는 것? 아니면… 내가 나중에 그림 그리는 일을 괜히 했다고 후회하거나 당시의 나를 말리지 않은 엄마 아빠를 원망하는 것…?”

똘똘해 보이는 아이답게 선명한 답변을 금방 내놓았다. 이런 아이라면 조금 더 자유롭게 자신의 삶을 살게 두어도 괜찮을 텐데. 부모의 눈에는 아직도 물정 모르는 어린아이로만 보이겠지. 과한 애정은 좋은 쪽으로든 나쁜 쪽으로든 상대방을 있는 그대로 보지 못하게 한다.

“학생은 원하는 바를 잘 알고 원하는 결과를 만들어가는 방법도 비교적 잘 아는 사람이라고 생각돼요. 하지만 한편으로는 우유부단한 면이 없지 않죠. 인생이 망한다는 아빠의 조언은 꼭 필요한 이야기일 수도 있지만 너무 극단적인 예일지도 몰라요. 화가가 되고 싶은 사람이 화가가 되지 못하면 인생이 망하나요? 화가가 되고 싶지만, 그 마음을 숨긴 채 살면 그건 괜찮은 건가요? 다른 사람이 내 실패나 망설임을 모르면 그건 아무 일도 아니게 되나요?”

학생은 대답이 없었다.

“나는 소설가가 되고 싶었어요. 정식으로 글 쓰는 법을 배운 적도 없고, 아무 관련 없는 과에 갔지만 대학에서 문학 동아리 활동을 했고, 기회가 있을 때마다 공모전에 작품을 냈죠. 내가 글을 잘 쓴다고 말해주는 친구들도 꽤 많았지만 결론적으로 나는 작가는 되지 못했어요. 작품을 내는 족족 다 떨어졌거든요. 구질구질한 중간 이야기를 다 치우고 나면, 지금 나는 여기에서 학생에게 타로카드를 읽어주고 있어요. 먹고살기 위해 글 쓰는 일을 잠시 잊기로 했거든요. 사실 ‘잠시’인지 ‘영원히’인지 확실히 결정 못했어요. 아직도 매일 고민해요. 하지만 가까운 사람들은 내가 그 꿈을 포기했다고 생각하죠. 너무 힘들어서, 결국 먹고살아야 하니까, 재능 없는 것에 계속 매달리는 건 시간 낭비니까.”

카드를 바라보는 학생에게 물었다.

“그러면 내 인생은 망한 걸까요?”

“아니요!”

학생이 눈을 들어 나를 똑바로 쳐다보며 말했다. 단호하게.

“왜요?”

“모르겠어요. 하지만 망한 건 아닌 것 같아요. 아직 고민 중이라고 하셨잖아요. 망한 건 결론인데 아직 결론이 안 난 걸 어떻게 결론적으로 말해요? 그러니까 망한 건 아니에요.”

순수한 학생의 말에 내 마음이 다 따뜻해지는 것 같았다. 내가 그녀에게 타로카드를 읽어주는 것인지, 그녀가 나에게 위로를 주는 것인지 알 수가 없었다. 나는 그녀가 뽑은 연인 카드를 가리키며 말했다.

“여기 있는 연인 카드는 어떤 것도 선뜻 선택할 수 없는 학생의 마음 같아요. 결단을 내릴 수도, 그렇다고 내리지 않을 수도 없는 그런 상태. 아마도 엄마의 이야기도, 아빠의 조언도 틀리지 않다고 생각하기 때문이겠죠. 거기에 학생의 바람까지.

그 어떤 것도 애정이 없는 게 없어요. 딸에 대한 애정, 자기 인생에 대한 애정, 자신의 꿈에 대한 애정…”

학생의 눈에서 눈물이 한방울 또르르 떨어졌다. 누구나 하는 고민이고, 누구도 한번에 정답을 맞힐 수 없으며, 운이 좋은 누군가는 앓지 않고도 넘어갈 수 있는 일이지만 운이 나쁜 누군가는 평생이 가도록 풀 수 없는 문제. 상처가 되기도 하고 힘이 되기도 하고 약점이 되기도 하고 끝없이 달릴 수 있는 엔진이 되기도 하지.

“사실 학생의 질문에는 답을 줄 수 없어요. 왜냐하면 타로카드는 아주 가까운 미래에 대한 답만을 구할 수 있으니까요. ‘인생’이라는 넓고 광범위한, 그리고 시기를 특정할 수 없는 질문에는 정확한 답을 뽑을 수 없어요. 이건 질문부터 잘못된 거예요.”

“…그럼 제가 어떻게 물어봐야 했나요?”

나는 손가락으로 테이블을 톡톡 두드리며 어떻게 대답해야 할까 생각했다. 어떻게 대답해야 오답도 아니고, 그녀에게 상처도 아니고, 나에게도 위선이 아닐 수 있을까.

“궁금한 것을 물어본 것이니 그 질문을 바꾸면 다른 이야기가 되겠죠. 질문이 잘못됐다는 건 질문의 종류가 타로카드에 물어야 할 것이 아니라는 말이지, 틀렸다는 뜻은 아니에요. 누구나 궁금해할 만한 질문이라고 생각해요. 다만,”

나는 크게 숨을 들이마셨다 내쉬었다. 나를 따라 학생도 숨을 들이마셨다 내쉬었다.

"인생이 망하고 안 망하는 건 사실 미대와는 상관없어요. 미대에 가지 않으면 또다른 의미로도 망할 수 있죠. 학생이 미대에 가지 못한 좌절의 감정을 이겨내지 못하고 스스로를 해친다면. 나 역시 다시 글을 쓰지 않는다면 소설가로서의 나의 삶은 망한 게 되겠죠. 시작도 못해보고."

"……"

"그렇지만… 내가 소설가 대신 다른 길을 선택하고, 그곳에서 나 나름의 성공이라는 걸 한다면 내 삶은 어떤 의미에서는 성공이라고 말할 수 있을 거예요. 혹은 다시 글을 쓰겠다고, 소설가의 꿈을 포기하지 않겠다고 마음먹는다면 '망함'을 유예할 수는 있을 거고요. 학생은 어떻게 하고 싶어요?"

학생은 자꾸만 눈물이 나는지 고개를 뒤로 젖히고 입술을 잘근잘근 씹으며 감정을 추스르려 노력했다.

"성공을 유예하는 삶을 살 건가요, 성공이라는 결과에만 몰두하는 삶을 살 건가요? 혹은 아예 성공과 실패를 생각하지 않고 본인이 하고 싶은 것을 하면서 살 건가요? 부모님과 주변 사람들의 마음을 편하게 만드는 삶을 살 건가요? 성공과 실패는 분명 있죠. 하지만 그것을 판단하는 기준이 단 하나는 아닐 거예요."

학생은 울음을 참지 못하고 어느덧 어깨까지 들썩이며 울고 있었다.

"나는 학생이 어떤 것을 선택하든 행복한 선택을 하면 좋겠어요. 쉽지는 않겠지만. 왜냐하면 우리는 무엇이 정말 행복한 선택인지 잘 모르거든요. 그런 걸 생각해본 적이 없으니까. 나도 매일 고민을 하고 선택을 하지만 사실 잘 몰라요. 내가 행복하려고 한 선택인데 그게 맞는지 아닌지 선택하고도 늘 헷갈려요. 그래도 아무 생각 없이 사는 것보다는 망할 가능성이 적지 않을까요? 적어도 나 자신에게는."

한참을 울던 어린 학생을 토닥이며 돌려보내고 나는 자괴감에 빠졌다. 매끈한 조언이었다. 어디 하나 모자랄 것 없는. 그러나 나는 그렇게 살고 있나. 나는 내가 행복한 것만을 선택하고 있는 것이 맞나. 아무 생각 없이 살지 않는 것이 확실한가.

그녀에게는 도움이 되었을지 모르는 조언이지만 나는 입만 나불대는 어른이 된 것 같은 기분이 들어 뒷맛이 개운하지 않았다. 어쩜 이렇게 말만 잘하는 어른이 되었을까.

누군가에게 떠밀리듯 가방 안에 넣어두었던 노트를 꺼냈다. 아침 미팅 때 가져갔다가 펼쳐보지도 않고 다시 가방에 넣었던 그 노트였다. 표지 모서리에 손을 대봤지만 표지를 넘길 수는 없었다. 이걸 넘기면 무언가와 직면해야 할 것 같았다. 망하든가, 망했든가, 망하고 다시 시작하든가, 망할 것을 유예하든가. 짧든 길든 어떤 괴로움을 만나게 될 것 같았다.

The Lovers

연인

어떤 선택을 해야 하는 갈림길에 서 있다.
여러 유혹이 있을 수 있지만 흔들리지 말고
마음의 소리에 귀를 기울여야 한다.

불완전한 시작

유 대표를 만나고 온 뒤 별일 없이 일주일이 지나갔다. 새로운 사람을 만나 새로운 일을 앞두고 무언가 신나는 일이 생기거나 좌절하거나 당장 일상에 변화가 생길 것 같았지만 실제로는 아무것도 바뀐 것이 없었다. 오히려 전보다 더 심심하고 정체된 듯 느껴졌다.

다만 그날 이후 밤마다 아이디어 노트를 꺼내 하루 동안 나를 찾아온 여러 손님들의 얼굴을 떠올리며 그들의 사연을 간략히 적는 일을 시작했다. 처음에는 마치 내담자들의 상담 내용을 기록하는 상담사처럼 날짜와 성별, 추정 나이, 질문을 무미건조하게 적어두는 정도였지만 며칠 뒤부터는 질문에 대한 나의 답변과 생각, 그들의 반응, 그리고 이후 행동에 대한 예측까지 쓰기 시작했다. 그렇게 일주일이 되던 날, 나는 내가 '했음'으로 끝맺던 문장을 완성된 문장으로 적고 있다는 사실을, 어느새 문장과 문장 사이에 접속사가 등장하고 그것이 매끄럽게 읽히는지 확인한 뒤 노트를 덮는다는 사실을 깨달았다.

어느 밤, 열심히 그날의 상담 내용을 적고 후련한 마음으로 노트를 덮고 난 뒤 오늘 할 일을 다 끝낸 듯한 마음이 올라오는 나를 발견하고는 이상한 괴리감에 깜짝 놀랐다. 왜 뿌듯하지, 왜 만족스럽지, 왜 즐겁지… 글 쓰는 일을 하고 싶었으나 뜻대로 되지 않아 그렇게 괴롭게 떠나왔는데, 이젠 지겹다고도 생각했는데, 그 때문에 윤주와도 끝장났다고 생각했는데 어째서 나는 다시 이야기를 쓰고 있는 것일까.

그날 나 대신 울어주던 학생을 떠올렸다. 그애는 엄마에게 사실대로 말했을까? 아빠에게 지원을 요청했을까? 잠시 꿈을 묻어두기로 결정했을까? 지금 무슨 생각을 하고 있을까?

테이블 위에 올려놓은 휴대전화가 몸을 바르르 떨었다. 화면에 '유 대표님'이라는 글자가 보였다. 작은 두근거림을 느끼며 전화를 받았다.

"여보세요?"

"아, 신 작가님. 안녕하세요!"

"안녕하세요."

"통화 괜찮으실까요?"

예의 바르지만 시원시원하고 유쾌한 목소리로 유 대표가 물었다. 이 사람은 언제나 이렇게 기분이 20퍼센트쯤 업된 상태인 걸까? 그에 비하면 나는 늘 20퍼센트쯤 다운된 상태의 사람처럼 보일 것 같았다.

"네, 괜찮습니다."

"유진주 작가가 갑자기 여행을 다녀온다고 해서 답이 좀 늦었습니다. 전화도 꺼놓고 떠났거든요. 그 녀석이 원래 좀 그래요. 예술가라고 하면 사람들이 으레 갖는 선입견을 사람으로 만들어놓은 듯한 느낌이랄까요? 괴짜예요. 하하하."

나는 유 대표의 동생 뒷담화에 어떻게 반응해야 할지 몰라 가만히 있었다. 예술가라고 하면 사람들이 갖는 선입견이라⋯

"아이고, 작가님도 예술가이신데, 제가 실수한 건 아닌가 모르겠네요. 하하."

유 대표가 황급히 덧붙였다.

"아니에요."

등단도 못한 나를 작가라 불러주고 예술가로 여겨주는 것이 그저 황송할 따름이었다.

"어제 유 작가가 돌아와서 작가님이 보내주신 레퍼런스 작품들을 훑어봤고요. 밤새워서 본 건지 지금 막 연락이 와서 작가님과 일을 해보고 싶다고 하기에 바로 연락을 드렸습니다."

나는 여전히 어버버한 채로 뭐라 반응하고 대답해야 할지 몰라 입만 벙긋거렸다. 누군가 나를 선택해주었다는 전화를, 그런 상황을 만나본 것이 거의 처음이었으니까. 나는 늘 뒤에 남겨졌고, 아무도 내가 거기에 있는지 몰랐다. 아니, 알면서도 신경 쓰지 않았을지도 모른다. 왜냐하면 난 그럴 만한 영향력이 있는 사람도, 매력이 있는 사람도 아니었으니까. 그저 늘 20퍼센트 정도 가라앉아 있는 사람일 뿐이었다. 함께 끌고 가기에는 조금 무거운.

"아… 혹시 의사가 바뀌신 건 아니시죠? 제가 너무 늦게 연락을 드렸을까요?"

내가 아무런 답이 없자 유 대표가 나지막이 물었다.

"아, 아니요. 그런 게 아니라…"

깜짝 놀라 황급히 대답했다.

"연락이 없으셔서 다른 분과 하시려나보다 했어요. 갑작스러워 놀라서 그랬습니다."

"아이고, 그러셨군요. 제가 문자라도 남기고 연락을 드릴 걸 그랬어요. 저는 빨리 말씀드려야 서로 일정 조정하시기에도 편할 것 같아서 바로 전화를 드렸는데 저 혼자 너무 들떴나봅니다. 하하."

여전히 유쾌했다. 이런 사람과 이야기를 하면 어쩐지 모든 일이 술술 풀릴 것 같은 기분이 든다. 나도 5퍼센트 정도는 업되는 것 같고.

"여하튼, 아주 잘됐지요. 유 작가가 좀 까탈스러운 편인데 이번에는 의외로 빨리 결정을 했거든요."

"아, 네."

"저도 내심 작가님이 함께해주셨으면 하고 있었는데 유 작가도 그렇게 느껴서 신이 나네요. 왠지 그 망아지 같은 녀석이 작가님을 만나면 좀 차분해질 것 같기도 하고, 제멋대로인 면이 좀 고쳐질 것 같기도 하고, 그러네요?"

나이 차이가 많이 나는 오빠에게 망아지처럼 보이는 이십대 후반의 여자를 상상해봤다. 망아지 같은 예술가 타입의 여자애.

유 대표는 은연중에 나를 여동생을 길들일 가정교사나 과외 선생처럼 대하고 있었지만 오빠의 눈에만 그렇게 보이는 걸지도 모른다. 그녀는 이미 어른이 되어 자립했지만 큰오빠에게는 언제까지나 늦둥이 막냇동생처럼 보이는 걸지도. 내가 그녀를 잡으려고 한다면 유 대표의 바람과는 다르게 우리 둘 사이는 시작도 하기 전에 파탄이 날지도 모른다. 갑자기 이 둘 사이의 관계 줄타기가 생각보다 까다로울 수 있겠다는 생각이 들었다.

"자, 이제 신 작가님만 유 작가를 마음에 들어하시면 앞으로 프로젝트가 술술 풀리겠어요. 그래서 말인데 두 작가님 미팅을 언제쯤으로 잡으면 좋을까요?"

저녁 아홉시가 다 되어가는 시간이었다. 더 일찍 나올 수도 있었지만 유 작가가 야행성이라며 오히려 제정신인 상태로 미팅을 하려면 저녁 시간대가 낫다는 유 대표의 말에 카페 영업이 끝나갈 시간쯤으로 약속을 정했다. 나 역시 이쪽이 더 편하니 마다할 이유가 없었다. 아직 이 일을 시작한 것도, 계약서에

도장을 찍은 것도 아니니 작가 흉내를 내며 미팅에 하루 매출을 포기하는 건 나도 부담스러웠다.

사장 언니는 금수저 집안의 젊고 성공한 작가에게 얕보이지 않도록 더 일찍 퇴근해서 준비하고 가라며 여섯시부터 내 등을 떠밀었지만, 꾸민다고 초라하지 않은 건 아니라는 사실을 지난 미팅에서 깨달았다. 신경 쓸수록 더 초라해진다는 것도.

그래서 오늘은 늘 입던 대로, 늘 신던 대로, 늘 들던 대로, 원래의 나대로 길을 나섰다. 길이 들 대로 들어 이제 내 발처럼 느껴지는 스니커즈에, 역시 오래돼서 말랑말랑한 청바지, 오래전 플리마켓에서 사서 들고 다니다가 몇번이나 빨아 빛이 바랜 에코백을 들었다. 솜을 빵빵하게 채워 두툼하고 따뜻한 패딩점퍼 주머니에 손을 넣고 지퍼를 목 끝까지 올린 뒤 고개를 푹 숙였다. 칼바람이 부는 겨울밤이지만 견딜 만했다. 오늘 아침 출근하던 모습 그대로였다.

지난번처럼 따각거리는 닳은 구두 굽 소리 없이 사뿐사뿐 계단을 올라갔다. 덜그럭거리는 소리가 들리지 않으니 마음이 편안했다. 사무실 안에는 여전히 자리에 앉아 모니터를 노려보며 키보드를 두드리는 직원들이 두어명 있었지만 이미 퇴근 시간이 훌쩍 지나 대부분의 자리는 비어 있었다.

"신 작가님?"

유 대표가 미리 언질을 준 모양인지 자그마한 여자가 나를 발견하고는 벌떡 일어나 알은척을 했다. 고개를 숙이며 묵례를 하자 이리로 오라며 나를 안내했다. 지난번 유 대표를 만났던 회의실로 들어가려던 나는 회의실을 지나쳐 안쪽으로 들어가는 그녀를 보고 잠시 멈췄던 걸음을 재촉했다.

"대표님과 유 작가님은 대표실에 계시거든요."

뒤를 돌아보지 않고도 나의 주춤거림을 느꼈는지 직원이 말했다. 그가 짧고도 정확한 손놀림으로 문을 두번 두드리자 안에서 들어오라는 유 대표의 목소리가 들렸다.

"아이고, 신 작가님! 어서 오세요. 늦은 시간인데 와주셔서 감사합니다!"

유 대표의 환대로 내 주위 공기가 20퍼센트 정도 가벼워졌다. 나는 꾸벅 인사하며 직원을 지나쳐 방으로 들어가고 나서야 고개를 들었다.

대표실은 유 대표처럼 밝고 실용적으로 보였다. 본래의 용도는 식탁이었을 것이 분명한 희고 커다란 테이블 위에는 모니터와 무선 키보드만 깔끔하게 놓여 있고, 그 앞으로는 테이블의 세배쯤은 되어 보이는 커다란 소파가 ㄷ자 형태로 대표실 대부분을 차지하고 있었다. 장정 세명이 누워도 될 만한 거대한 소파였다. 그리고 한쪽에 한 남자가 누워 있었는데 내가 들어옴과 동시에 벌떡 일어나 앉았다. 가정교사가 되어줘야 할 나의 학생은 보이지 않았다.

"유진주 작가입니다."

유 대표가 소파에 앉아 있는 남자를 가리키며 말했다.

“유진주입니다.”

누워 있다 앉은 남자는 유 대표의 손짓에 일어서서 나를 향해 손을 내밀었다.

“아.”

짧은 탄식과 함께 그의 손을 맞잡고 흔들었지만 차마 여자인 줄 알았어요,라는 말을 덧붙이지는 못했다.

“놀라셨나봐요, 제가 남자라서?”

진주 작가가 장난스러운 표정으로 씩 웃어 보였다.

“그러니까 인마, 이름이 그게 뭐니. 사람들이 다 네가 여자인 줄 안다니까. 작가님 놀라셨어요? 이것도 미리 말씀을 드릴 걸 그랬나봐요.”

유 대표가 나에게 소파 한쪽을 권하고 진주 작가를 돌아보며 나무라듯 말했다.

“필명을 참 요상하게 지었단 말이에요. 그렇죠?”

유 대표가 나에게 동의를 구하는 듯 말을 건넸다. 뭐라 대답해야 할지 몰라 입을 다물지 못하고 둘을 번갈아 쳐다볼 뿐이었다. 생각해보면 진주 작가를 묘사할 때 유 대표의 태도는 분명 철이 안 든 천방지축 막내 남동생을 대하듯 한 것이 분명했다. 왜 당연히 여자일 거라고 생각했을까. 왜 필명일 수도 있을 거라는 생각을 못했을까. 나는 참 상상력이 부족한 사람이라는 생각이 들었다.

“아, 네네.”

나는 어벙하게 유 대표가 가리킨 자리에 앉아서 다시 한번 진주 작가를 쳐다봤다. 이런 상황이 즐겁다는 듯 그 역시 얼굴 가득 미소를 띠고 나를 바라봤다.

"이제 와서 이름을 바꿀 수도 없고, 매번 이러니 어쩌냐."

커피머신에서 내린 커피를 내 앞에 내려놓으며 유 대표는 여전히 진주 작가를 탓했다.

"이런 재미 때문에 지은 이름인데 바꾸긴 왜 바꿔? 형, 또 날 이상한 애처럼 얘기해놨지? 아주 세상 괴팍하고 괴상한 놈으로."

"이상한 놈이니 이상하게 얘기했지. 없는 얘기를 한 것도 아니고."

"형 기준에 들지 않는 사람을 이상하게 생각하는 게 더 이상해. 사람이 너무 네모야."

"네모 같은 소리 하네. 넌 작가라는 애가 사람을 묘사하는데 그 정도밖에 표현을 못하냐? 너무 추상적이야. 그럴 거면 순수미술을 했어야지. 넌 대중예술을 하는 웹툰 작가잖아."

"네모를 네모라고 하는데 갑자기 내 인신공격? 네모 형, 화내지 마. 더 네모처럼 보이니까."

유 대표와 진주 작가는 내가 그 자리에 없는 것처럼 투닥거렸다. 사이좋은 형제다. 나는 내 동생들과 이런 식의 대화를 해본 적이 한번도 없다. 네모나다 세모나다 하는 소리는 서먹하거나 팍팍한 사이에서는 할 수 없는 이야기다. 그들의 티키타

카를 바라보며 동생들과의 대화를 떠올려보려 했지만 아무것도 기억나지 않았다.

"쓸데없는 소리 말고 빨리 말씀드려. 바쁜 분을 늦은 시간에 모셔놓고."

유 대표가 진주 작가의 실없는 소리를 끊으며 나를 대화 안으로 초대했다. 진주 작가는 고개를 끄덕이며 옆에 있던 태블릿을 내 앞에 펼쳐 보였다. 나는 후다닥 내 아이디어 노트와 볼펜을 꺼냈다. 태블릿 화면을 빠른 손놀림으로 이리저리 훑던 진주 작가가 순간 잠시 멈추고 나를 빤히 쳐다보는 게 느껴졌다. 잠시 말없이 나를 보던 그는 다시 화면의 앱과 폴더 사이를 왔다 갔다 하며 무언가를 찾기 시작했다.

"형은 이제 가."

진주 작가가 화면에서 눈을 떼지 않은 채 말했다. 유 대표가 미팅에 계속 참여하리라고 생각했던 나는 조금 놀랐지만 유 대표는 자신의 역할이 여기까지라는 것을 이미 알고 있었다는 듯 바로 일어나 벽에 걸린 외투를 걸쳐 입었다.

"신 작가님, 유 작가와 이야기 잘 나누시고요. 이제 두분이 마음 맞춰서 결과물만 잘 만드시면 됩니다. 제가 도와드릴 일 있으면 연락 주시고요. 하지만 제 말도 잘 안 듣는 녀석이니 저보다는 작가님이 혼도 내고 등짝도 한번씩 후려치면서 데리고 계셔주세요. 절대 중간에 버리고 가시면 안 됩니다!"

유 대표는 말 안 듣는 유치원생을 학원에 맡기는 엄마처럼 당부인지 경고인지 모를 말을 남기고 바로 사무실을 나갔다. 나는 들어올 때처럼 어버버하며 그에게 인사하고는 살짝 얼이 빠진 채 그가 나간 문을 바라보았다.

"여기 이거. 이걸 봤어요."

진주 작가가 내민 태블릿 화면에는 내가 보낸 단편소설이 떠 있었다.

"이야기가 마음에 들었거든요."

대학 시절 쓴 소설이었다. 지금은 밥벌이 수단이 된 타로카드를 처음 배운 계기가 된 소설.

"주인공이 타로카드 리더더라고요. 마치 정신과 의사나 심리 상담가처럼 사람들을 만나서 그들의 이야기를 듣고 고민에 대한 답을 타로카드로 찾아주고 자기 자신도 성장하는. 뭐, 아주 단순한 구조의 이야기인데… 저는 마음에 들었어요."

진주 작가가 손가락으로 화면을 톡톡 쳤다.

"어릴 적에 쓴 소설이라 그래요. 그때는 이리저리 꼬아서 만든 이야기나 호흡이 하나로 길게 이어지는 이야기보다 쉬엄쉬엄 읽을 수 있는 이야기를 쓰고 싶었거든요. 지금 보면 조금 유치하게 느껴질 수도 있는데, 웹툰이라는 형식에는 이런 단순한 구조의 서사가 더 어울릴 것 같아서 그걸로 보냈어요."

나는 진주 작가처럼 노트를 손가락을 톡톡 치면서 말했다. 노트에 그 소설에 대한 내용이 적혀 있는 건 아니었다. 왠지 모르게 그의 제스처를 따라 하고 있었다.

"그랬군요."

진주 작가가 나를 가만히 들여다보는 게 느껴졌다. 그는 처음 인사를 나눈 이후로 줄곧 나를 관찰하고 있는 것 같았다. 말을 하고 또 걸고는 있지만 그 이면에서 다른 생각을 하는 듯 보였다.

"타로를 원래 볼 줄 알았던 건가요? 아니면 이 소설을 쓰면서 배우게 된 건가요?"

나도 천천히 고개를 들어 그를 바라봤다. 그의 호기심 어린 눈빛의 정체가 무엇인지, 나의 무엇을 관찰하는 중인 건지 나도 역시 알아내고 싶어졌다.

"겸사겸사 배웠어요. 타로카드를 독학으로 배운 선배가 있었는데 리포트 몇개 대신 써주고 가르쳐달라고 했어요. 그걸 소설의 소재로 쓰고 싶었고, 배워두면 써먹을 곳이 있을 것 같기도 했고요."

"그럼 지금은 이 소설을 다시 쓰려고 하는 건가요?"

"아니요. 일단 보내드린 건 완성된 것이었어요. 물론 이걸로 웹툰 작업을 하게 된다면 줄거리나 구성을 조금 손봐야 하겠지만…"

진주 작가는 나를 뚫어져라 쳐다봤다. 기이한 녀석이라고 생각하며 가만히 그를 바라보다 눈빛으로 '왜? 뭐가 문제인데?'라고 말했다.

"…그런데 왜,"

너무나 이상하다는 듯 그가 말을 꺼냈다. 나는 고개를 갸웃하며 다시 눈빛으로 '뭐가?'라고 물었다.

"그런데 왜 지금도 타로카드를 보고 있죠? 소설은 이미 끝이 났는데."

나는 그제야 진주 작가의 얼굴을, 타인에게 무심한 듯한 표정을, 배려 없이 뚫어져라 쳐다보는 그 눈빛을 어디선가 마주친 적이 있다는 사실을 깨달았다. 기억 저편의 안개 숲을 더듬거리며 그를 건져내는 동안 그는 내가 이미 자신을 알아보았다는 듯이 말을 이었다.

"우리는 헤어졌어요. 그다음 날. 타로카드로 궁합을 보고 난 바로 그다음 날."

나는 흐릿한 안개 속에서 드디어 또렷한 얼굴과 상황을 낚아챘다. 심드렁한 남자와의 궁합 때문에 한껏 두려움에 떨던, 작은 새 같던 그 여자. 그를 잡고 싶어하던, 그와의 관계를 무너뜨리고 싶어하지 않던 그 여자. 그래, 그 여자와 함께 왔던 남자였다.

"아… 그 팔찌…?"

진주 작가가 날카로운 눈빛을 풀고 픽 하고 웃었다. 유 대표와 비슷한 모양으로 눈꼬리가 휘어지며 부드러운 눈빛이 되었다. 유 대표가 다소 능글맞은 느낌으로 주변 분위기를 가볍게 해준다면 진주 작가는 웃어야만 비로소 그런 느낌이 나는 사람이었다.

“네, 그 팔찌. 타로카드를 보고 걔가 내내 기분이 좋지 않았는데, 팔찌까지 잃어버려서 그날 하루 종일 칭얼거리는 게 아주 대단했어요. 물론 저녁때 다시 카페로 돌아가서 찾긴 했지만, 둘 다 기분을 돌이키기에는 너무 늦었죠.”

나는 갑작스러운 이별 고백에 어떻게 대답해야 할지 알 수 없었다. 아니, 그보다 우리가 구면이라는 사실이, 앞으로 계속 얼굴을 봐야 할 동료라는 사실이 당황스러웠다. 대체 언제부터 내 정체를 눈치채고 있었던 거야.

“미안해할 필요는 없어요. 어차피 궁합 같은 거 보지 않았어도 그렇게 될 줄 알았던 사이니까.”

“언제… 언제부터 알았어요?”

나는 유 대표가 앞에 놓아준 커피를 한모금 마시며 물었다.

“뭘요? 작가님이 작가님인 줄? 아니면 우리가 헤어질 줄?”

그가 무신경한 표정으로 물었다.

“저, 저요.”

“글쎄요. 보내준 소설을 보면서 그날 생각이 났고, 아까 처음 보면서는 긴가민가했고, 얘기하면서 완전히 생각났어요. 그런데 그 소설을 다시 쓰려고 타로카드를 보는 게 아니에요?”

“아…”

내 입에서 묘한 탄식이 흘러나왔다.

“당황하게 하려던 건 아닌데. 당황하셨어요?”

뭐라 대답해야 할지 알 수가 없어 다시 한번 커피를 홀짝였다. 진주 작가는 그 상황이 재미있는 건지, 내가 당황한 모습이 즐거운 건지 장난스러운 미소를 얼굴 가득 담고 있었다.

"당황은 내가 해야 하는 거 아니에요? 난 헤어진 여자친구랑 궁합까지 봤잖아요, 작가님 앞에서. 그리고 그날 엄청 정곡을 찔렸다고요."

도리어 정곡을 찔린 건 나였다.

"내가 그애를 사랑하지 않는다고 했잖아요. 내 면전에서, 내 여자친구에게."

"아니, 그렇게 말하지는 않았어요."

나는 괜히 발끈했다. 물론 그렇게 생각하긴 했다. 당신이 생각하는 것만큼 이 남자가 당신을 생각하는 건 아니라고.

"뭐, 그 비슷하게 얘기했죠. 하지만 당연히 그동안 우리의 모습을 생각해본다면… 그애도 그렇게 느꼈을 거고, 저도 그랬고요."

"기분 나빴다면 미안해요. 그럴 의도는 없었는데."

"아뇨. 차라리 잘됐어요. 타로가 아니었다면 우리는 여전히 지지부진하게 네가 날 사랑하네 마네, 덜 사랑하네 더 하네, 답도 없는 얘기로 서로를 괴롭히고 있었을 거예요. 물론 그게 흔한 연애의 얼굴이긴 하지만."

진주 작가가 짐짓 전문가 같은 표정을 지으며 팔짱을 꼈다. 나는 이 남자가 상당히 솔직하고 그로 인해 사람들에게 상처를 주기도 하지만 그에 대해 크게 개의치 않는 성격임을 알아차렸다. 그리고 상처를 주려는 의도는 없으며 그저 호기심이 많은 성격이라, 혹은 타인의 감정에 크게 관심이 없는 성격이라 그렇다는 것도 느꼈다.

어떻게 생각하느냐에 따라 다르지만 감정적으로 얽히지만 않으면 크게 문제 될 것 없는 타입이다. 오히려 자신의 평판이나 타인의 평가에 연연하지 않기 때문에 괜한 예의를 차리거나 빙빙 둘러 얘기할 필요가 없는 사람이다. 그 반대의 사람에게는 불편하고 이해가 가지 않겠지만 역시나 감정적으로 얽히지만 않는다면 꽤나 쿨하고 합리적인 관계를 쌓을 수 있을 것이다.

감정적으로 얽히지만 않는다면.

The Fool

바보

새로운 시작, 순수한 열정, 여행이나 이동.
무한한 가능성으로 가득하지만
자칫 잘못하면 절벽 아래로 떨어질지도 모른다.

상처의 급습

우리의 이상한 인연과 우연을 복기한 후 잠시의 침묵이 있었고 다시 일 이야기가 시작되었다. 그 순간은 매우 어색했지만 일단 시작하고 나자 진주는 빠르게 몰입했다. 그 몸 둘 바 모르겠는 분위기에 남아 있는 건 나 혼자뿐인 것 같았다. 그래서 더 어색했다.

진주는 그날 연인과의 마지막 모습을 나에게 보였지만 나 역시 처음 보는 남자에게 보이고 싶지 않았던, 아니 보여줄 거라고 생각지 않았던, 이미 헤어진 연인과 질척이는 모습을 들켰다. 그에게 우리 둘의 모습이 어떻게 보였을지 모르겠지만 어쨌거나 나에게는 무척 부끄러운 장면으로 남아 있는 기억이었다.

하지만 나는 그 누구보다 더 쉽게, 그리고 감쪽같이 내 감정을 숨길 줄 아는 편이다. 숨기는 데 재능이 있다기보다 적절히 표현하는 방식을 배운 적이 없기 때문에 솔직히 드러낼 줄 모른다는 게 더 정확한 표현일지도 모른다. 내 인생에는 이보다 더 당황스러운 상황, 이보다 더 마주치지 않기를 바랐던 사람, 이보다 더 창피했던 순간이 많다.

그런 생각이 들자 툭, 툭, 툭 방망이질 치던 심장이 조금씩 가라앉았다. 어쩔 줄 모르던 표정도 다시 무표정하게 돌아왔다. 나의 당황스러움은 다른 이유 때문이 아니라 내가 그의 이별의 조력자였다는 것, 그리고 그를 일종의 '나쁜 남자'로 생각했다는 것을 들키면 어쩌나 하는 걱정 때문이었다. 내 마음을 편하게 해주려는 소리였을지는 모르겠지만 그도 말했다시피 이미 그렇게 될 줄 알았던, 이별의 단계를 밟고 있던 연인이었다고 해도.

지금 이 순간 이 남자는 그때 그 나쁜 남자가 아니라 나의 동업자이고, 나는 그의 중요한 파트너 중 한명일 뿐. 서로의 흑역사 부스러기는 잠시 주머니에 넣어두자고 마음을 진정시켰다.

"이름이 특이해요. 세련씨."

한참 아무렇지 않게 자신의 기획을 들려주던 진주가 갑자기 말했다.

"…특이한 게 아니라 촌스러운 거겠죠."

"이름이 세련인데, 촌스럽다. 굉장하네요."

"뭐가요?"

“세련인데 촌스럽다는 것이요. 굉장한 자신감 아닌가요? 부모님이 그 이름을 지을 땐 의도가 있으셨겠죠? 혹시 필명이에요?”

“본명이에요. 저는 진주씨처럼 유명한 작가가 아니니까 그런 촌스러운 필명이 있다는 게 더 우습게 보일 것 같네요.”

“뭐, 일종의 장난이나 해학 같은 느낌으로 지었을 수도 있죠. 처음에 글을 보기 전에 이름이 눈에 띄었거든요.”

“진주씨는 그런 의도로 지었나봐요?”

너무 날카로워 보이지 않으려 목소리를 작고 둥글게 내렸다. 나는 항상 나와 관계된 것들이, 내 주변의 사람과 상황 들이, 그리고 나에 대한 것들이 누군가의 눈에 열등감이나 피해의식으로 보이지 않았으면 했다. 나는 어쩔 수 없이 그 속에서 살아야 하는 사람이었으니까. 조금만 삐끗해도 타인에게 들키기 십상이었다. 이런 식의 ‘사서 걱정’ 역시 열등감이나 피해의식의 한조각일지도 모르지만.

“저는 그냥… 남자의 느낌이 아니었으면 했어요. 그렇다고 여성적으로 보이고 싶었던 건 아니지만. 남자 작가라고 하면 기대하는 ‘선이 굵은’ ‘거침없는’ 이런 식의 고정관념이 작품을 보기 전부터 사람들에게 부여되는 게 싫었죠. 담당자들이 무의식적으로 그런 식의 수식어를 붙이는 것도 싫었고요.”

“고정관념을 싫어해요?”

“좋아하는 사람도 있어요?”

“부정적인 것이라면 싫어할 수도 있죠. 하지만 늘 부정적이진 않잖아요.”

“이를테면?”

“어린이날 부모의 손을 잡고 놀이공원에 놀러 온 아이는 화목한 가정에서 자라고 있을 거라는 것. 값비싼 공정무역 커피를 텀블러에 사 마시는 사람은 윤리적 문제에 예민하리라는 것. 아니면… 명품을 들고 다니는 사람은 경제적으로 넉넉해 보이는 것. 많은 사람들이 명품을 소비하는 이유 중 하나죠.”

“고정관념 때문에 그런 행동이나 소비를 해본 적이 있나요?”

나는 조금 불편해졌다. 누군가와 긴밀히 일을 하다보면 개인사를 어쩔 수 없이 조금은 드러내야 할 순간이 오리라고 생각했지만 그게 오늘일 줄은, 그 상대가 두번째 만나는 남자일 줄은 몰랐기 때문이다. 십년이 넘는 시간 동안 가장 가깝게 지낸 윤주조차도 처음 사귀던 일이년간은 내 사정을 정확히 알지 못했다. 그저 끊임없는 아르바이트에 지쳐 있는 나를 ‘집이 조금 어려운’ 여자친구 정도로 생각했을 뿐.

“…아니요. 없어요.”

“그런데 그걸 어떻게 알죠? 그거야말로 고정관념이네요. 그렇지 않나요?”

진주가 빙긋 웃었다. 그는 우리가 퍽 유쾌한 대화를 하고 있다고 생각하는 모양이었다. 본인이 꽤 센스 있는 질문으로 내

논리적 허점을 찔렀다고 여기는 것 같기도 했다. 나는 똑똑해. 나는 논리적이야. 나는 날카로운 편이야,라고 으스대는 듯한 진주의 미소가 어린아이처럼 보였다.

그래, 그는 구김이 없어 보인다. 구김이 없으니 이런 짧은 대화 속에서 진리를 깨달았다거나 누군가에게 진리를 일깨워줄 수 있다고 생각하는 것이고, 또 그런 대화가 즐거운 유희라고 느끼는 것이다. 구김 없이 자라 먹고살 걱정이 없는 아이들은 허세가 없다. 노력하지 않아도 누리게 될 긍정적인 고정관념 같은 데에도 관심이 없다. 오히려 그걸 굴레라고 느낀다. 그것 때문에 자신의 순수한 능력과 자아가 훼손된다고 주장하면서. 그런 주장을 할 수 있다는 것 자체가 자산이라는 사실을 정말 모르는 걸까?

"…그런 고정관념이 싫어서 값비싼 커피나 명품을 사지 않는 게 아니에요. 누군가는 그런 이유로 소비할 여유조차 없거든요. 진주씨 주변에는 그 정도의 사람이 없을 수도 있지만요."

나는 너무 따지거나 억울해 보이지 않으려 목소리를 차분하게 한 톤 낮췄다. 그저 너의 의견이 틀릴 수도 있음을 말하기 위한 것이지 내가 그렇다는 게 아니야,라는 뉘앙스를 싣고 싶었다. 내 열등감이, 피해의식이 벌써부터 낯선 이에게 펼쳐지지 않기를 바라면서. 그 때문에 그가 굳어버리거나 나를 조심하지 않기를 바라면서.

첫 미팅은 새벽 한시가 다 되어 끝났다. 야행성이라는 진주는 열한시가 넘어가면서부터 생기가 돌기 시작했다. 그는 자고 싶은 만큼 자고, 일어나고 싶을 때 느지막이 일어났을 것이다. 하지만 아침부터 카페로 출근해 하루 종일 일한 뒤 그의 사무실로 다시 출근한 나는 열한시를 기점으로 눈에 띄게 말수가 줄어들었다. 고정관념에 대한 짧은 토론을 나눈 이후로 그냥 일 얘기만 하고 싶기도 했다. 그런 식의 대화조차 나에게는 사치였다. 몇시간 후면 다시 일어나서 출근해야 하고 사람들을 만나 부딪치고 이야기하며 돈을 벌고 퇴근 후의 시간을 잘게 쪼개어 다음 미팅 자료를 준비해야 하니까.

새벽 한시쯤 되자 진주는 무엇을 타고 집으로 돌아갈 것인지를 물었다. 아니, 정확히는 "차는 가져오지 않으셨을 거고, 집에는 어떻게 가세요?"라고 물었다. 그때야 집으로 돌아갈 일이 걱정되기 시작했다. 지하철은 이미 끊어졌을 시간이고 버스 역시 확실치 않았다. 택시를 타는 것이 유일한 방법이었지만 택시비를 생각하니 내키지 않았다.

"택시를 불러드릴까요?"

진주가 물었다.

"아니면 제가 가는 길에 데려다드려도 되고요."

그는 어두워진 내 기색을 살피며 덧붙였다. 그 어떤 선택지도 마음에 들지 않았다. 선뜻 대답하지 못하고 망설이는 나를 두고 진주가 앱으로 택시를 호출했다.

"저는 괜찮은데, 좀 불편하실 수도 있을 것 같아서 택시 불렀어요. 괜찮죠?"

나는 억지웃음을 지으며 고개를 끄덕였다. 택시는 십분 정도 후 도착했다. 어쩔 수 없이 하루 수입을 택시비에 쏟아부어야 하는 나는 편치 않은 마음으로 주섬주섬 택시에 올라탔다. 작별 인사를 하려 차창을 내렸을 때 창문 틈으로 진주가 오만원짜리 지폐를 넘겨주었다.

"늦은 시간이라 데려다드려야 하는데 죄송해요. 다음엔 조금 더 일찍 만나요."

받아야 하나 말아야 하나 망설이는데 진주가 얼른요,라며 지폐를 흔들었다. 나는 무미건조하게 감사합니다,라고 말하며 그 돈을 받았다. 진주가 활짝 웃어 보였다. 찌르르한 기운이 가슴에 울렸다. 이 기운은 나의 열등감일 거라고, 못난 마음이 자연스러운 매너를 못 알아보는 거라고 스스로를 다독였다. 그렇지만 오만원짜리를 손에 꽉 쥐고 있던 나는 결국 중간쯤 가서 택시를 세우고야 말았다. "기사님, 여기 그냥 세워주세요"라고 말하는 내 목소리가 남의 것처럼 들렸다. '아니야, 제발 그냥 타고 가!'라는 마음이 택시 문을 닫는 순간까지도 나에게 소리쳤지만 들리지 않는 척했다. 택시비를 내고도 삼만원이 넘게 남았다.

흰 연기를 입김처럼 바르르릉 내뿜으며 택시가 사라지자 차갑고 텅 빈 거리에 나 혼자만 남은 것 같았다. 새벽의 겨울 공기는 차가웠다. 말 그대로 뼈가 시릴 정도의 추위가 턱을 달달 떨리게 했다.

아쉽게 헤어지는 친구의 뒷모습을 바라보듯 멀어져가는 택시의 뒤꽁무니가 보이지 않을 때까지 눈으로 좇았다. 그리고 택시가 완전히 사라지자 패딩에 고개를 푹 파묻고 가로등을 따라 걷기 시작했다. 무섭지는 않았다. 이런 시간, 이런 추위에서까지 나쁜 짓을 꾸밀 사람은 없을 것 같았다. 그런 사람들조차 따뜻한 집과 포근한 이불 속에서 내일의 나쁜 짓을 떠올리며 스르르 잠에 들 것이다.

Four of Swords

소드 4

피로의 축적. 지칠 대로 지쳐
몸과 마음을 회복할 휴식이 필요하다.

걸담배와 속담배

아침이 언제나 힘들긴 하지만 눈을 잘 못 뜨는 편은 아니었다. 하지만 오랜만에 밤길을 오래 걸어 피곤했는지 맞춰놓은 알람도 못 듣고 늦잠을 잤다. 아니면 돌아와 누워서도 떠오르는 순간들을 훑느라 뒤척여 잠자리가 피곤했는지도 모르겠다. 답도 없고 출구도 없는 긴 시간 속을 두서없이 걸어온 기분이었다.

늦지 않기 위해 사방으로 물을 튀기며 세수하고 옷장에서 낚아채듯 옷을 꺼내 입고 운동화 뒤축을 구겨 신고 뛰어나왔다. 휴대전화를 확인한 건 버스정류장에 도착해서였다. 간밤 나를 찾은 건 대출 관련한 두개의 스팸 문자와 진주와 윤주의 문자였다. 무엇을 먼저 봐야 할까 잠시 생각하다가 그냥 순서대로 보기로 했다.

잘 들어가셨죠?

전화하기엔 늦은 시간이라 메시지 보냅니다.

잘 들어가셨으면 답은 하지 않으셔도 됩니다.

다음 미팅 날 봬요!

오전 2시 28분

유진주

안 자면 전화 줄래?

오전 1시 46분

안윤주

가만히 메시지를 들여다봤다. 답을 해야 하나? 답은 필요 없다는 새벽 2시 28분 문자에, 안 자면 전화를 달라는 1시 46분 문자에, 아침 9시 24분에 답을 해야 할지 그냥 무시해도 좋을지 고민이 됐다. 잠시 고민하는 동안 버스가 도착했다.

버스에서는 내내 창밖만 바라봤다. 타자마자 자리가 있어서 금방 앉을 수 있었지만, 그래서 다시 휴대전화를 확인해볼 수도 있었지만 그렇게 하지 않았다. 눈빛을 풀고 창밖 저 멀리를 멍하니 바라봤다. 아니, 무언가를 '봤다'고 할 수는 없다. 눈빛을 거기에 두었을 뿐 나는 아무것도 보지 않았다. 눈빛에도 머릿속에도 마음에도 아무것도 없이 그냥 텅 빈 채로 있었던 것 같다.

버스에 실린 내 텅 빈 육신은 마치 주술에 의해 움직이는 것처럼 매일 내리는 정류장에서 스르르 일어나 내렸다. 나는 오랫동안 그런 식으로 내 몸에서 의식과 생각을 모두 지워버리는 훈련을 해왔다. 훈련이라고 하지만 크게 노력을 기울인 건 아니다. 살려고 하다보니 어쩔 수 없이 익숙해졌다는 게 더 맞는 표현일 것 같다. 나에게는 그게 휴식을 취하는 방식이었다. 몸을 멈출 수는 없으니 생각을 잠시 멈추는 것밖에는 방법이 없었다.

나로 돌아오는 그 순간, 잠시 멈춰놓았던 의식이 마치 둑이나 댐이 터진 듯 와르르 흘러넘쳤다. 오늘은 무엇을 해야 하고 앞으로는 어떻게 해야 할지, 과거의 나는 어떻게 해야 했고 왜 그러지 못했는지, 왜 나는 아무도 듣지 못할 이야기를 혼자서 변명처럼 되뇌고 있는지. 그런 쓸데없는 고뇌와 질문이 퇴적물처럼 명치끝에 쌓였다.

나는 진흙탕 같은 퇴적물 더미에서 건져 올린 비밀번호를 누르고 카페로 들어왔다. 큰 것부터 작은 것까지 카페 안의 모든 조명을 켜고 커피 머신을 세팅하고 테이블을 닦고 커피도 한잔 내려 내 자리로 와 앉았다. 따뜻한 커피를 한모금 입에 머금고 주머니 속 휴대전화를 잠시 만지작거리다가 다시 꺼내어 보았다.

잤어.

왜?

무슨 일 있어?

덕분에 잘 들어왔습니다.

자료 잘 정리해 갈게요.

주말 미팅 때 뵙겠습니다.

각각 윤주와 진주에게 답장을 보냈다. 둘 다에게 답장할 필요가 없었을 수도 있지만 나는 그냥 모두에게 답장을 보냈다.

카드 덱을 섞는 동안 남자는 내 손에서 눈을 떼지 않았다. 왠지 그의 기대를 충족하기 위해 화려한 기술을 선보이는 타짜처럼 능숙하게 덱을 펼쳐야만 할 것 같았다. 그러나 그럴수록 손은 덜컥거리게 되어 있다. 카드를 부채꼴로 펼치는 순간 어딘가에 걸려 카드의 간격이 들쑥날쑥해졌다.

"질문을 생각하시면서 평소에 잘 사용하지 않는 손으로 일곱장을 뽑아주세요."

"네."

남자는 얌전한 손길로 카드를 뽑았다. 내 손의 움직임을 좇는 그의 눈길을 느끼며 천천히 한장씩 뒤집어 테이블 위에 올렸다. 그는 그것이 무슨 뜻인지도 모르면서 진지한 눈빛으로

카드들을 쳐다봤다.

"저, 이거 사진 찍어도 돼요?"

이윽고 그가 나를 바라보며 물었다. 네 그럼요,라고 대답하자마자 그는 바로 휴대전화를 꺼내 자신의 스프레드를 찰칵찰칵 찍었다. 반듯하고 정직하게 찍는 걸로 봐서는 기록용인 듯했다. 아마도 자신을 스쳐가는 것들, 기억해야 하는 것들이나 경험들을 세세하게 사진으로 남겨두는 타입인 것 같았다. 나는 웬만해서는 일상을 기록하지 않는다. 무엇이 기록해야 할 정도의 일인지 결정하기가 어렵다. 이 정도는 별일 아니지 않나? 이보다 더 힘든 일도 있었는데? 이 정도 일은 내일도 생길 텐데?라는 생각에 '기억하고 싶지 않다'는 마음이 더해져서 그렇다.

글을 쓰고자 하는 사람은 관찰과 기록으로 글쓰기를 시작한다. 처음 관찰하는 대상은 자기 자신이다. 겉모습뿐만 아니라 내면까지 관찰하고 지속적으로 기록하기에 가장 적합한 대상이기 때문이다. 하지만 나는 그게 힘들었다. 자기 객관화를 할 줄 아는 것이 건강한 정신을 가진 사람이라면 나는 굉장한 약골이다. 나 자신으로부터 분리되어 나를 보기가 괴로웠다.

언젠가 문학 동아리에서 유명 소설가를 초청해 부원들의 작품을 합평하는 자리가 있었는데, 이후 그에게서 따로 메일이 왔다. 글이 쉽게 잘 읽혔다, 내용이 흥미로웠다, 조금만 다듬으면 좋은 소설이 될 수 있을 것 같다는 칭찬 뒤에 조심스럽게 붙어 있던 마지막 문단이 내 마음을 때렸다.

세련님의 글은 매우 재미있지만 자신의 이야기처럼 보이지 않았습니다. 소설은 실제가 아니지만 적어도 읽는 동안은 실제처럼 느껴져야 독자들의 마음에 남을 수 있습니다. 내 이야기라는 것은 나의 내면이라는 필터를 거쳤는지 아닌지로 가려집니다. 세련님의 작품은 그런 점에서 아쉬움이 남습니다. 안타까운 마음에 실례를 무릅쓰고 메일을 드립니다.

나는 그 메일을 읽고 또 읽었다. 주인공의 감정을 조금 더 섬세하게 묘사해야 한다는 걸까? 아니면 내 실제 감정을 주인공의 마음처럼 털어놓아야 한다는 걸까?

그 메일을 받고 일주일이 지나서야 윤주에게 보여줬는데, 윤주는 심각한 얼굴로 메일을 읽어보더니 작게 고개를 끄덕거렸다.

"나는 무슨 얘기인지 알 것 같아."

윤주가 조심스럽게 나를 쳐다보며 말했다.

"무슨 뜻인데?"

"가끔 너를 보면 무언가 회피하고 있다는 생각이 들 때가 있어."

"내가?"

"응, 물론 넌 굉장히 책임감 있는 사람이지. 성실하고. 그런데 그게 뭐랄까, 이런 설명이 맞는지 모르겠지만, 육체적인 성실함이랄까? 네 몸의 움직임에 대한 성실함과 솔직함이지. 어떨 땐 네가 감정이 없는 것처럼 보일 때가 있거든."

"…내가?"

"좀더 정확하게 말하자면… 감정이 있긴 하지. 느끼지 못하는 것도 아닌데 가끔…"

윤주가 뜸을 들였다. 누군가에게 상처가 될 만한 이야기라면 그는 직접적으로 말하지 못하고 늘 빙빙 돌렸다.

"가끔은 느끼고 싶어하지 않는 것처럼 보일 때가 있어. 그 감정을 분명히 느꼈지만 느끼지 못한 척하는 것처럼 말이야."

왠지 힘이 탁 풀리는 것 같았다. 느낄 수 있고 느끼고 있지만 모르는 척한다니. 내가 감정이 드러나게끔 충분히 표현하는 타입은 아니라고 생각했지만 나의 마음속에서도 그런 짓을 하고 있는지는 몰랐다. 누군가는 그걸 어떻게 모르냐고 하겠지만 맹세코 나는 알지 못했다. 그리고 그게 나의 글에 드러나고 있는지도 몰랐다. 윤주에게 더 캐묻고 싶었지만 그럴 수 없었다. 들키고 싶지 않은 무언가를 더 들킬 것만 같았다.

윤하 선배에게도 이 이야기를 했더니 대뜸 담배 같은 거네, 라고 말했다.

"담배 같은 게 뭔데요?"

내가 묻자 선배는 반짝이는 작은 가방에서 담뱃갑을 꺼내어 손가락보다 가느다란 담배 한개비를 꺼내 입에 물었다. 윤주도 나도 담배를 피우지 않아 '담배 같은 것'이 뭔지 도통 알 수 없었다.

"너 겉담배, 속담배 알아?"

나는 고개를 저었다.

"한대 피워볼래?"

그녀가 담배 한개비를 더 꺼내어 내 쪽으로 내밀었다. 나는 천천히 받아든 뒤 윤하 선배가 하는 것처럼 입에 물었다. 선배는 경쾌한 소리가 나는 금빛 라이터를 켜 내 앞에 들이밀었다.

"가만히 있지 말고 담배를 빨대 빨듯 쭉 빨아. 그래야 불이 붙어."

담배를 입에 문 채 입술을 쭉 내민 나에게 선배가 웃으며 말했다. 흐읍! 하고 숨을 들이마시자 목구멍을 콕콕 찌르는 듯한 연기가 입안에 가득 찼다. 텔레비전에서 본 것처럼 거친 기침을 하지는 않았다. 담배 연기는 남이 뱉는 연기 냄새를 맡을 때보다 내 입속에 있는 것이 더 구수하게 느껴졌다. 이런 맛에 담배를 피우는 건가? 하며 입안의 연기를 후 하고 내뿜었다. 구름 같은 연기가 뭉게뭉게 퍼졌다.

"그게 바로 겉담배라는 거야."

선배가 나를 슬쩍 보면서 담배 연기를 깊게 들이마셨다가 내뿜었다. 그녀가 뱉어낸 담배 연기도 내 것처럼 뭉게뭉게 흩어졌다. 봤어?라고 선배가 물었다.

"뭐가 달라요?"

"뭐가 다르긴. 넌 지금 담배 연기를 그냥 입안에 머금었다 뱉은 거잖아. 난 폐 깊숙이 그 연기를 넣었다 뺐어. 네가 내뿜은 연기와 내가 내뿜은 연기는 일단 몸의 어디까지 들어갔다 나왔는지가 달라. 입안에 머금었다 뱉은 건 네 안에 들어갔다 나오긴 했지만 정말 너를 거쳤다고 볼 수 없지. 하지만 내 담배 연기는 내 장기를 한번 훑고 나왔다고. 그런 차이야. 비슷하지만 다르지. 화학적인 성분은 같을지 모르지만 여기에는 내 폐가 머금고 있던 공기가 더해지니까."

나는 다시 한번 담배를 물고 깊게 들이마셨다. 담배 연기가 내 폐포 사이사이를 한번씩 돌아 나온다고 생각하면서. 곧바로 쿨럭쿨럭하는 기침이 쏟아졌다. 눈물이 핑 돌았다. 선배는 그런 나를 보더니 큭큭큭 웃었다.

"그런 거지 뭐. 내면의 필터를 거친다는 건 몸이든 마음이든 괴로운 일인데 넌 겉담배 피우듯 글을 쓴 것 같다는 말 아니겠어? 그 소설가에게는 네 고뇌가 느껴지지 않았나보다."

나는 손에 쥔 담배를 내려다보았다. 털지 않은 재가 곧 툭, 하고 떨어질 것처럼 길게 매달려 있었다. 검지로 가느다란 담배를 한번 툭 치니 반백의 머리카락과 비슷한 색의 재가 통째로 떨어져 내렸다.

"이렇게 한동안 계속 쉬기만 해도 괜찮을지, 쉬고 나면 마음이 더 나아질지 궁금하시다고 했잖아요."

나는 남자를 보며 말했다. 남자는 반짝이는 눈빛을 하고 고개를 끄덕였다.

"얼마나 쉬셨는데요?"

"삼개월쯤이요."

"충분한 것 같으세요?"

남자가 눈을 이리저리 굴리며 생각에 잠겼다.

"충분하지 않았는데 계속 쉬어도 될지가 고민이라면 이유가 있지 않을까요?"

카드에는 의외로 펜타클(Pentacle) 카드가 많지 않았다. 돈과 관련된 문제였다면 동전 모양의 펜타클 카드가 섞여 나왔을 것이다. 하지만 그의 카드는 주로 소드와 완드가 대부분이었다.

"스트레스를 많이 받으셨나봐요."

그의 과거를 의미하는 카드를 보며 말했다.

"네. 번아웃증후군처럼 무기력증이 왔어요. 처음에는 체력적인 문제인가 해서 연차를 길게 내서 쉬기도 하고 운동도 다니고 그랬는데 나아지지 않더라고요."

"일이 많았는데 주변에서 도와주는 사람들이 없었네요? 내가 벌인 일이니 도와달라고 하기도 그렇고, 수습은 해야겠는데 손은 부족하고…"

"맞아요. 제가 하고 싶다고 해서 시작한 프로젝트였는데 어느 순간 대표님이 관심을 안 갖더라구요. 회사 내부에서 지원도 별로 없고, 다들 바쁘니까 도와달라고 하기도 그렇고… 그렇게 몇번이나 무기력에서 벗어나지 못해서 그만뒀어요. 동료들에게 너무 미안하더라고요."

"어쩌면 일이 많아서 번아웃이 온 게 아닐 수도 있어요. 카드로 볼 땐 인간관계의 문제였을 수도 있을 것 같아요. 도와달라고 해보지도 않으셨죠?"

남자가 무겁게 고개를 가로저었다.

"힘들다고는 해보셨어요?"

"…아니요."

"왜요?"

"모르겠어요. 입이 떨어지지 않더라고요. 내가 하자 그랬으니 내가 책임져야 할 것 같고, 그거 하나 책임 못 지면서 누군가에게 그 부담을 같이 지자고 하는 게 맞나 싶기도 하고…"

남자가 한숨을 푹 내쉬었다. 여전히 자신이 한심하다고 생각하는 것 같았다.

"현재를 뜻하는 카드를 봐도 질문자님의 문제는 완전히 해결되었다고 생각되지 않아요. 그때와 비슷하게, 이제 쉴 만큼 쉬었고 때가 되었으니 다시 일을 해야 하지 않을까 하는 생각 때문에 고민하고 계신 것 같아요. 몸이 힘든 것이 진짜 원인이 아닌 것 같다고 하셨으니 그 문제를 직면하거나 해결한 뒤에 다시 일을 시작하셔야 하지 않을까요?"

남자는 고개를 떨구고 잠시 생각에 잠긴 것 같았다. 그러고는 이내 고개를 들더니 나를 보며 말했다.

"누군가에게 도움을 청한다는 게 저는 참 어려워요. 내 능력이 부족한 것 같고, 자기 역할을 제대로 못하는 사람이 된 듯한 기분이 들어요."

그의 눈동자가 처연해 보였다. 그는 능력 있는 사람일 것이다. 배울 만큼 배웠고 자기 몫의 일을 척척 해내고 불평이나 불만을 내비치지 않는 타입이리라. 나는 이러한 성향이 문제를 더 키웠을 거라고 생각했다. 표현하지 않으면 사람들은 모른다. 괜찮은 척하면 괜찮은 줄 안다. 이겨낸 척하면 이겨낸 줄 안다. 그래서 나는 나 스스로에게도 내색하지 않았다. 괜찮은 줄 알라고 이겨낸 줄 알라고, 나 자신까지 속이고 싶었다.

"그러지 마세요."

내가 말했다.

"힘들다고 하세요. 둘이 하면 금방 할 수 있을 것 같다고, 함께해주겠냐고 물어보세요."

남자가 다시 한번 얕은 한숨을 내쉬었다.

"저는 질문자님이 왜 도움을 청하는 게 어려운지, 그게 왜 나의 약점처럼 비칠까 두려운지 자세히는 몰라요. 분명히 그게 불리하게 작용한 적이 있었겠죠. 살면서 그런 감정을 드러낼 만한 기회가 없었을지도 모르고요. 하지만 결국 그 감정이 질문자님을 멈추게 만들었잖아요. 잠시 서서 도움을 요청하면 다시 나아갈 수 있었을 텐데, 그냥 가려다가 아예 모든 것을 멈출 수밖에 없었어요. 다시 달려가보려 해도 진짜 문제가 해결되지 않으면 얼마 못 가 다시 멈춰 설 수밖에 없을 거예요.”

남자는 착잡해 보였다.

내가 버틸 수 있겠느냐고 묻는 사람에게 ‘버틸 수 있다’고 대답할 수 있을까? 버틸 수 있는 사람은 묻지 않는다. 이제 더 이상 안 될 것 같은 사람만이 물음을 던진다.

나는 그의 주변에 도움을 청할 만한 사람이 남아 있기를 바랐다. 이제라도 손을 내밀면 잡아줄 누군가가. 기다렸다는 듯 그래, 알겠어,라고 말하며 웃어줄 누군가가. 위로가 되기를 바라며 옅은 미소로 그를 보내고 휴대전화를 켰다. 망설이다가 천천히 문장을 만들었다. 그리고 전송했다.

The High Priestess

고위 여사제

뛰어난 직관으로 알아야 할 모든 것을 이미 알고 있다.
하지만 마음을 숨기고 다른 사람에게 기대지 않는다.

저녁 식사의 주제

문자를 보내고 얼마 지나지 않아 전화로 회신이 왔다. 내가 먼저 문자를 보내긴 했지만 이렇게 금방 답이 올지도, 그게 전화일 거라고도 예상하지 못한 나는 바로 통화 버튼을 누르지 못하고 목을 몇번 다듬고서야 그의 전화를 받을 수 있었다.

"놀랐어요."

나만큼이나 놀란 듯 진주의 목소리에서도 놀라움이 묻어나왔다.

"작가님이 먼저 연락을 주실 줄은 몰랐거든요. 그것도…"

진주는 적당한 단어를 찾지 못했는지 말끝을 길게 끌면서 마무리 짓지 못했다.

"잘 안 풀리는 부분이 있어서요. 주말 기획회의 때 뭐라도 들고 가려면 좀더 얘기를 해야 할 것 같았어요. 회의실에서 만나면 너무 경직되는 것 같아서 식사라도 같이하면 어떨까 했고요."

그를 대신해서 내가 그의 말을 마무리 지어주었다. 하지만 나도 낯설고 어색하기는 마찬가지였다. 누군가에게 먼저 '밥 먹자'는 말을 건네본 게 언제였던가. 아니, 그런 적이 있기는 했나?

누군가가 내게 '넌 왜 이렇게 바쁘냐'고 섭섭해하며 '밥이라도 한끼 하자'고 팔을 붙잡고 늘어질 때에야 촘촘히 차 있는 아르바이트 스케줄 사이 한두시간을 빼내어 함께하는 것 말고는 먼저 식사 약속을 잡은 적이 없었던 것 같다. 그조차도 '내가 살게'라는 상대의 말이 전제돼 있을 때였다. 나는 누군가에게 밥을 사겠다며 먼저 손을 잡아끌 만한 여유가 없었으니까.

내 손가락은 마지막의 마지막까지 윤주와 진주 사이를 오락가락했다. 아무 고민 없이 '저녁 콜?' 하고 문자를 보낸 게 아니라는 뜻이다. 진주의 전화를 받는 그 순간조차도 나는 망설이고 있었다. 전송 버튼을 누르고 데이터가 먼 길을 떠나 진주의 휴대전화 화면에 당도했을 때까지도 '보내지 말았어야 했나'를 계속 고민했다.

"좋아요. 좋죠, 자주 만나서 이런저런 이야기를 나누면. 우린 서로를 잘 모르니까."

우린 모르니까.

서로를.

진주의 말이 묘하게 들렸다. 그런 의도는 아니었을지도 모르지만 그것을 받아들이는 내가 묘하다고 느꼈다. 나도 모르게 내가 그를 이용하려 한다는 생각이 한순간 들었던 걸까? 아니, 그가 내게 이용당할 만한 인물인가?

그의 말처럼 우리는 서로를 잘 모르는 사이였다.

아주 오랜만에 느끼는 설렘이었고, 그 설렘은 금방 티가 났다. 오후쯤 사장 언니가 나를 보더니 데이트? 하며 음흉한 미소를 띠었다.

"아, 아니요."

나답지 않게 과장된 몸짓으로 손을 휘저었다.

"맞는 것 같은데. 기분도 좋아 보이고 시간도 계속 체크하는 것 같고?"

그녀가 장난꾸러기 같은 웃음을 보이며 말했다.

"이따 남자 만나는 거 맞지?"

돌려 말하는 법 없는 그녀가 내 팔짱을 끼며 묻자 나도 모르게 씩 웃음이 나왔다.

"데이트는 아니고요."

"그래, 뭐 꼭 각 잡고 만나야 데이트니? 이런저런 핑계 대면서 만나면 그게 데이트고 그러다 정들면 애인이지."

진주는 우리가 이렇게 자신을 안주 삼아 킬킬대는 걸 알까 싶었다. 그저 문자 하나 먼저 보내놓고 데이트니 뭐니 떠드는 게 우스웠지만 그렇게라도 해서 버텨야 하는 게 일상이고, 뉴스 없는 삶이었다. 나는 별다른 걱정거리가 없어진 이 새로운 삶에, 지루함이 섞인 일상에 묘한 이질감을 느끼면서 그녀와 함께 킥킥 웃었다. 왠지 그렇게 하고 싶었다. 나도, 내 삶도 이제는 그럴 수 있을 것처럼 느껴졌다.

무슨 바람이 불어서 '나답지 않은 짓'을 한 건지는 몰라도 이상하게 기분이 좋았다. 당황스럽고 낯설고, 그가 이상하게 생각하면 어떡하지 하면서도 나답지 않은 행동을 했다는 사실이 설렜다.

내가 누군가에게 밥을 먹자고 했다. 한끼를 같이하자고 했다. 그 말은 '내가 살 수도 있다'는 뜻이기도 했다. 택시비를 남겨 만든 비상금은 진주의 주머니에서 나온 돈이었지만 나는 그것을 동생들의 저녁 반찬을 위해 쓸 필요도 없고, 그들의 차비나 참고서를 사는 데에 보탤 필요도 없었다. 그대로 내 지갑에 들어 있었다.

어쩌면 진주는 자신이 내어준 차비로 오늘 저녁 식사 대접을 하는 것을 불쾌하게 느낄지도 모른다. 결국 집 앞까지 택시를 타고 편안히 가지도 못하는 나를 구질구질하다 생각할지도 모른다. 그렇다면 나는 그 돈이 아니라 오늘 상담을 하며 번 약간의 돈으로 그에게 밥을 살 것이다. 그럼 큰 문제는 없겠지. 어쨌거나 나는 나 자신에게만 쓸 수 있는 돈을 벌었으니까. 아니면 통장에 넣어두고 이달 월세를 낼 때 쓴 것 말고는 그대로 묵혀둔 진주와의 계약금을 드디어 쓴다 해도 될 것이다.

그럼 된 거잖아.

혼자 고개를 끄덕이고 자리를 정돈하고 보니 내 앞에 찻잔을 들고 선 손님이 있었다. 환한 미소를 띠며 손님을 맞이하고 그녀의 이야기를 듣고 카드를 뽑고 카드의 내용을 풀이해주고 다시 그녀의 이야기를 듣고 내 나름의 조언을 들려주었다. 웬일로 쉴 새 없이 손님들이 몰려들었다. 다른 사람을 보고 흥미를 느낀 듯 '나도 그거 할 수 있냐'며 다가온 손님도 있었다. 상담이 끝나면 손님들이 내미는 상담료를 노트 사이에 끼워두었다가 영업이 끝난 후 지갑으로 옮겨 담는데 이날만은 중간중간 정산을 해야 했다. 얇은 노트가 금세 불룩해져서 책상 위에 올려둘 수가 없었다. 사장 언니조차 '운수 좋은 날 같다'며 놀렸다.

가까스로 마지막 손님의 상담을 마무리했다. 더 지체하다가는 진주와의 약속 시간에 늦을 것 같아 적극적인 손님의 '예약'까지 받은 후에야 자리를 털고 일어났다.

"와, 이제 여기 예약까지 해야 돼요? 전에는 그냥 와도 됐는데. 언니 유명해졌나보다."

나만 알고 아끼던 어떤 것이 만천하에 드러났을 때의 아쉬움과 자랑스러움이 묻어나는 손님의 목소리가 들려왔다. 순간 뿌듯했다. 들뜬 기분이 조금 더 길게 이어지기 바랐다. 이건 귀중한 기분이었다. 말 그대로 '왠지 모르게 좋은 기분' 말이다.

그 기분을 망치고 싶지 않아 그냥 받아들이기로 했다.

"작가님!"

빠른 걸음으로 튀어나가던 내 등 뒤에서 진주가 나를 불렀다. 그는 이 추운 날 굳이 차 밖에 서서 나를 기다리고 있었다. 오래돼 저절로 낡아진 내 청바지와 다르게 새것을 일부러 낡게 만들었을 것 같은, 색이 바랬으나 후줄근해 보이지 않는 회색 진에, 역시나 겉만 낡고 신발 뒤축은 새것처럼 반듯한, 일부러 때를 묻혀 비싸게 판다는 듯한 운동화를 신고 있었다. 나와 비슷한 듯 다른 모습이었다. 한겨울에 그럴듯한 외투도 없이 얇은 니트 카디건을 입은 진주는 추위도 느끼지 않는 것 같았다. 그러나 그건 정말 추위를 느끼지 못해서가 아니다. 그는 추위 속에서 길게 헤맬 필요가 없기 때문에 거추장스러운 두꺼운 외투가 필요하지 않았으리라. 여러모로 나와 비슷하게 차려입었으나 나와는 너무나 다른 그를 보자 알 수 없는 웃음이 나왔다.

"왜 여기까지 오셨어요? 우리는…"

"역 앞에서 만나기로 했죠. 근데 중간에 시간이 남았어요. 주차할 곳도 마땅치 않은데 굳이 역 앞에서 뱅뱅 도느니 작가님을 더 빨리 만나면 좋을 것 같아서 왔어요."

진주가 내 말을 가로채며 빙 돌아 재빠르게 조수석 문을 열어주었다. 나는 졸지에 꽤나 극진한 에스코트를 받으며 흙먼지를 잔뜩 뒤집어쓴 그의 차에 올라탔다.

"차가 좀 더럽죠? 여행을 다녀오고 나서 세차를 못 했어요. 아니, 안 한 것 같아요. 귀찮아서."

조수석 문을 닫고 운전석으로 돌아온 진주가 말했다. 그답지 않게 부끄러워하며 변명하는 것 같았다. 나는 예의상 미소를 지어 보이며 괜찮다고 답했다. 괜찮다고는 했지만 뒷좌석은 무언지도 모를 짐이 가득해 앉을 곳도 없어 보였고, 조수석 바닥은 말라붙은 진흙이 떨어져 있어 지저분했다. 오히려 조심할 필요가 없을 것 같아 마음이 편했다.

"항상 이런 건 아니에요. 누군가 탄다고 하면 치우는데, 오늘은 좀 갑작스러웠잖아요? 이해해줘요. 너무 더러워서 내리고 싶은 건 아니죠?"

내비게이션을 조작하며 진주가 말했다.

"전혀요. 오히려 편하네요."

나는 나답지 않게 아주 솔직한 마음을 털어놓았다. 진주 역시 편안한 표정으로 웃어 보이고는 라디오를 틀었다. 낯선 가요가 흘러나왔다. 이제는 아는 노래도 별로 없었다. 뭐 언제는 있었나?

휴대용 워크맨이며 CD 플레이어, 더 커서는 MP3까지, 친구들이 음향기기를 수시로 바꾸어가며 자신만의 '우리 오빠'를 만들고 열심히 추종하던 때에도, 나에게는 오빠도 음악도 없었다. 그런 걸 알려면 텔레비전이나 라디오를 끼고 살아야 하고, 그게 아니면 작은 플레이어라도 있어야 하지만 나에게는 아무것도 없었다. 집에 텔레비전은 있었지만 여유 시간에는 아르바이트를 하거나 죽기 살기로 공부를 했다. 대학에 가는 것 말고는, 그것도 반드시 전액 장학금을 받는 것 말고는 아무런 희망이 없던 시기였다. 시급이 가장 높은 아르바이트는 과외라는 걸 알게 된 후로 나는 대학생이 되어 과외 아르바이트를 시작하는 것만이 내가 현재 시점에서 이룰 수 있는 가장 큰 목표라고 생각했다. 코피도 터지는 팔자가 따로 있는 건지 주말 내내 아르바이트를 하고 방과 후 밀린 집안일을 혼자 해치워도 나는 아무렇지도 않았다. 매일 밤 작은 방 한칸에 다닥다닥 붙어 누운 식구들이 모두 깊이 잠든 후에야 플래시를 켜고 교과서를 달달 외우는 피로한 삶이었음에도 말이다. 너무 힘들 땐 차라리 하늘이 노랗게 핑그르르 돌며 쓰러져버리길 바랐다. 그러나 아무리 혹사해도 나 홀로 피로할 뿐, 누군가 나의 피로를 알아보게끔 하는 단서는 드러나지 않았다.

"저는 작가님이 훨씬 나이가 많은 줄 알았어요."

낯선 멜로디 위로 진주가 살며시 자기 목소리를 얹었다.

"생각보다 저랑 차이가 별로 안 나시더라고요?"

무슨 소리인가 했더니 내가 나이 들어 보인다는 얘기였다. 저런 무례한 말을, 그것도 그리 친하지도 않은 여자와 단둘이 있는 자리에서 아무렇지도 않게 툭 던지는 것을 보니 그는 정말이지 평생 눈치를 볼 필요가 없는 인생을 살았나보다 싶었다.

"여섯살밖에 차이가 안 나요. 그렇죠?"

무엇이 그렇다는 건지 알 수가 없었다. 내가 나이 들어 보인다는 걸 인정하라는 소리인지, 나이 차가 별로 나지 않으니 맞먹겠다는 뜻인지, 의도를 알 수 없어 나는 아무 말도 하지 않았다.

"저보다 열살이나 많은 사람한테도 저는 곧잘 누나라고 불러요. 열살이 뭐예요, 스무살 차이도 그렇게 부르죠. 가끔은 엄마 친구들도 누나라고 불러요. 물론 그땐 다분히 정치적인 의도가 있는 거지만요."

그래. 그걸 잘 알면서 이러는 건 내가 안중에도 없다는 뜻인가, 자기 엄마 친구들만큼도 중요하지 않다는 뜻인가?

"그런데 작가님한테는 누나 소리가 잘 안 나오더란 말이죠. 제가 보기보다 능글맞은 편인데도 말이에요."

나는 뚱한 표정 그대로 앞만 바라보고 있었다. 뭐라고 대답해야 할지 알 수가 없었다.

"어젯밤에 헤어지고 나서 잠을 좀 설쳤어요."

진주가 갑자기 뜬금없는 얘길 꺼냈다.

"그 얘기가 계속 생각났어요."

"…뭐가요?"

"고정관념에 대한 세련씨와 저의 의견 차이에 대해서요. 나는 내가 고정관념이 있는 타입이라고 생각해본 적 없어요."

그야말로 아무것도 모르는 남자로군. 나는 속으로 피식 웃음이 났다.

"누군가는 그럴 수 있죠. 너는 불행이 뭔지 몰라. 네가 아는 가난은 텔레비전 다큐멘터리 속 아프리카 난민에게나 있고, 네가 아는 비극은 막장 드라마 정도일 테고, 네가 겪은 최대의 슬픔은 소설 속 주인공의 죽음일 거라고."

"……"

"그럼에도 불구하고 나는 내가 어느 정도 균형감이 있다고 생각했어요. 꼭 겪어야만 아는 건 아니다. 꼭 그 삶을 살아봐야만 입체적인 인간이 되는 건 아니다. 나는 철부지 도련님이 아니다,라고 얘기하고 싶었죠. 그리고 그렇다고 믿었어요. 어제까지는."

진주의 목소리는 차분했지만 차분하지 못한 내용에 나는 불편한 마음이 들었다.

"나는 세련씨에 대해 아는 게 전혀 없어요. 그냥 소설가 지망생이었다가 현재는 조금 독특한 부업을 하고 있는, 약간의 재능이 있는 여자라는 것밖에는. 아니, 그 정도면 다 파악했다고 생각했죠."

나는 마른침을 삼켰다. 입술까지 말라서 목구멍이 꺼슬꺼슬했다.

"수수하다 못해 추워 보이는 외양도, 화장이랄 것도 없는 민낯도 그냥 외모를 꾸미는 데 관심이 없어서일 거라고 가볍게 생각했어요."

진주는 부드럽게 이쪽저쪽으로 핸들을 꺾었다. 미리 켜둔 것인지 온열 시트의 온도가 적당해서 노곤했다. 무슨 얘기를 하려고 이렇게 나를 깔아뭉개는 것일까.

"밤새 생각해보니 그건 그냥 가진 것이 없어서였을 수도 있 겠더라고요. 꾸밀 돈도 시간도 여력도. 사실 그렇게까지는 생 각해보지 못했어요. 자존심이 세 보여서일 수도 있어요. 꾸밈 없는 외모를 의도한 것이리라 나 혼자 마음대로 생각한 거죠. 작가처럼 보이고 싶어서."

정말 무례하군. 나는 앞을 바라보며 이야기하는 그를 힐끗 쳐다봤다. 헌것 같지만 사실은 새것인 그의 빈티지 패션과 조 금이라도 덜 구질구질해 보이고 싶어 깨끗이 빨아 입은 내 옷 들은 너무나 달랐는데, 그게 내 자존심처럼 보였다니.

"진주씨는 그런가요? 작가처럼 보이고 싶어서, 누가 부잣집 막내 도련님처럼 보는 게 싫어서, 어리다고 무시할까봐 일부 러 터프하게 말하고, 사랑에 연연하지 않는 척하고, 일부러 구 멍을 뚫고 때를 묻혀 파는 옷을 사 입나요?"

내가 말했다. 그가 깜짝 놀라는 티를 내며 나를 돌아보며 핫! 하고 웃었다.

"와! 엄청나네요, 세련씨! 무지하게 상처 주는 말을 아무렇 지도 않게 했어요, 지금."

누가 할 소리야.

"…이렇게 톡 쏘는 것도 내가 생각 없이 한 말들이 무언가를 건드렸기 때문이겠죠?"

나는 입을 다물었다.

"그런데 그 말이 다 맞는 것 같아서 할 말이 없네요. 나는 꼬인 데가 없고 너희들이 뭐라 떠들든 평범히 인생을 꾸려나가는 쿨한 사람이야,라고 과한 증명을 하고 싶었을지도 몰라요. 나한테도 열등감이라는 게 있나봐요."

"……"

"그래서 아까 문자를 받았을 때 무언가 기뻤어요. 더 듣고 싶었고."

"무엇을요?"

"내가 모르는 이야기? 내가 당연하다고 생각하는 세상이 아닌 곳에 사는 사람의 이야기?"

"…무례해요, 진주씨."

나는 이제 화가 나려는 것 같았다. 그는 자신의 열등감을 이야기하는데 왜 내 열등감이 자꾸만 톡톡 건드려지는 것 같은 기분이 드는 걸까.

"지금 진주씨는 내가 실제보다 나이가 들어 보인다는 말로 얘기를 시작했고, 내가 가난하고 허전해 보인다고 말했어요. 다만 그것을 멋이겠거니 오해했다 했고요. 가진 것도 없으면서 자존심은 있어 보여서 몰랐다, 뭐 그런 소리를 내 면전에서 하다니. 나야말로 놀라울 정도로 무례한 얘기를 아무렇지도 않게 들었네요."

나는 나답지 않게, 무언가에 씐 사람처럼 와다다다 말을 쏟아냈다. 옆에서 진주가 당황했는지 아니, 아니라며 내 말을 막아보려 했지만 개의치 않고 하고 싶은 말을 다 했다. 나는 화를 잘 내지 않는데다 적어도 최근 몇년간은 이렇게 상대가 한마디도 못하게 쏘아붙이듯 짜증을 낸 적이 없었다. 그냥 끙, 하고 삼켰을 뿐. 그런데 왜.

그때 진주가 내 어깨를 슬쩍 잡았다. 한 손으로는 핸들을 잡고 다른 한 손으로 내 한쪽 어깨를 툭 치듯, 그렇게 잠시 잡았다. 진정하라는 뜻이었다. 그리고 그제야 알았다. 내가 화를 내고 있구나. 아주 오랜만에 어떤 감정을 마구 뱉어내고 있구나.

그렇게 쏟아내고서도 한참을 달려 차는 어디엔가 섰지만 우리는 아무 말이 없었다. 친하지도, 그렇다고 모르는 사이도 아닌 묘한 사이이고, 앞으로 보지 않을 수도 없는 사이이며, 막역지우처럼 야 됐어, 하고 아무렇지 않은 척하기에도 애매한 친분이었다. 어색한 공기가 차 안을 가득 채우고 있었지만 그걸 내가 걷어내고 싶지는 않았다. 그것까지 하기에 나는 너무 많은 감정을 내보였다.

"어… 미안해요. 이렇게 눈치 없이 화나게 하려던 건 아닌데, 그런 말에 상처받지 않을 사람이라고 생각했나봐요."

무겁고도 낯선 침묵 끝에, 진주가 사과의 말을 건넸다. 무례한 이야기를 아무렇지 않게 던졌듯 담백하고 솔직한 사과였다. 나라면 저렇게 솔직하게 말하지는 못할 것이다.

그의 사과가 더 덧붙일 것 없이 솔직했다고 생각했음에도 나는 아무런 대꾸를 할 수 없었다. 뭐라고 한단 말인가. 쉽게 입이 떨어지지 않았다.

"그래도 밥, 먹을 거죠? 먹자고 한 거니까?"

진주가 손가락으로 창밖을 가리켰다. 이제 그만하고 나가자는 뜻이었다. 그가 만약 내 애인이라면, 우리가 썸이라도 타는 사이였다면 나는 핑 토라진 채 오늘은 그럴 기분이 아니라며 집으로 돌아가버릴 수도 있겠지만, 우리는 그런 사이가 아니었다. 정확히 말하자면 우리는 일종의 갑을 관계였다. 나는 그에게 무례하다, 불쾌하다는 클레임을 제기할 수는 있지만 아예 무시하고 끊어버릴 만한 입장은 못 되었다.

"네. 그래요."

우리는 어색하게 차에서 내렸다.

진주가 나를 데리고 들어간 곳은 삼겹살집이었다. 알루미늄 미닫이문이 달린 오래된 식당이었다. 문을 열자마자 지글거리는 기름 소리에 고소한 돼지고기 냄새가 온몸을 감싸는 것 같았다. 어디로 보나 특별난 것은 없는 곳이었다. 이 식당의 단골인지 진주가 카운터를 향해 꾸벅 가벼운 고갯짓을 하더니 성큼성큼 걸어 안쪽 자리로 향했다. 그러고는 익숙하게 작은 드럼통 같은 의자의 방석을 들어 올려 통 안에 카디건을 접어 넣고 다시 방석으로 덮은 뒤에 앉았다. 나도 그를 따라 외투를 벗고 의자 안에 접어 넣고 앉았다.

"돼지고기 안 먹거나, 뭐 그런 건 아니죠?"

다시 원래의 미소를 띠며 그가 말했다. 나는 아니라는 뜻으로 고개를 저었다. 진주는 직접 일어나 반쯤 들여다보이는 주방 문 앞까지 가서 뭐라뭐라 주문을 하고는 쟁반 하나를 들고 왔다. 파절이며 김치며 수저까지 놓인 기본 상차림이었다.

"옛날에 아르바이트한 적 있어요, 여기서."

가만히 올려다보는 나를 내려다보며 그가 씩 웃었다.

"무슨 생각하는지 아는데, 아마 그 이유가 맞을 거예요. 그냥 해보고 싶었어요, 고깃집 아르바이트. 힘들다 하고 또 아무나 하는 건 아니라고 생각했으니까. 나도 이런 걸 할 수 있는지, 버틸 수 있는지 궁금해서 했어요. 열아홉살 때요. 고등학교 졸업하자마자."

그는 쟁반에 있는 것들을 테이블 위에 올리기 시작했다. 각각의 반찬과 물컵, 기타 여러 식기들이 어디에 놓여야 하는지 잘 알고 있는 손길이었다. 다시 주방으로 가 쟁반을 반납하고는 대패삼겹살이 산더미처럼 쌓인 접시를 들고 왔다.

"용돈도 충분했고, 엄마나 아빠는 입시 준비하느라 힘들었으니까 온 가족이 다 함께 유럽 여행이라도 다녀오자고 했지만 왠지 싫었어요. 어린아이 같아서. 지금은 그게 얼마나 바보 같은 생각인지 알아요. 부모님과 여행을 다닐 수 있는 시간이 많지 않다는 거, 가족들끼리 시간을 보내고 싶어하는 마음을 엄마 아빠 꽁무니나 쫓아다니는 어린아이처럼 보는 것 자체가 철없는 생각이라는 거."

그는 가스버너 불을 켜고 불판 위로 손을 올려 온도를 세심하게 가늠하더니 집게로 얇디얇은 삼겹살을 듬뿍 집어 각을 맞춰 올렸다. 고기는 빠르게 익었다.

"어쨌건 여기서 꽤 오랫동안 일했어요. 군대 가기 전까지 일했던 것 같아요. 나 같은 날라리 아르바이트생을 이년 넘게 받아준 좋은 사장님이 있었으니까요. 스케줄을 바꿔도, 그래 허허 하면서 다 들어주셨어요. 지금 다시 일한다고 해도 받아주실걸요? 그렇죠, 사장님?"

진주는 서비스라며 콜라 두병을 들고 온 초로의 남자를 향해 넉살 좋게 빙그르 웃어 보였다.

"암만. 언제 와도 좋지. 잘생겼잖아. 그때 잘생긴 아르바이트생 있다고 장사 잘됐지!"

사장 역시 따뜻하게 웃으며, 두꺼운 손으로 진주의 등을 두드리고 자신을 호출하는 테이블로 떠났다.

"재미있었어요, 나는. 바쁘면 바쁜 대로, 힘들면 힘든 대로, 거친 일도 즐겁게 했어요. 그땐 내가 나약한 도련님이 아니라는 것을 증명하고 싶었거든요. 그리고 어렵지 않게 잘해내는 스스로의 모습에 무언가 증명하는 것 같기도 했고요. 그런데 지금 와서 다시 생각하면 그것 또한 유치한 생각이죠, 도련님 같은."

진주가 입모양으로 '술?'이라고 말하며 소주잔을 들고 마시는 흉내를 냈다. 나는 고개를 저었다.

"나는 열등감이 없는 사람이라고 생각했어요. 주변에서 뭐라고 떠들어대든 나는 나고, 세상 이치 알 만큼 알고 그런 것에 휘둘리지 않는다고."

"……"

"그런데 어젯밤에 느꼈어요. 나에게도 열등감이 있을 수 있겠다. 그리고 내가 가진 열등감이 내 안에 또다른 고정관념을 만들 수도 있겠다고요."

솔직한 사람이다. 자신의 열등감을 깨닫고 그것을 인정하고, 더불어 자신의 것만이 아니라 상대의 것까지도 알아봤다. 그걸 당사자 앞에서 아무렇지 않게 고백할 수 있는 사람이 얼마나 될까?

그가 부러웠다. 나는 그렇게 하지 못한다. 나의 약점과 어두운 면을, 알게 된 지 얼마 되지도 않는 사람에게 담담하게 털어놓을 수 없다. 여전히 부끄럽고 여전히 무겁고, 두렵다. 그의 손쉬운 고백은 오히려 그의 열등감이 뿌리 깊지 않음을, 그 무게가 그다지 무겁지 않음을 방증하는 것일지도 모른다.

그는 말을 멈추고 금방 익어 바삭해진 얇은 고기를 내 접시에 수북이 쌓았다. 그리고 얼른 먹으라는 듯 부드럽게 미소 지으며 고개를 까딱했다. 나는 과자처럼 바스락거리는 고기를 와삭와삭 씹었다. 양파초절임도 하나 집어 먹었다. 고소하고 상큼한 맛이 입안을 맴돌았다. 아주 오랜만의 외식이고, 또 아주 오랜만에 만나는 타인이다. 여기저기서 연기를 내며 피어오르는 불판의 열기와 와글와글 떠드는 사람들의 온기에 가게 안은 따스했고 굳어 있던 내 얼굴도 버터처럼 사르르 녹아내리는 기분이었다.

"나이 들어 보인다고 한 거… 미안해요. 그런 뜻은 아니었지만."

내 앞에 고기를 산처럼 쌓은 뒤에야 자신의 입에 고기를 넣으며 진주가 말했다.

"나도 미안해요. 별로 나이 차이도 안 나면서 나이 든 얼굴로 오해하게 해서."

농담이랍시고 대꾸했지만 괜히 더 예민하게 구는 사람같이 말이 삐딱하게 나갔다. 그런 것에도 쿨하게 반응해야 어른스러운 걸 텐데 그러지 못했다.

"어, 어… 내 말 뜻은… 어… 왠지 말을 할수록 실례가 될 것 같지만."

진주는 이번에는 실수하지 않겠다는 듯, 정확히 설명하겠다는 듯 턱을 긁으며 생각에 잠겼다.

"솔직함과 무례함은 어느 한곳이 닿아 있는 것 같아요. 나는 지금까지 솔직하되 무례하지는 않으려 했지만 솔직함이 무례함에 닿으려 하면 더 이야기를 이어가지는 않았어요. 그런데 왠지 작가님은 괜찮을 것 같았단 말이죠. 조금 무례하지만 솔직하게 이야기하는 걸 더 좋아할 것 같았어요."

“왜일까요?”

“모르겠어요. 그냥 느낌이죠. 속고 싶지 않아한다는 느낌을 받았거든요. 무엇에든.”

“속고 싶지 않다.”

나는 그를 따라 말했다.

“내가 하고 싶었던 말은, 세련씨가 예쁘다는 거였어요.”

“굉장히 극과 극을 오가는 이야기네요.”

나는 놀랐지만 놀라지 않은 척했다.

“예쁘잖아요? 그런 말 들은 적 없어요?”

“글쎄요.”

“어릴 때 고생을 많이 했나보다 했어요. 예쁜 얼굴인데.”

“……”

“그럼에도 불구하고, 예쁘다는 뜻이에요.”

“칭찬이에요?”

“아… 또 아니에요?”

여전히 무례하다. 돌려 말하거나 꾸며 말하는 법을 모르거나, 지금까지는 그럴 필요가 없었거나. 그래도 예쁘다는 말이 더 크게 들렸는지 아까처럼 불쾌하지는 않았다. 예쁘다는 말을 꽤나 신기한 방법으로 구사한다고도 생각했다. 여자친구에게 예쁘다는 말을 할 때에도 이런 식이었을까?

“흥미로운 분이네요, 진주씨는.”

나는 그저 그렇게 말해줄 수밖에 없었다.

Knight of Cups

컵의 나이트

동화 속 백마 탄 기사처럼 로맨틱한 청년의 모습.
이상적인 모습의 이성이 다가올 수 있지만
마음을 주지 않는 불완전한 관계가 될 수도 있다.

가득 찬 둥지의 딜레마

나는 반쯤 채워진 소주잔을 한입에 털어 넣었다. 진주가 나를 배려한다고 가득 채우지 않은 술잔이었다. 한창 고기를 집어 먹던 진주가 아무래도 안 되겠다며 소주를 시켰고 혼자 술잔을 비우게 하는 게 미안한 마음에 나도 달라고 할 수밖에 없었다. 물론 그는 괜찮다고, 혼자서도 잘 마신다고 했지만 그냥 그 정도는 맞춰주고 싶었다.

"우리 서로에 대한 이야기를 좀 해볼까요?"

진주가 말했다. 나는 뜨거운 열기가 천천히 올라오는 것을 느꼈다. 술을 먹는 건 정말 오랜만의 일이었다. 기억이 나는 순간이 없는 걸 보니 몇년은 더 지난 일 같았다.

"어떤 얘기를 할까요?"

술잔을 테이블에 내려놓으며 답했다. 서로에 대한 이야기라니. 신기한 주제라고 생각했다. 서로에 대한 이야기를 하자. 그런 말을 내 생에 한번이라도 꺼낸 적이 있었던가?

"누군가와 협업을 하는 게 나로선 아주 오랜만의 일이에요. 누구와 함께하는 작업을 그다지 좋아하지도 않았고요. 왜냐하면, 그러려면 내 생각을 먼저 말하고 상대방은 어떻게 생각하는지, 우리가 그 방향으로 가는 게 좋을지 계속해서 확인하고 설득하고 협의해야 하잖아요. 난 그게 참 피곤하더라고요. 이미 내 안에서는, 내 안의 나와는 그런 과정이 끝났기 때문에 밖으로 무언가가 나오고 있는 건데 그 과정을 다시 반복해야 한다는 게…"

"괴로웠군요?"

"어… 그렇죠. 괴롭죠. 물론 형은 내 머리 하나로 고민하는 것보다 다른 머리를 더하면 더 나은 결과물이 나올 거라고 하지만요."

"그래서 제가 지금 여기 있을 수 있는 거고요."

"맞아요. 어쩌면 세련씨와의 프로젝트가 앞으로 내가 누군가와 함께하는 마지막 프로젝트가 될지도 모르죠."

나는 내 앞에 수북이 쌓인 삼겹살과 불이 꺼진 지저분한 불판을 내려다봤다.

"아니면 하나보다 둘이 낫다는 걸 알게 되는 계기가 될지도 모르고요."

진주가 나를 보며 씩 웃었다.

“그런데 그냥 그런 생각이 들었어요. 우리가 회의실에서 이런저런 얘기를 나눈다면, 그러니까 우리의 프로젝트에 대해서요. 우리는 계속 날카롭게 부딪치기만 할 것 같아요. 그리고 난 피곤하고도 괴롭게 작가님을 회유하고 설득하는 데 몰두해야 할 거고요.”

“그럴지도… 모르겠네요.”

나는 말라버린 얇은 삼겹살 두점을 입에 넣고 다시 채워진 소주 반잔을 비우며 우물우물 대꾸했다. 그가 무엇을 어떻게 하고 싶든 크게 문제 되는 일이 아니라면 나는 갑의 요청에 고개를 끄덕여야 할 것이다. 그렇다면 그의 제안을 굳이 깊게 고민하고 싶지 않았다.

“작가님의 문자를 받고 어쩌면 말이죠.”

“‘어쩌면’이라는 단어를 많이 쓰시네요.”

“자주 그러지는 않아요. 나에 대한 건 결정하고 말하는 편이니까. 하지만 지금은 세련씨가 어떻게 받아들일지 모르겠으니 가정을 하게 되네요.”

그는 내게 이야기하며 손을 들어 사람을 불렀다. 이번에는 사장님이 아닌 어린 아르바이트생이 다가와 “불판 갈까요?”라고 먼저 물었다. 진주는 고개를 끄덕이며 소주 한병과 삼겹살 이인분을 더 주문했다.

“그래서 말인데.”

진주가 나를 빤히 내려다봤다.

“우리, 회사 말고 밖에서 만나요.”

“밖이요? 왜요?”

나는 둔하고 무거워진 손을 들어 올려 뜨거워진 내 두 뺨을 감쌌다. 혀가 꼬이지 않도록 주의하면서.

“작품에 대한 얘기 말고 그냥 얘기를 나눠보고 싶어요. 기획 회의에서 나온 주제만을 가지고 진행할 필요는 없으니까요. 대화를 하다보면 더 좋은 게 나올지도 모르고. 우리 둘 다에게 좀더 자연스러운 환경을 마련하고 싶어요.”

새 불판을 들고 온 아르바이트생은 우리의 대화가 전혀 들리지 않는 것처럼 무표정한 얼굴로 더러워진 불판을 걷어내고 새 불판을 올린 뒤 불을 켜주었다. 그러고는 손바닥을 불판 위에 올려 온도를 가늠했다.

“이분 정도 기다렸다 고기 올리세요.”

그는 전달사항만 남기고는 휙 돌아섰다. 고깃집에서 아르바이트를 하던 때가 떠올랐다. 대화를 나누는 손님들은 두 부류였다. 내가 테이블로 다가가 고기를 굽기 시작하면 나를 힐끗 쳐다본 뒤 뒤로 물러나 의자에 등을 기대고 입을 조개처럼 딱 다물어버리는 부류, 또 내가 들으면 어쩌려고 싶을 정도로 별의별 얘기를 개의치 않고 떠들어대는 부류.

어떤 부류의 손님을 만나든 나는 나에게 입력된 대사를 읊을 뿐이었다. “잠시만요.” “고기 올리겠습니다.” “다 익었으니까 바로 드세요.”

나는 오로지 내 앞의 불판과 고기만 보인다는 듯, 이것을 완벽히 굽고 퇴장하기 위해 이 세상에 태어났다는 듯 행동했다.

진주는 아르바이트생이 다가오자 테이블에 쏠려 있던 몸을 곧추 세우긴 했지만 등을 완전히 뒤로 붙이고 물러나지는 않았다. 나를 향한 말은 잠시 멈췄지만 아르바이트생을 향해 고맙다고 눈짓으로 인사를 했다. 불판과 고기에만 집중한 듯한 아르바이트생이 아무런 반응 없이 휙 돌아 사라졌지만 그는 별로 신경 쓰지 않는 듯했다.

"아르바이트생 말이에요. 우리 얘기를 들었을까요?"

진주가 비밀 얘기라도 하듯 몸을 내 앞으로 내밀며 소곤거렸다.

"무슨 얘기요? 뭐 그렇게 흥미로운 얘기도 아닌데."

나는 불판에 고기를 다시 올리며 대답했다.

"고깃집 아르바이트 해본 적 있어요?"

"있어요."

"처음에는 그게 참 어색하고 어찌해야 할 바를 모르겠더라고요."

"어떤?"

"주문한 걸 들고 갈 때, 불판을 갈 때, 그들이 열심히 대화를 나누고 있잖아요. 어찌 보면 내가 그들의 대화를 방해하는 셈인데, 그들의 얘기를 듣지 않은 척해야 하나, 듣긴 하지만 모른 척하고 있다고 생각하게 해야 하나, 아니면 아예 소리가 안 들리는 척해야 하나."

고깃집 아르바이트생들에게는 이런 고민이 자연스러운 건가.

"그래서 어떻게 했어요?"

"음, 저는 다 해봤던 것 같아요. 그날 기분에 따라서. 어떤 날은 나도 듣고 있다는 걸 티 내기도 하고, 어떤 날은 전혀 들리지 않는 사람인 척하기도 하고 그랬죠."

"신기한 분이네요."

"내 나름으로는 어떤 실험이나 장난 같은 거였어요. 내가 어떻게 행동하느냐에 따라 그 사람이 말을 멈추기도 하고 계속 떠들기도 했거든요."

진주가 말했다. 나는 그와 내가 같은 경험을 했지만 그것을 해석하는 방식이 꽤 다르다는 데 놀랐다. 나는 손님의 성향이 어떻든 내 행동의 방향만을 정해놓고 따랐다. 그것에 그들이 영향을 받는다고 생각하지 않았고 그럴 수 있다고도 여기지 않았다. 하지만 진주는 자신의 행동에 따라 그들이 다르게 반응한다고 생각했다. 자신이 그들을 움직였다고 믿고 있었다.

"그들이 나누는 이야기가 흥미롭게 들리면 나는 무생물처럼 행동했어요. 나를 신경 쓰지 않고 계속 이야기할 수 있도록. 그런 거 있잖아요. 게임할 때, 분명히 화면상에 존재하지만 플레이어가 아닌 존재. NPC 같은 거."

"그게 됐다니 진주씨는 참 독특한 장기가 있는 분 같네요."

그를 무시하는 것처럼 들리지 않기를 바라며 대꾸했다. 하지만 진주는 그렇게 아둔한 인물이 아니었다.

"아, 내 말을 안 믿는군요? 자의식 과잉 같은 거라고 보는 건 가?"

뜨끔했지만 굳이 부인하지는 않았다. 그저 새 소주병으로 손을 뻗을 뿐.

"세련씨는 어땠어요? 그런 경험 없어요?"

내 손에 들린 소주병을 빼앗아 대신 잔을 채워주며 그가 말했다.

"그들의 이야기가 들리지 않는 척한 적은 많죠. 그게 모두를 편안하게 만드니까."

"하지만 들리잖아요. 우리가 진짜 NPC는 아니니까."

"들리지 않는 척을 하다보면 진짜로 들리지 않을 때도 있어요. 그냥 불판과 고기에만 집중하는 거죠. 그리고 별로 듣고 싶은 이야기도 없었고요."

"진짜요? 그거야말로 신기한 일이네요. 사람들은 누구나 타인의 사정에 관심이 많은 법인데."

그거야, 바로 반박하려다가 턱 하고 말문이 막혀버렸다. 그거야, 당신은 그렇겠지. 굴곡 없는 인생, 뉴스가 생기기를 원하는 인생을 사는 도련님이니까. 술김에 이렇게 지껄일 뻔했다. 주사를 부릴 만큼 술을 마셔본 적이 없으니 나는 내 주사를 모른다. 주량도 정확히 모른다. 그렇게까지 술을 마실 수 있는 여유도 돈도 시간도 없었다. 하지만 지금은 그 어느 때보다 편안하게, 뒷일은 생각하지 않고 마시고 있다. 어쩌면 오늘 내 주량을 확인하게 될지도, 그래서 내가 주사가 있는 타입인지 확인하게 될지도 모르겠다. 그러나 조심은 해야지. 잊어서는 안 된다. 그는 갑이고 나는 을. 우리는 아직 서로를 모른다.

"그거야, 진주씨는 작가니까 그렇죠."

"그땐 작가 지망생이었죠."

"어쨌거나요. 사람들의 이야기가 궁금할 법한 사람이었죠."

"세련씨도 마찬가지 아니었나요?"

"그거야…"

"그거야…?"

진주의 눈빛이 반짝 빛났다. 고깃집 NPC일 때도 그랬을까? 그는 사연 많은 사람들에, 그들의 이야기에 목마른 사람처럼 보였다. 그리고 그런 호기심이 그가 지닌 작가적 기질일지도 모르고. 나는 차마 가지지 못한.

"나는 누구도 크게 궁금하지 않았어요."

가득 채워진 소주잔을 왈칵 들이켜며 나는 이야기를 시작했다.

내 주사는 아마도 끝없이 이야기를 주절거리는 걸까. 어느 순간 진주에 대한 경계가 느슨해지면서 나는 꽤 많은 이야기를 떠들어댔다. 윤주와는 몇년이나 지난 뒤에 할 수 있었던 이야기들이, 소주 몇잔에 홍수처럼 와르르 넘쳤다. 술에 취한 티를 내지 않으려 애썼지만 어느 시점을 넘기고 나서는 혀가 꼬이든 말든, 그저 떠들었다.

아니, 그러니까.

누군가 궁금하려면 내가 궁금하지 않아야 하잖아요. 내 인생이.

그렇잖아?

그렇지 않아요?

내 인생에 늘 사건 사고가 다양한데 누군가의 사건 사고가 귀에 들어오겠어요?

내 앞에 치울 똥이 가득한데.

내가 싸지도 않은 똥이.

진주는 내 필터 없는 거친 말에 키득거리면서도 나의 기분을 거스르지 않으려고 조심하는 것처럼 보였다. 그러거나 말거나.

아니, 그러니까.

그렇잖아요.

나는 매일매일 누군가 나도 모르게 싸놓은 똥을 치우느라 정신이 없는데 말이에요.

그게 귀에 들어오겠냐고요…

엄마는 알코올중독 같은데, 술 살 돈도 없는 것 같은데,

어디선가 자꾸 돈이 생겨서 하루 종일 술에 취해 있는 것 같고,

동생들은 학교를 잘 다니는지 아닌지도 모르겠고,

개네들 뒷바라지하는 것만으로도 나는 너무 벅차서 학교 잘
다니냐,

너 공부는 잘하냐 물어보는 것도 무섭고,

내 애인이 몇년 후엔 나랑 결혼할 거라고 믿는 것도 나는,

나는!

나는 너무 무섭고.

더 알게 되는 게 너무 두려운데…

울었나? 모르겠다. 거기까지는 기억이 나지 않는다. 내 목소
리가 생각보다 커진 것 같기도 하고 떨린 것 같기도 하다. 진주
가 두 손바닥으로 바닥을 누르듯 나를 향해 "워, 워" 하며 진정
시키던 기억이 난다. 입가에 미소는 있었지만 조금 당황한 듯
보였다. 기분이 좋았다. 그를 당황하게 만들었다는 사실이, 언
제나 '별것 아니야'라는 태도를 가진 얄미운 남자를 당황하게
했다는 사실이 우쭐했다.

우쭐함은 내가 자주 느끼는 감정은 아니었다. 나는 세상 그
누구도 우쭐하게 만들 수 없었다. 오히려 나를 보며 우쭐해하
는 누군가를 부러워하지 않거나, 부럽지 않은 척하는 것이 내
가 할 수 있는 최대의 감정적 사치였다.

우쭐한 나는 감정적으로 더욱 고조되었다. 내 앞의 이 어리
고 잘생기고 일단 뭘 하든 나보다 능력 좋아 보이게 태어난 남
자를 더 당황하게 만들고 싶었다. 살면서 다시는 이런 기회가
오지 않을 것 같았다. 술기운 때문이었겠지만.

뭘 알고 싶은데?

나에 대해 뭐가 더 알고 싶은데요?

나는 궁금한 게 없어요.

누군가와 협의하고 설득하는 게 귀찮다는 이유로 혼자서만 생각할 수 있는 건 부르주아나 할 수 있는 일이야!

사치라고.

나는 늘 동의하고 설득당해야 했어요.

알고 싶지 않아도 그들의 사정을 들어야 하고, 나만의 의지로는 할 수 있는 게 없었지.

딸꾹!

결국 딸꾹질이 나왔고 진주는 킬킬 웃으며 내 입에 안주를 넣어주었다. 나는 건초를 씹는 염소처럼 그가 넣어준 고기를 우물우물 씹었다.

그후로는 기억이 거의 없다. 집에 데려다주겠다는 진주에게 절대 싫다고 신경질을 부리다가 결국 그의 차를 처음 탔던 카페 앞에 내린 것밖에는. 그렇게 의식이 흐려지는 와중에도 그에게 내가 사는 곳을 보여주고 싶지는 않았나보다. 나만큼이나 취한 진주는 처음에는 안 된다고, 집이 어디냐고 끈질기게 묻다가 안 되겠는지 결국 나를 카페 앞에 내려주었다. 들어가는 걸 봐야 마음이 편하겠다고 비틀거리며 따라 내리는 진주를 차 뒷좌석에 다시 밀어 넣고, 대리기사를 향해 꾸벅 인사까지 하고 나서야 나는 혼자가 됐다. 카페 출입문 앞에 서서 기억

저 아래에 가라앉은 비밀번호를 꺼냈다. 아침에 했던 것처럼 빠르게 누를 수가 없었다. 물속에서 움직이는 기분이었다. 중력과 부력으로 무거워진 몸을 이끌고 깊은 물속을 걷듯 그렇게 움직여야 했다.

이런 건가? 겨우 이런 것이 감정을 드러낸다는 건가?

'배출'했다는 기분이 들었다. 어딘가 구린내 나는 것을 압력으로 밀어낸 배설까지는 아니지만 내 몸의 독소를 어떤 매개를 통해 배출한 것만 같았다. 마치 레몬즙을 탄 물을 잔뜩 마시기만 하면 된다는 디톡스를 한 것처럼.

헛배는 부른데 무언가 속에서 빠져나간 듯한 기분에 힘이 없고 어지러웠다. 술기운이라는 게 유쾌하지만은 않다는 사실을, 이 나이가 되어서야 진정으로 경험하고 있는 이 기분 역시 유쾌하지는 않았다.

엉금엉금 주변을 더듬거리며 카운터 안쪽으로 들어가 미끄러지듯 바닥에 주저앉았다. 벽에 등을 기대고 두 팔로 무릎을 안아 얼굴을 살며시 옆으로 돌려 팔뚝 위에 얹었다. 아주 천천히.

편안했다. 빙빙 돌던 주위가 차르르 가라앉았고 잔뜩 흔들어놓은 스노볼처럼 매슥거리던 속도 서서히 진정되었다. 언제나 잔잔한 음악과 속닥거리는 사람들의 말소리가 흐르던 카페에는 우웅우웅 하는 냉장고의 모터 소리와 가끔씩 얼음을 다가가각 뱉어내는 제빙기 소리만 남아 있었다. 평온했다. 주변의 평온함과 육체의 노곤함이 겹쳐지자 이내 졸음이 쏟아졌다.

"그래서 어떡하니. 낳아야지."

엄마는 아무렇지 않은 척 대답했지만 내 눈을 똑바로 쳐다보지 못했다.

"애 아빠는 누군데?"

최대한 감정 없이 물으려고 했다. 또야. 또. 또. 매운 음식을 삼켰을 때처럼 가슴에 뜨거운 무언가가 확 올라왔지만 꾹 눌러 담았다.

"몰라."

"어떻게 몰라!"

나는 소리를 꽥 질렀다. 화가 났다. 벌써 세번째다. 나는 엄마의 임신 소식을 늘 이런 식으로 들었다. 나를 낳았던 열일곱부터 몇번씩이나 똑같은 일을 저질렀으니 이젠 정신을 차릴 때가 되었다 믿은 게 잘못일까?

아니, 엄마를 단속한다는 게 말이 되나? 내가 엄마 머리라도 밀어서 집에 가둬두기라도 했어야 하나? 아니면 남자를 만나도 피임은 제대로 하라고 충고라도 했어야 하나? 나는 딸이고, 엄마는 엄마인데. 하, 참. 헛웃음이 나왔다.

"낳지 마."

"뭘 낳지 마. 육개월 다 되어가서 이제 수술해주는 데도 없어."

엄마는 뻔뻔스럽게 조금 볼록해진 자기 배를 슥 쓰다듬으며 말했다.

"얜 내가 잘 키워볼게."

머릿속 뇌수가 부르륵 끓어오르는 기분이었다. 얜 잘 키워본다고? 얘는? 그럼 나는? 둘째는? 셋째는 왜 안 키웠는데? 왜 우리를 가졌을 때는 그런 생각도 안 했는데?

"엄마가 누굴 뭘 어떻게 키워?"

내가 소리를 지르니까 엄마는 그제야 내 눈을 똑바로 쳐다봤다.

"야! 그럼 누가 널 키웠니? 네가 혼자서 컸니?"

말문이 막혔다. 나를 키운 건 엄마가 아니라 마음씨 너른 동네 사람들이 떠 먹인 밥 한숟갈과 그들의 아이들이 물려준 옷이었다. 그들은 엄마도 불쌍히 여겼다. 하지만 엄마는 그들의 관심과 호의를 지긋지긋해했다. 내가 대여섯살 때쯤 엄마는 얼마 되지 않는 살림을 챙겨 아무에게도 알리지 않고 동네를 떠났다.

엄마는 거의 집에 있거나 드문드문 밤에 나가거나 자주 술에 취해 있었다. 나를 키운다는 사실 자체를 잊어버린 사람 같았다. 나는 그녀의 곁에서 소리 없이 조금씩 자라났다. 새로 이사한 동네에서는 나를 안쓰럽게 봐주는 이들이 많지 않았다.

내가 아주 어릴 적 엄마는 꽤 반짝반짝하고 예쁘장한 여자였지만, 초등학교를 졸업할 때쯤 되자 어딘지 모르게 음침하고 음울한 인상이 되어 있었다. 여전히 예쁘장하지만 가만히 보고 있으면 기분이 끈적거렸다. 수렁 같은 느낌. 가까이하면 나도 거기 빨려 들어가 허우적거리게 될 듯한 느낌.

당연히 엄마 옆에는 아무도 머무르지 않았다. 엄마에게는 나뿐이었다. 그렇지만 엄마는 나를 돌아보지 않았다. 엄마 곁에 남은 유일한 사람인 나를 투명인간 취급하면서 늘 누군가를 간절히 원했다. 그녀에게 조금이라도 얻을 것이 있는 사람이나 그녀를 구원할 수 있으리라 믿은 순진한 기사 몇몇 말고는 그녀의 깊은 수렁으로 기꺼이 뛰어든 사람은 아무도 없었다. 그마저도 깊이를 가늠할 수 없는 심연을 깨닫고는 꽁지가 빠지게 도망쳤고.

구원을 갈구하고, 구원 가까이 갔다 싶을 때마다 다시 바닥으로 내던져진 엄마는 지친 새처럼 뒤뚱뒤뚱 내가 있는 둥지로 돌아왔다. 처음에는 나 혼자였지만 십육년 후에는 둘째 동생이 생겼다. 또 몇년 후에는 셋째, 그리고 넷째 동생으로 이어졌다. 알을 낳기 위해 돌아온 엄마는 알을 낳고 다시 둥지를 떠나 새로운 구원을 찾아 헤맸다. 네 아이들은 영문도 모른 채 그녀의 둥지를 채우고 있었다. 그곳에서 가장 오래 머무른 나는 더이상 엄마에게 아무것도 기대하지 않게 되었다. 그녀는 돌아오지 않는다. 돌아오는 이유는 오로지 다른 곳으로 떠날 준비를 위해서뿐이다. 그렇게 우리는 둥지의 유령이 되어갔다. 그런데 엄마는 나를 키웠다고 생각하고 있었구나.

그날부터 조금씩 탈출을 준비했다. 임신한 엄마를 불쌍하다 여기지 않으려고 했다. 태어난 막내에게는 정을 주지 않으려 노력했다. 그렇게 팔년여에 걸쳐 내 흔적을 조금씩 지우고 그녀의 허울뿐인 둥지를 완전히 떠나기 전날 밤, 엄마에게 물었다.

"아빠는 어떤 사람이야? 연락해본 적 있어?"

엄마는 나를 아주 이상한 사람처럼, 처음 보는 낯선 이를 보듯 쳐다봤다.

"…누구?"

"아빠. 나도 아빠가 있을 거 아냐."

그녀는 내 얘기를 하나도 이해하지 못하는 것 같았다. 한번도 들어본 적 없는 외국어를 들은 표정이었다.

"네가 아빠가 어딨니?"

엄마는 감정 없는 목소리로 말했다. 아빠가 어딨냐니. 아빠가 그녀와 똑같이 무책임한 인간이라고 해도 내게 아빠가 없을 리는 없었다. 화가 났다. 하지만 그녀와 삼십년 넘게 살면서 깨달은 건 딱 하나, 그녀가 모른다고 하는 건 결코 알아낼 수 없다는 사실이다. 나는 오래전부터 싸두었던 가방을 들고 그대로 말없이 집을 나섰다.

"누나, 어디 가?"

문을 열고 나가는 순간 집으로 돌아오던 셋째와 마주쳤다. 이제 완벽한 사춘기에 접어들어 더이상 나와 살가운 대화를 나누지 않는 그애가 이상하다는 표정으로 날 바라보고 있었다. 나는 돌아보지도, 대답하지도 않았다.

누나, 어디 가? 셋째의 목소리가 다시 한번 쨍하게 귓가에
울리는 순간 누군가 내 어깨를 살며시 흔들었다.

Two of Wands

완드 2

미래를 진지하게 고민해야 한다.

다양한 가능성 앞에 있지만 뾰족한 계획은 없다.

하지 못한 말

서늘하고 건조한 카페 안에서 하룻밤 감겨 있던 눈꺼풀이 풀로 붙인 듯 쩍 달라붙어 잘 떠지지 않았다.

"아니, 여기서 잔 거야 진짜?"

사장 언니가 놀란 목소리로 쫑알거렸다. 눈은 침침하고 몸은 삐걱거리고 머릿속은 뿌옜다. 뭐라고 대답해야 할지 선뜻 떠오르지 않아 머뭇거리는데 언니가 웅크리고 앉은 내 앞으로 따스한 김이 올라오는 커피를 한잔 내밀었다.

"이거 먼저 마셔. 감기 걸리면 어쩌려고."

그녀는 혀를 끌끌 차며 리모컨을 찾아 온풍기를 켜고 내 앞으로 작은 전기난로를 끌어다주었다.

"아, 언니. 고마워요."

나는 따뜻한 커피를 한모금 삼키고서야 한마디를 겨우 내뱉을 수 있었다.

"몸이 아주 얼었겠네. 일어날 수 있겠어? 그냥 거기 앉아서 몸 좀 녹이고 천천히 일어나봐. 한데서 자면 몸이 다 쑤시고 아프다고."

이걸 뭐라고 설명할까. 얼마나 이상해 보일까. 그런데 그보다 더 나를 당황스럽게 한 건 그녀의 행동이었다. 그녀는 나를 위해, 나를 걱정하며 따뜻한 커피를 건네고 온기를 내 앞으로 모으고 있었다. 엄마에게서도 받아보지 못한 극진한 대접이었다.

"아침에 일찍 운동 갔다가 바로 출근했는데 도둑이 숨어 있는 줄 알고 깜짝 놀랐어! 이 시간에 누가 있을 줄 알았겠어?"

언니가 긴장이 풀린 얼굴로 내 앞에 털썩 앉았다. 나는 난로를 살짝 돌려 그녀에게도 온기가 향하도록 했다.

"됐어. 너나 쫴. 난 뛰고 와서 더워. 몸은 어때? 감기 걸리는 거 아니니? 아니, 왜 집에 안 가고 여기서 잤어? 집에 뭔 일 있어? 물 새? 보일러 터졌어? 그럼 차라리 연락을 하지. 우리 집에 와서 자면 되는데."

그녀는 대답할 틈도 주지 않고 내가 애먼 곳에서 외박한 이유를 찾기 위해 질문을 던져댔다.

"그냥… 모르겠어요. 술을 좀 먹었는데 집에 가고 싶지 않았어요."

나는 숙취로 지끈거리는 이마를 손으로 짚으며 말했다. 목소리가 듣기 싫게 갈라졌다.

"말이 되니? 술을 먹었으면 집에 가야지 왜 집에 안 가. 너 술버릇이 그거야? 술 먹으면 그렇게 집으로 가는 애들이 있고 죽어도 집에 안 가는 애들이 있더라. 근데 나이 드니까 차라리 귀소본능 있는 게 나아. 나이 들어서 집 밖으로 돌면 안 돼, 너."

언니가 내 등짝을 살짝 때렸다. 누군가에게 걱정의 대상이 되어본 게 언제인지 까마득했다. 누군가 나를 걱정하고 보호하고 '케어'해주는 게 싫어 최대한 힘든 티를 내지 않았다. 아니, 싫었다기보다 부담스러웠다. 부채의식 때문이었다.

나는 아주 오랫동안, 사실은 아직까지도 누군가에게 빚을 지거나 짐이 되지 않으려 부단히 노력하고 있다. 누가 나에게 무언가를 해주면, 반드시 그것을 갚아야 한다고 믿는다. 그러니 누군가의 호의도 일종의 빚처럼 느껴질 때가 많다. 사람들이 나에게 밀린 빚을 받아낼 생각으로 잘해주는지 아닌지는 모른다. 하지만 나에게 여유가 없어서, 혹시라도 그들이 나에게 무언가를 요구하면 갚아줄 여유가 전혀 없어서 아예 그런 가능성 자체를 차단해야 했다. 내어줄 것이 하나도 없는 삶을 살다 보면 팍팍해지는 게 살아남는 유일한 방법이 될 때가 있다.

낮에는 그럭저럭 일을 했다. 피곤하기는 했지만 밤을 새운 다음 날 정도의 피로라고 생각했다. 그런데 퇴근하고 집에 돌아오는 동안 무섭게 열이 올랐다. 현관문을 닫는 순간 눈앞이

핑 돌았다. 십분 정도 주저앉아 있다가 거의 기다시피 일어나 보일러 스위치를 찾아 켰다. 이마를 짚어보는 내 손도 따뜻했지만 그런 손으로도 느껴질 정도로 이마가 뜨거웠다.

왜 그랬을까. 왜 집으로 오지 않고 거기서 잤을까. 뭐가 그렇게 부끄럽고 보여주기 싫어서.

난방비가 무서워 늘 십오도로 내려놓는 보일러를 켜고 그 자리에 웅크리고 누워 나조차 낯설게 느껴지는 지난 이틀간의 행적을 되짚어보다가 정신을 잃듯 잠들었다. 버틸 수가 없었다. 버틸 힘은 낮에 다 쏟아내버린 것 같았다. 조퇴를 할 수도 있었겠지만 나를 위해 난로를 앞에 놓아준 사장 언니에 대한 의리로, 혹은 그것이 빚을 지는 꼴이 될까봐 버텨냈다. 그런데 혼자 남게 되자 갑작스럽게 오한이 들고 두들겨 맞은 듯 온몸에 끔찍한 근육통이 올라왔다. 입술은 종잇장처럼 말라 딱 붙어버렸다. 뭐라도 한마디 하려고 입을 떼면 입술이 찢어져 피가 날 것 같았다. 눈을 감을 수밖에 없었다.

다시 눈을 떴을 때 해가 완전히 져서 방 안은 깜깜했고 몸은 더 나빠져 있었다. 누군가 나에게 해열제 한알만 건네준다면. 따뜻한 쌍화탕 한병만 사다준다면. 정신이 없는 와중에도 머릿속에 그런 생각이 간절했다. 하지만 그럴 만한 사람이 없었다. 나는 곁에 누군가를 두지 않으니까. 빚이 되더라도 개의치 않고 호의를 거리낌 없이 받아본 적이 없었다. 내가 불편해한다는 걸 눈치챈 사람들은 자연스럽게 멀어지거나 서로 불편하지 않을 정도의 거리를 유지했다.

외로움.

외로움을 알아야 외로움에 대해 쓸 텐데. 나는 외로움이라는 감정을 책이나 영화에서 간접적으로만 경험해봤다. 하지만 지금은 외로움이 뭔지 알 것도 같다고 생각했다. 외로움은 통증이다. 시린 감정만이 아니라 육체적인 통증을 수반한다. 신음 소리가 절로 나왔다. 이러다 죽을 수도 있을 것 같아 누구에게라도 도와달라고 해야겠다 생각했다.

그런데 누구?

자연스럽게 윤주가 떠올랐지만 그래도 되는지 판단이 서지 않았다. 헤어진 전 남자친구에게 전화를 걸어 너무 아프다고, 도와달라고 해도 되는 걸까? 오래 사귀었으니까, 완전히는 아니더라도 나를 아는 사람 중에서는 내 사정을 누구보다도 잘 아는 사람이니까? 어쩌면 우리는 헤어짐을 번복하고 다시 만날 가능성이 있는 사이니까, 그러니까 그에게 연락을 해도 되는 걸까?

그가 아니면 누구에게?

퇴근 후 오랜만에 들어온 소개팅에 간다던 사장 언니? 눈코 뜰 새 없이 바쁜 남편과 이제야 겨우 만나 와인잔을 기울이고 있을 윤하 선배?

아니면.

아니면 코가 삐뚤어지게 마시고 나처럼 퍼져버린, 따져보면

이 사태에 약간의 책임이 있는 진주?

편도까지 부은 건지 입으로는 숨을 쉬기도 침을 삼키기도 어려웠다. 누운 채로 방바닥을 더듬어 던져둔 가방을 찾았다. 눈을 감고 깜깜한 방 안에서 손의 감각으로 휴대전화를 찾아 꺼냈다. 전화를 꺼내면서도 누구에게 도와달라고 해야 할지 결정할 수가 없었다.

어째서 이따위 삶을 살고 있는 건지 나 자신에게 화가 나기도 했다. 열심히 산다고 살았는데, 절대 엄마처럼은 살기 싫어서 누구에게도 폐 끼치지 않고 내 앞가림만은 스스로 하면서 살겠다고 아등바등했는데. 왜 혼자 죽을 것같이 아파야 하는지 화가 났다. 온몸이 욱신거리고 열은 열대로 올라 머리는 터질 듯하고, 아무것도 보이지 않는 어둠 속에서 생명의 위협을 느끼면서 화까지 났다.

생존 본능처럼 생각의 스위치를 끄고 전화를 걸었다. 누구에게? 해도 되나? 이게 맞나? 하는 생각이 더는 머릿속에 남아 있지 않았다. 그저 살아야겠다는 의지뿐이었다.

잠들었던 나는 요란하게 문을 두드리는 소리에 정신을 차렸다.

왔다. 누군가가 나를 구하러. 문만 열면 된다. 문을 열어 그를 들이면 나는 살 수 있다.

쾅쾅쾅.

하지 못한 말

쾅쾅.

몸을 일으키려고 했지만 몸이 영 말을 듣지 않았다. 문 두드리는 소리는 그치지 않고 계속됐다. 나조차도 낯선 신음 소리를 내며 엉금엉금 문 앞으로 기어갔다. 다섯평짜리 원룸은 현관문만 열면 바로 밖이지만 누워 있는 자리에서 현관문까지 5킬로미터는 되는 기분이었다.

그치지 않는 쾅쾅 소리를 어둠 속 한줄기 빛처럼 느끼며 천천히 다가갔다. 일어설 힘도 없어 문에 기대어 잠금장치를 열었다. 아직도 도어록은 달지 못했다. 이사 오는 날부터 바꿔야지, 바꿔야지 하면서 계속해서 미뤄둔 일이었다. 도어록이었다면 비밀번호만 불러주면 되었을 텐데.

"왜 그래! 뭐야, 왜 이래!"

문이 벌컥 열리며 윤주가 호통치듯 뛰어들어와 문 앞에 쓰러진 나를 일으켜 세웠다. 그제야 내가 부른 것이 윤주라는 걸 알았다. 그래, 그렇겠지. 아직 내가 외우는 번호, 무의식적으로라도 누를 수 있는 번호의 주인은 윤주밖에 없으니까.

"너 왜 이렇게 열이 많이 나? 언제부터 이러고 있었어?"

윤주는 나를 부축해 이불 위에 눕히며 물었다. 대답할 수 없는 상태라는 걸 알면서도 어쩔 수 없는 것 같았다. 그가 내 이마에 손을 올리는데 서늘한 느낌이 좋았다. 안심이 됐다. 이제 살았구나 하는 기분이었다. 그가 내 외투를 벗기고 이불을 덮어주었다. 밤새 화장실을 들락거리며 이마에 차가운 물수건을 엎어주고 약국에서 약을 사 오고 눈도 못 뜨는 나에게 미지근한 쌍화탕과 해열제를 먹였다. 내 몸을 다시 누이고 물수건을 갈아주고 또다시 어디론가 나갔다가 고소한 참기름 냄새가 나는 죽을 사들고 오는 것이, 드문드문 연결되지 않는 꿈처럼 느껴졌다. 눈을 뜨지 못해 귀와 코로 무슨 일이 일어나는지 파악해야 했는데 그래서 더욱 이 상황이 꿈같았다.

얼마나 시간이 지났는지 주변의 밝은 느낌과 부산한 움직임에 눈을 떴다. 문간에서 무언가에 열중하는 윤주가 보였다.

"…뭐 해?"

거칠고 갈라진 목소리로 윤주에게 물었다. 나도 깜짝 놀랄 만큼 쉰 목소리였다. 윤주는 문고리를 만지며 나를 향해 걱정스러운 눈빛을 던졌다.

"도어록 달아. 문에 구멍 안 뚫고 그냥 달 수 있는 거라기에 설치하고 있어."

"어디서 났어?"

"너 잘 때 사 왔어. 근처에 철물점 있어. 버스정류장 쪽에 시장 있는 거 알지? 그 시장 입구에 철물점 하나 있더라고. 너도 알아둬. 혼자 살면 철물점 갈 일 생길 수 있어."

나는 그저 멍했다. 어젯밤보다는 정신이 들었지만 여전히 몸은 꿈속에 있는 듯 붕 뜬 기분이었고 옅은 졸음이 뇌 한구석을 물들이고 있었다. 밤은 이미 지난 것 같았고 아침인지 낮인지는 알 수 없었다.

"지금 몇시야?"

나는 두리번거리며 바닥을 더듬어 휴대전화를 찾았다. 윤주가 그런 나를 보더니 저벅저벅 걸어와 머리맡에 있던 휴대전화를 내 손에 쥐어줬다.

"두시."

"아…"

나는 탄식하며 얼른 사장 언니에게 전화해야겠다고 생각했다. 지금이라도 나간다고 해야 할까? 나갈 수는 있을까? 연락도 없이 결근했다고 언니가 화를 낼까? 가게 문은 언제 열었을까? 머리가 복잡했다.

"왜?"

다시 문 앞에 공구를 들고 선 윤주가 물었다.

"카페… 언니한테 전화하려고. 내가 아침에 문 열어야 되는데 못 열었잖아. 어… 그리고…"

"내가 했어. 오늘 아침에 문자 보냈어."

윤주가 덤덤하게 말했다.

"그 언니 전화번호는 어떻게 알고?"

"윤하 누나한테 물어봤어."

"언제?"

"아침에. 일곱시쯤."

윤주는 금세 도어록을 달았는지 연신 테스트를 하고 있었다. 잠갔다가 풀었다가 키패드도 눌러봤다. 나는 누워서 가만히 그 모습을 바라봤다.

결국 어제 떠올린 모두에게 빚을 지고 말았다. 어젯밤 고민이 무색할 정도로 나의 민폐는 물 흐르듯 유연하게 일어났다. 마치 모두에게 도움받을 운명이었던 것처럼.

아니, 진주에게는 아닌가? 그나마, 그 와중에 다행이라고 해야 할까?

"…아까 점심때쯤 어떤 남자한테 전화 왔었어. 연달아 여러 번 왔는데 안 받으면 계속할 것 같아서 내가 받았어. 너 아프다고 했어."

윤주가 나를 돌아보며 무심히 말했다. 나는 화들짝 놀라며 휴대전화를 켜봤다. 통화 목록에는 진주의 부재중 전화 표시가 가득했다. 정신이 확 맑아지는 기분이 들었다.

"너 만나러 카페로 갔다가 사장님한테 아프다는 얘기 듣고 걱정돼서 전화했대. 일어나면 전해준다고 했어."

윤주가 드디어 비밀번호 설정까지 마치고 바닥에 널브러진 공구들을 차곡차곡 챙겨 가방에 질서 정연하게 정리해 넣었다. 처음 보는 도구들이었다.

"철물점 간 김에 같이 샀어. 혼자 살려면 간단한 공구도 필요해."

의아해하는 내 기색을 느꼈는지 공구 가방을 싱크대 밑으로 밀어 넣으며 윤주가 말했다.

"…어. 고마워."

나는 어색하게 대답했다. 윤주는 싱크대에서 손을 씻고 냄비를 꺼내 아침 일찍 사 온 죽을 옮겨 담았다. 가스 불을 약하게 켜고 물을 조금 넣은 뒤 죽이 눌어붙지 않도록 숟가락으로 천천히 저었다.

"다 식었네. 아침에 약 먹이고 바로 주려고 했는데 네가 그럴 만한 상태가 아닌 것 같아서 일단 재웠거든. 전복죽 사 왔는데 괜찮지?"

자신의 집인 양 윤주는 자연스러웠다. 내가 자는 동안 집 안 여기저기를 다 살펴본 것인지 이것저것 꺼내고 사용하는 모습에 거침이 없었다.

"…어. 고마워."

남의 집에서 쓰러져 잔 사람처럼 오히려 내가 어색했다.

"전자레인지는 하나 사지 그랬어. 죽은 가스레인지로 데워 먹으면 타기 쉬운데. 혼자 즉석식품 같은 거 먹기에도 전자레인지가 편해."

"……"

"…하나 사줄까?"

"아니."

나는 급하게 그의 말을 막았지만 뒷말을 잇지는 못했다. 그의 순수한 호의에 무슨 말을 덧붙일 수 있을까?

윤주는 나에게 많은 것을 베풀려고 했다. 내가 부탁하지 않은 것들까지도. 나는 그저 그가 해열제 정도만을 주고 가기를 바랐다. 살기 위해서. 내가 바란 건 그 정도였다. 그런데 윤주는 하룻밤이라는 짧은 시간 동안 여러가지 숙제를 해치우는 중이었다. 내가 늦게 일어났다면 더 많은 걸 해놓았을지도 모른다.

나는 그가 그간 나의 거절에 막혀 하지 못했을, 그러나 해주고 싶어서 안달이 났을 다정한 애인의 역할을 몰아서 하고 있다고 생각했다. 내가 깊이 생각하지 못하고 힘을 쓰지 못하는 지금이 그에게는 아주 좋은 기회일 것이다. 더할 나위 없이 좋은 명분이기도 했을 테고.

우리가 사귀는 동안 하고 싶었지만 못한 일들을 하느라 그는 약간 바빠 보였고 조금 들떠 보였다. 행복까지는 모르겠다. 분명한 것은 기분이 그리 나빠 보이지는 않는다는 것이다. 약에 취해, 열에 취해 모든 것이 몽롱한 나에게는 그렇게 보였다.

"왜, 그냥 싼 거 사줄게. 집들이 선물이라고 쳐."

윤주가 다시 말했다. 집들이라니. 이런 게 집들이라고 할 수 있나? 우리가 집들이에 서로를 초대할 사이인가? 오래 사귄 연인 관계라는 건 이런 건가? 어지러웠다.

"…그 남자는 누구야?"

그러다 결국 윤주는 나에게 묻고야 말았다.

"누구?"

나는 알면서도 굳이 되물었다. 윤주는 마치 그렇게 신경 쓰이는 건 아니지만 어쨌거나 얘기가 나온 김에 물어본다는 식으로 무심하게 죽 냄비를 저으며 말했다.

"그, 아침에 전화 계속한 사람. 널 다급히 찾는 것 같길래 무슨 일인가 하고."

"별거 아냐. 그냥 같이 일하는 사람."

"응."

윤주는 여전히 큰 관심은 없다는 듯 내 쪽을 보지 않고 알맞게 데운 죽을 국그릇에 옮겨 담는 데 열중했다. 하지만 나는 알 수 있었다. 그는 진주의 존재를 신경 쓰며 궁금해하고 있다. 아주 교묘한 타이밍에 진주의 존재가 끼어들었다. 그러나 나는 얼마나 자세히, 어느 정도의 온도로 진주에 대한 정보를 윤주에게 전해야 할지 알 수 없었다. 여전히 우리 관계가 혼란스러웠다. 그렇다고 지금 당장 윤주와의 관계를 골똘히 고민하고 정의하기에는 우리 관계만큼이나 내 머릿속이 혼란스러웠다. 나는 내 인생에 휘몰아친 모든 혼란과 인물 들에게서 빠져나와 조용히 내 삶에 집중할 수 있기를 바랐다. 그가 헤어지자고 했을 때 더이상 아무 말도 덧붙이지 않고 받아들였던 건 그런 의지의 표현이기도 했다.

"먹어."

윤주는 언제 봤는지 냉장고 위에 올려둔 접이식 트레이를 꺼내 죽을 올린 뒤 내 앞에 정갈히 내려놓았다. 내가 끄응 하는 소리를 내며 일어나려 애쓰자 나의 오래된, 헤어진 연인은 얼른 달려와 나를 붙잡고 일으켜주었다. 내 팔뚝과 어깨를 붙드는 그의 손과 악력과 온기가 친숙했다. 한때는 언제나 지척에서 익숙하게 여기던 감각이었다. 그 친숙함을 다시 느낄 수 있다니, 참 이상했다. 나 이 느낌 알아, 나 이 온도 알아,라고 새삼 깨닫는 게 낯설었다.

"고마워."

윤주의 짙은 갈색 눈동자를 보며 다시 한번 감사를 전했다. 그의 눈동자 역시 거울 속 내 모습만큼이나 낯익었는데, 새삼 참 예쁜 색이라는 걸 알았다. 이제야.

왜인지 윤주는 나를 계속 바라보지 못했다. 시선을 깔고 내 눈을 피했다. 어색한 걸까. 민망한 걸까. 너는 무슨 생각을 하고 있는 걸까. 아니, 지금은 그런 것도 떠올리기 싫다. 나는 고개를 저으며 죽을 떠먹었다.

윤주가 데워준 죽 한그릇을 다 비우고 그가 떠다 준 미지근한 물에 감기약을 꿀꺽 삼키고 다시 스르르 쓰러져 잠에 들었다. 내가 잠들면 그는 무엇을 할지, 집으로 돌아갈지 내 옆을 더 지키고 있을지 아무것도 궁금하지 않았다. 모든 게 귀찮을 정도로 아팠다. 먹자마자 눈이 감겼고 생각할 틈도 없이 잠에 빠져들었다.

"잘 자, 세련아. 일어나면 나랑 따뜻한 커피 마시러 가자."

현실과 잠의 경계가 은은히 이어지다가 완벽한 암흑 속 잠의 세계로 넘어가기 직전, 내 이마를 짚어보고 머리를 쓰다듬는 윤주의 손길을 느꼈다. 그의 손길과 목소리에 감은 눈꺼풀 안으로 눈물이 가득 차올랐지만 다행히 밖으로 흘러내리지는 않았다.

The Moon

달

불확실하고 모호하다. 속내를 알 수 없다.
자신이 모르는 것이 존재할 수 있음을 인지해야 한다.

조용한 시간

이번 아픔은 달콤했다. 지금까지의 아픔은 단 한번도 쉬어 갈 핑계가 되어주지 못했다. 오히려 내 등에 지워진 또 하나의 짐일 뿐이었다. 그러나 그 하루의 아픔은 달콤한 꿈 같았다. 몽롱한 약기운 덕에 꿈결같이 느껴지기도 했다. 모두가 나의 아픔을 위로하고, 내가 잠시 멈추는 것을 이해했다.

'아플 만해. 그동안 하루도 안 쉬었잖아.'

'그렇게 춥게 입고 다니니까 감기에 걸리지.'

'나도 겨울이면 늘 한번씩 독감을 앓고 지나가.'

'밤늦게 그렇게 보내는 게 아니었는데 내 잘못이에요.'

내가 아프다는 소식을 들은 사람들 모두 저마다의 입장에서 한마디씩 건넸다. 나를 탓하는 사람도, 당장 이겨내고 일어나야 한다는 압박을 주는 사람도 없었다. 그래서 뒤이은 그들의 잔소리는 마치 예쁜 노랫가락처럼 들렸다. 계속 아프고 싶다는 어린아이 같은 생각도 잠깐 했다.

나는 아픔을 핑계로 모든 것을 뒤로 미루었다. 모두가 나에게 더 자세한 설명을 바라지 않고 '그래, 그래' 하며 넘어가주었다. 맹세컨대 지금까지 사는 동안 내가 저지른 가장 무책임한 행동이었고 그게 받아들여진다는 사실에 눈물이 날 뻔했다. 무엇이 달라졌기에 같은 상황에 대한 반응이 이토록 바뀌었을까.

윤주를 집으로 부른 그날, 나는 결국 늦은 저녁이 되어서야 다시 일어났고 윤주는 다음 날 출근을 하기 위해 미련이 가득한 얼굴을 하고 돌아섰다. 낮에 약속한 따뜻한 커피는 마실 수 없었다. 그가 "자고 갈까?"라고 물었지만 나는 고개를 저었다. 윤주는 더 남아 있을 명분이 없었기에 돌아갔다.

"그 사람과 결혼할지 말지, 그게 고민이에요."

일상으로 돌아온 나에게 찾아온 첫 손님은 말갛고 깨끗한 인상의 여자였다. 개성 있는 얼굴은 아니지만 어디를 가든 환영받을 듯했다.

"왜 그게 고민이신데요?"

아직 감기 기운이 남아 있어 낮게 가라앉은 목소리로 내가 물었다. 귀에 거슬리게 갈라지는 소리가 나지 않도록 주의해야 했다.

"음…"

여자는 생각에 잠기는 듯했다. 나는 카드 덱을 천천히 섞으며 그녀에게 질문을 던져 고민을 구체적으로 정돈해보기로 했다.

"결혼하려는 분의 문제 때문인가요? 아니면 질문자님의 문제? 그것도 아니면 주변의 문제…?"

카드를 해석하기 위해서 질문자의 질문을 명확하고 날카롭게 다듬고 해석에 필요한 주변 정보를 좀더 확인해야 했다. 그녀에 대해 아무것도 모르면서 카드의 상징을 제멋대로 해석할 수는 없으니까.

상징은 비유와는 조금 다르다. 비유는 무엇에 빗대었는지 알 수 있다. 비유하려는 대상과 비슷한 것을 예로 드니까. 하지만 상징은 아무리 들여다봐도 그 뜻이 무엇인지 알 수 없다. 일단은 그 의미를 외워야 하고 그것이 지금 상황에 맞는지 타로를 읽는 사람이 주체적으로 판단하고 뜻을 풀어주어야 상대방이 이해할 수 있다. 한장의 타로가 한개의 상징을 의미하는 것이 아니기 때문에 아무런 사전 정보 없이 해석하면 전혀 다른 방향의 풀이가 나올 수 있다. 이 카드에 담긴 수많은 상징과 풀이 중 질문자의 답이 될 수 있는 하나의 길을 찾아 카드와 카드 사이의 이야기를 연결해야 한다. 그래서 같은 카드를 가지고도 타로카드 리더에 따라 다른 이야기를 할 수 있는 것이다.

"모르겠어요. 누구의 문제인지. 그냥 저의 감이… 촉이… 확신을 주지 않아요."

"감이요?"

질문자의 얼굴은 처음 질문을 던졌을 때보다 훨씬 헝클어져 있었다. 깨끗하고 맑은 얼굴이 물에 우유를 풀어놓은 듯 불투명해 보였다. 혼란을 겪는 사람들의 얼굴은 늘 그렇다. 뿌연 물속을 들여다보는 기분이다.

"오래 사귀셨나요?"

나는 뿌예진 그녀의 얼굴에서 불순물이 차츰 가라앉기를 바라며 물었다. 혼란스러워 보이지만 적극적으로, 타로카드라는 수단을 이용해서라도 자신의 문제를 해결하고 싶어하는 사람이니 분명 내 질문에 성실히 답변할 것이라는 생각이 들었다.

"이년쯤 만났어요. 짧은 건 아니죠, 자주 만난 건 아니지만. 다른 사람들만큼, 평균은 될 거예요."

"상대를 잘 안다고 생각하세요?"

여자는 고민이 많아 보였다. 이제는 눈빛마저 탁해 보일 지경이었다. 어려운 질문이기는 하다. 어떤 인간에 대해 잘 안다고 말할 수 있을까? 과연 살면서 몇명이나 잘 안다고 할 수 있을까?

"다는 아니지만 제가 아는 다른 사람들보다는 비교적 많이 안다고 생각했어요. 다른 사람들도 그렇게 많이 아는 건 아니지만요. 그냥 비교적, 비교하자면 그런 편인 것 같아요. 하지만 그 사람에 대해 잘 안다고 확실하게 말하지는 못하겠어요."

그녀는 잠시 고민하더니 말했다. 확실히 신중한 타입이다.

이런 사람들은 자신의 곁을 쉽게 내어주지도 않지만 누군가 내어준 곁도 쉽게 받아들이지 못한다. 신중해진 데에는 여러 이유가 있겠지만 너무 신중하면 외로워질 수도 있다. 그 누구도 모르게.

"그럼 반대로 질문자님이 생각하기에 확신을 주는 쪽이란 무엇인가요? 이 사람과 결혼해도 돼,라고 명확히 마침표를 찍을 수 있는."

나는 카드 섞기를 멈추지 않으며 물었다. 그녀의 시선이 카드를 이리저리 뒤섞는 내 손에 꽂혔다. 그녀는 내 손만 뚫어져라 쳐다보며 말했다.

"글쎄요… 그 사람을 보는 순간 종소리가 들린다거나 하는 건 아니죠. '이 사람이라면 평생 내 곁에 있을 거야'라든가 '영원히 내 편이 되어줄 거야' 같은 느낌이 안 들어요."

"좋아요. 그럼 지금 결혼을 생각하는 분이 내 곁에서 내 편이 되어줄 사람인지에 대해 질문해보면 어떨까요? 그 정도면 알고 싶은 것에 대한 답이 될까요?"

나는 섞고 있던 카드를 그녀에게 쥐여주며 섞고 싶은 만큼 섞고 돌려달라고 했다. 그녀는 갑작스레 번뜩 깨어난 사람처럼 내가 내민 카드를 받아들고 천천히 정성 들여 섞었다. 카드 덱을 만져본 경험이 별로 없는지 카드 한두장이 손에서 떨어져 나와 테이블 위에 투둑 떨어졌다.

"어, 죄송해요."

여자가 민망한 표정을 지으며 떨어진 카드를 주워 나머지 카드 속에 끼워 넣었다.

"괜찮아요. 많이들 그러세요. 자주 만져본 물건이 아니라 손에 안 익어서 그렇죠. 충분하다 생각이 들 때까지 천천히 섞고 주세요."

나는 씩 웃어 보였다. 결혼이라. 결혼을 생각하는 사람에 대한 고민. 사람에 대한 신뢰. 누군가를 일이년 만에 알게 되는 것이 과연 가능한 일인가? 몇년 깊이 사귄 한 사람에게 인생을 맡길 수 있는가? 누군가에게 내 인생을 맡긴다는 전제 자체가 성립하는가?

그녀가 카드를 나에게 넘겨주었다. 하나의 인생에 대한 조언을 하기에는 너무 적고 단순해 보이는 카드들이 똑같은 뒷면을 한 채 테이블 위에 펼쳐졌다. 여자는 내 안내에 따라 숙고하며 카드를 한장씩 뽑았다. 일곱장의 카드가 선택되고 순서대로 올려졌다. 나는 카드를 하나씩 뒤집었다. 여자는 카드를 유심히 내려다볼 뿐 표정의 변화는 없었다.

보통 타로카드의 상징을 잘 모르는 사람들은 내가 카드를 뒤집을 때마다 그 심상찮은 그림에 놀라기도 하고 걱정하기도 한다. 사신의 외양을 한 해골, 거꾸로 매달린 남자, 쏟아지는 듯 수많은 칼, 무너지는 탑 같은 카드가 특히 그렇다. "저 죽는 거예요?"라든가 "이거 망한다는 거죠?"라고 지레짐작하고는 한다. 세상이 그렇게 단순하고 명확하다면 오히려 어려울 것이 없을 텐데.

"당연하겠지만, 지금 많은 스트레스를 받고 계시네요. 결혼을 앞둬서인지, 결혼을 하고 싶지 않아서인지, 혹은 정말 질문처럼 상대를 얼마나 신뢰해야 하는지 확신이 없어서인지는 모르겠습니다. 다만 스트레스가 생각보다 크다는 건 확실해요. 결혼이 어떤 상황이나 흐름에 의해 진행되어온 것 같아요. 나도 모르게 후다닥 진행되다보니 이제야 '이게 맞나?' 하는 생각이 드는 거죠."

여자는 고개를 휙 들어 나를 보며 끄덕였다.

"네, 맞아요. 이년 정도 만났고, 그 정도 만나면 제 나이에는 결혼으로 이어진다는 걸 알아요. 하지만 막상 제가 그 당사자가 되니까 확신이 없는 거예요. 그는 이년간 좋은 남자친구였고, 딱히 속을 썩이거나 부족한 부분이 있는 것도 아닌데 말이에요. 평온하고 평탄하게 만났어요. 부모님도 좋아하시고. 그를 싫어하거나 헤어질 이유가 없죠."

그녀는 방언이 터진 듯 우수수 말을 뱉어냈다. 흔한 상황이다. 상담자들은 처음에는 나를 낯설어하고 의심스러워하고 신뢰하지 않는다. 하지만 내가 그들의 상황을 비슷하게나마 맞히면 그때부터는 내게 모든 것을 털어놓으려고 한다. 결국 그들에게 필요했던 건 답이 아니라 엉켜 있던 무언가를 털어놓을 사람이었던 것이다.

"…헤어질 이유는 없지만 계속 만나야 할 이유도 없다는 뜻으로 들려요.”

내가 말했다. 그녀는 잠시 생각에 잠긴 듯 허공을 응시했다. 짧은 한숨이 새어나왔다.

“그런 것 같아요. 만나면 좋지만 돌아서면 생각나지는 않았어요. 만남이 억지스럽지는 않았지만 진심으로 만나고 싶었다기보다는 우리는 사귀는 사이니까, 하면서 일하듯 만날 때도 있었던 것 같아요.”

“상대는 어땠는데요?”

“아!”

그녀는 무언가를 깨달은 듯했다. 그녀의 눈에 서려 있던 탁한 기운이 맑은 눈빛 뒤로 쑥 들어가는 것이 보였다.

“그에 대한 확신이 왜 없었는지 알 것 같아요. 저는 그 사람이 어떤지를 몰라요. 나와 같은 마음인지, 나와 다르게 우리 관계에 확신이 있는지 같은 거요. 그 사람에게 그만큼 관심이 없었던 것 같기도 하고, 그 역시 나에게 자기 마음을 다 보여주지 않은 것 같기도 하네요. 우리는 자주 만나고 여러 이야기를 했지만 서로의 마음이나 감정에 대한 대화는 거의 나누지 않았거든요.”

나는 말없이 고개를 끄덕였다. 이후부터는 그렇게 많은 얘기를 할 필요가 없다. 문제를 스스로 깨달은 질문자는 해결 방법도 스스로 깨우칠 수 있기 때문이다. 이제 나는 입을 닫고 중간중간 그녀의 이야기에 적절히 고개만 끄덕이면 된다.

그녀가 부러웠다. 스스로 깨달은 자. 나는 언제쯤 내 문제를 직시하고 스스로 해결 방법을 찾게 될까. 뿌연 연기가 스르르 사라져 맑아지는 그녀의 눈빛과 안색을 보며, 그녀의 눈에 내 안색은 어떻게 보일까 궁금했다. 그녀에게서 뿜어져 나온 탁함이 나에게로 옮겨 와 점점 퍼지는 기분이었다.

Queen of Cups

컵의 퀸

조건 없는 사랑. 타인을 이해하는 능력이 있는 만큼
자신을 잃고 남에게 끌려다닐 수 있다.
하지만 자신의 뜻을 확실히 세운다면 주변과 조화할 수 있다.

데고, 끌리고, 모르고,
그래도 시작하고

아직 몸이 완전히 나은 것이 아니어서 따듯한 무언가를 든든하게 먹고 싶었다. 평소에는 카페에서 사장 언니와 간단한 음식을 함께 만들어 먹거나 편의점에서 삼각김밥을 사 먹었다. 혼자 끼니를 때우러 나가겠다고 하자 언니는 흔쾌히 보내주며 아팠으니까 든든히 먹어야 한다고 했다. 손님이 많아 바쁜 점심시간이 지나고 두시쯤 혼자 밖으로 나섰다. 버스정류장 옆에 있던 순댓국집이 생각났다.

구석에 있는 일인석에 앉아 순댓국 한그릇을 주문했다. 점심시간이 지난 후의 식당은 나처럼 홀로 때 지난 끼니를 바삐 때우려는 사람들로 띄엄띄엄 채워져 있었다. 뚝배기에 코를 박고 먹는 데에만 열중하느라 둥글게 굽은 등을 보고 있자니 모두들 무언가를 지고 있는 듯 보였다.

"내가 볼 때 너는, 걱정이 너무 많아."

수북이 쌓인 빨랫감을 개며 나도 모르게 한숨을 푹 내쉬었을 때 엄마가 나에게 툭 내뱉었다. 엄마가 나를 봐왔다고? 언제? 얼마나? 엄마의 뜬금없는 소리에 짜증보다도 황당한 마음이 들었다. 그녀는 좁은 창문가에 서서 담배 연기를 밖으로 뿜어내고 있었다.

"그렇지 않아? 너도 그렇게 생각하지?"

엄마는 창밖으로 재를 떨어뜨리며 말했다. 제발 그러지 마. 집 안에서 담배 피우지 마. 애들 보는 데서 담배 피우지 마. 창밖에 아무렇지 않게 재를 떨지 마. 창틀에 재가 다 떨어지잖아. 그러다가 방 안에 불씨라도 떨어지면 어쩌려고 그래. 머릿속에서는 온갖 말이 앞다퉈 튀어나왔지만 정작 입 밖으로 나온 말은 하나도 없었다.

"뭘 그렇게 너 혼자 다 짊어지고 사냐. 그러나 저러나 똑같은데."

엄마는 풋 하고 웃었다. 나를 비웃는 거였다. 웃을 때의 엄마를 보면 소싯적에 예뻤장했겠다는 생각이 들 때도 있었다. 나에게 무어라 말을 붙이는 지금의 엄마는 이제 막 오십대에 접어든 것치고는 너무 늙어 보였다. 늙은 것이 아니라 말 그대로 늙어 보였다. 껍데기가 닳고 낡고 쭈그러들어 오히려 실제 나이를 가늠하기 어려워 보였다.

“무슨 재미야 진짜.”

엄마는 대꾸 없는 내가 답답했는지, 아니면 말 그대로 재미가 없었는지 창문 밖으로 꽁초를 휙 집어던지더니 지갑만 챙겨 밖으로 나갔다.

“나 오늘 안 들어와. 애들 잘 챙겨.”

엄마는 자신이 해야 마땅한 일들을 아무렇지도 않게 나에게 던졌다. 바닥에 앉아 동생들의 옷가지를 개고 있는 내 등이 더 무겁게 느껴지면서 앞으로 쏟아질 것 같았다. 나도 저렇게 겉 늙어버리는 건 아닐까 하는 두려움이 몰려왔다. 사실 이것들은 다 엄마의 짐인데, 왜 내가 나눠서 저야 하는 것일까 억울함도 함께 몰려왔다.

“엄마가 챙겨야지 누가 챙겨!”

결국 입 밖으로 터져나왔다. 속으로만 생각했던 울분이었다.

“국밥 나왔습니다.”

까마득한 회상 속에서 나를 건져올린 건 뜨거운 국밥 한그릇이었다. 김이 모락모락 올라왔고 뚝배기 속 국물은 부르르르 끓고 있었다. 갑자기 힘이 쭉 빠져서 부글거리는 뚝배기를 멍하니 바라만 봤다.

“너무 뜨거워서 그래요? 여기 앞접시에 덜어놓고 먹어요.”

국밥을 내려놓고 돌아서려던 사장님이 물통 옆에 놓인 앞접시 하나를 놓아주며 말했다. 나는 그제야 고개를 들어 그녀를 쳐다봤다. 싱긋 웃는 미소가 푸근했다.

"감사합니다."

나도 그녀에게 미소를 보이며 답했다.

"근데 뜨거워도 후후 불면서 먹어야 맛있어. 국밥이 원래 그래. 사는 것도 그렇잖아. 맹맹하면 재미가 없지. 너무 식히지 말고 후후 불면서 팍팍 먹어요."

그녀가 내 등을 한번 토닥이고 돌아섰다.

맹맹하면 재미가 없지.

맹맹하면.

나는 숟가락으로 국밥을 휘휘 저으며 그 말을 곱씹었다. 매운 양념장을 가득 퍼서 국밥에 풀었다. 말간 국물이 금세 뻘겋게 물들었다. 연기가 뜨끈하게 피어오르는 국밥은 뜨거워 보였지만 내 목구멍은 감기 기운으로 퉁퉁 부어올라 그 뜨거움을 온전히 느낄 수 없었다. 그 덕에 다정한 사장님이 놓아준 앞접시는 필요하지 않았고 나는 뜨거운 국물을 바로 입속으로 가져갔다.

처음에는 괜찮았다. 그러나 밥을 다 먹고 나서 외투를 입고 목도리를 두르는 동안 국물에 덴 입안으로 오돌토돌 올라온 수포가 혀끝에 느껴졌다. 내가 그 뜨거운 국물을 무식하게 들이부었음을 그제야 깨달았다.

후후 불어서 먹으랬는데, 어째서 팍팍 먹으라는 조언만 들은 걸까.

얼마나 뎄나 혀를 도르르 굴려 입안을 살피는데 입천장의 점
막이 너덜너덜했다. 무식하다, 무식해. 스스로의 아둔함을 욕
해봤지만 이미 입안은 난장판이 된 후였다. 데고 나서야 후회
를 하다니, 이럴 줄 몰랐던 것도 아니고, 내가 이럴 줄 알았던
누군가의 조언도 있었는데 왜 나는 결국 짐작했던 결말을 겪
고 있는 걸까. 나 자신에게 진저리를 치며 다시 거리로 나왔다.

　몸살을 치르고 난 뒤 처음으로 진주와 미팅을 하기로 했다.
그동안 만나지는 않았지만 메일로, 채팅으로 아이디어를 나눴
고 초반 몇회차의 스토리도 그에게 전달했기 때문에 업무는
차질 없이 진행됐다.
　늘 혼자 노트북을 껴안고 끙끙거리며 글을 써왔기에 누군가
와 직접 만나서 이야기를 나누고 무언가를 만들어나가는 것보
다 차라리 그 쪽이 편했다. 나는 앉아서 몇시간이고 글을 쓰고
지우고 다시 쓸 수 있지만 누군가의 눈을 바라보면서 이야기
하는 데에는 서툴렀다. 글은 꼭 내 이야기가 아니어도 되지만
입에서 나오는 이야기는 왠지 나의 무언가여야 할 것 같았기
때문이다.
　원래는 매주 주말 저녁 만나서 그동안 만든 스토리를 들려
주거나, 미리 공유한 이야기를 수정하거나 덧붙이는 형태로
작업을 하려고 했지만 내가 아프다는 핑계로 주말 미팅 계획
은 흐지부지됐고, 나는 목요일이나 금요일쯤 그가 말한 내용

을 반영한 수정안을 메일로 보냈다. 진주는 주말 내내 그것을
보고 월요일이나 화요일쯤 문자 메시지로 피드백을 했다.

근데 말이에요. 지금 우리 꼭 선생님과 학생 같지 않아요?
나는 숙제를 내주고 세련씨는 나에게 숙제를 검사받고.
나는 선생님이 아닌데.

지난 주말, 내가 보낸 스토리라인에 대해 열심히 피드백을
보내던 그가 갑작스럽게 딴지를 걸었다. 서로에게 잘 맞는 작
업 방법을 찾았기에 일이 수월하게 진행되고 있다 믿었던 내
뒤통수를 누가 톡 하고 친 기분이었다.

사실 그가 제대로 봤다. 나는 그의 숙제를 하고 있다고 생각
했다. 그에게 숙제를 제출하고 난 금요일 밤에는 마음이 편안
했다. 할 일을 다 한 것 같았다. 숙제를 확인한 그가 피드백을
할 때까지 그저 숨죽이고 기다리며 이 평안에 몸을 맡기고 싶
었다. 그는 갑이고 나는 을이며, 갑은 을에게 해야 할 일을 주
고 을은 최선을 다해 이행하는 관계 아니었나? 하지만 이런 생
각을 솔직히 이야기하면 그가 좋아할 것 같지 않았다. 본능적
으로 나는 그가 자유로운 사람이며 자신만큼, 혹은 자신보다
더 자유로운 사람을 원한다는 걸 알고 있었다. 그러나 그는 손
에 쥔 게 아무것도 없다는 것이 무엇에도 얽매이지 않은 자유
로움이라고 단단히 오해하고 있는 모양이었다.

나는 내가 쓴 이야기를 파는 동시에 나라는 사람의 '아무것도 없음'을 그에게 팔고 있다는 사실을 금방 깨달았다. 능력 있고 경력 많은 다른 작가가 아니라 나를 택한 데에는 이런 이유가 큰 비중을 차지했음을 알고 있었기에 그가 소비하고 싶은 상품이 되기 위해 모르는 척했을 뿐이다. 상품으로서의 하자를 들키지 않기 위해, 그가 원하는 무언가를 연기하는 나를 감추기 위해, 나는 진주와의 미팅을 무의식적으로 피해왔다. 그리고 진주는 드디어 이 상황이 이상하다는 걸 알아차렸다. 내가 제출한 숙제는 들춰 보지도 않고 다른 숙제를 내준 셈이었다.

만나서 얘기해요.
실시간으로 서로 대화하면서 의견을 나누고 싶어요.
이런 방식은 내 입맛이나 방향대로 세련씨의 글을 유도하는 것 같아서 싫어요.

한숨이 훅 나왔다. '이런 방식'이 아니면 그에게 직접적으로 내가 원하는 내용을, 혹은 그에게 반대하는 내용을 편하게 말할 수 있다고 생각하는 것일까?

그는 단 한번도 을이 되어본 적이 없는 사람이다. 통장에 주기적으로 안락함을 꽂아주는 상대에게 내 생각을 필터 없이 쏟아낼 수 있다는 사고방식 자체가 그 사실을 말해주고 있다. 그러나 누가 그의 말에 반대할 수 있다는 말인가. 갑이 원하는 대로 또다른 방향의 페르소나를 꺼내는 수밖에.

그래요.
주말에 만나서 다시 얘기해요.

그렇게 마지막 메시지를 보내고 주말이 될 때까지 그에게
다시 연락하지 않았다. 금요일 점심때쯤, 그에게 문자가 왔다.
어떤 주소 아래에 짧은 메시지가 붙어 있었다.

집 주소예요.
토요일 7시쯤, 저녁 먹지 말고 와요.

윤주를 제외하면 누군가의 집에 초대받은 것은 처음이었다.
집으로 놀러 갈 만큼 친한 친구라고 할 만한 사람이 많지 않았
다. 윤하 선배가 신혼집 집들이를 하던 날 동기들과 선후배들
과 함께 가본 기억이 거의 유일한 초대였다. 집들이 모임 같은
것을 제외한다면 내가 타인의 집에, 그것도 단독 손님으로 가
본 적은 한번도 없었다.
다른 사람의 집에 초대받으면 어떻게 해야 하지? 무엇을 입
고 무엇을 신고 또 무엇을 들고 가야 하지? 갑자기 듣도 보도
못한 새로운 유형의 숙제가 발등에 뚝 떨어졌다. 제일 취약한
분야였다. 나는 가정교육과 일반 상식을 모두 텔레비전으로

배운 사람이다. 보통은 밥상머리에서 배운다는 것들, 부모가 알려준다는 것들을 간접적으로 배웠다. 그것이 현실과 조금은 떨어져 있다는 사실 정도는 어렴풋이 느끼고 있었다. 그러니 텔레비전으로 배운 것을 실전에서 써먹어야 하는 상황은 퍽 두려운 일이었다.

결국 밤늦도록 옷장 속 몇벌 없는 옷들을 꺼냈다 넣었다 난리를 피우다 늦잠을 자는 바람에 다음 날 카페 출근이 늦어질 뻔했다. 그래도 정신없는 와중에 사장 언니의 단골 꽃집에 들러 꽃다발을 하나 예약했다. 예산은? 용도는? 받는 사람의 취향은? 그 사람이 좋아하는 색은? 꽃을 둘 곳의 분위기는? 하고 끝없이 몰아치는 플로리스트의 질문에 대부분 대답하지 못했지만.

"집에 초대받았어요. 선물로 가져가는 건데 부담스럽지 않은 적당한 사이즈였으면 좋겠어요. 받는 사람은 남자고 특별한 일이 있어서 주는 선물은 아니에요. 나이는 이십대 후반이에요. 취향은 잘 모르지만 세련된 걸 좋아할 것 같아요."

나는 최선을 다해 플로리스트의 질문에 답하고 이름과 연락처를 남겼다. 신세련이라는 이름을 받아 적으며 그녀가 해맑게 웃었다.

"손님하고 잘 어울리는 꽃이면 되겠네요. 세련된 걸 좋아하시니까."

나도 그녀를 따라 웃었다. 내 이름이 이렇게 해맑은 농담으로 쓰인 것은 처음이었다.

약속 시간에 늦지 않도록 평소보다 일찍 퇴근하고 꽃집에서 예약한 꽃다발을 찾았다. 검붉은 색의 화려한 꽃들로 만든 꽃다발이었다. 세상에 이런 꽃도 있었나 싶은 낯선 꽃들이 가득했다.

"이건 뭐예요?"

내가 검은 벨벳 같은 꽃을 가리키며 물었다. 플로리스트는 무언가 잔뜩 적은 작은 쪽지를 포장지 뒤편에 붙여주며 말했다.

"장미예요. '블랙 뷰티'라고 불러요. 이름이 궁금한 꽃들이 있으실 것 같아서 미리 적어두었어요. 꽃다발 안쪽에 붙여놓을게요. 검색해보시면 금방 찾으실 수 있을 거예요."

친절한 플로리스트에게 감사 인사를 하며 꽃을 처음 사는 사람처럼 보이지 않기 위해, 비싼 꽃값에 놀라지 않은 척 태연히 값을 치르고 꽃집을 나섰다. 내 품에 안긴 꽃이 어색하게 느껴졌다. 두 손으로 들어야 하나, 한 손으로 들어야 하나, 아니면 옆구리에 끼워야 하나. 이리저리 꽃다발의 위치를 바꿔보았지만 어떻게 해도 어색했다. 결국 한 손은 꽃다발의 줄기 부분을 잡고 다른 한 손으로는 아기 목을 받치듯 꽃 머리 부분을 품에 안았다. 다른 사람들 눈에는 어색해 보일지 모르겠지만 이렇게 하니 마음이 편안했다. 동생들을 키울 때 생각이 났다. 그들은 나를 올려다보며 매일 빽빽 울었지만 품 안의 꽃들은 잠자는 것처럼 조용했다.

나는 자그마한 블랙 뷰티의 얼굴을 가만히 들여다봤다. 기분이 이상했다. 이게 장미라니. 다른 꽃은 몰라도 장미만큼은 알고 있다고 생각했는데 장미조차 알아보지 못했다. 머리로 아는 것과 실제로 보는 것은 차이가 컸다. 알고 있다고 생각하지만 내가 알지 못하는 것들이 얼마나 많을까? 내 세상에 꽃 같은 건 없을 줄 알았는데. 매끈하고 부들부들한 검붉은 핏빛 꽃잎이 고혹적으로 보였다.

나는 걸으면서도, 버스에 앉아서도 소중한 아이를 안은 엄마처럼 내 품의 꽃을 하염없이 내려다보았다. 그리고 플로리스트가 붙여준 꽃들의 이름표를 떼어 한번 훑어보고 휴대전화로 하나하나 검색했다.

블랙 뷰티, 파스타 거베라 파이어, 네리네 리디아, 라넌큘러스 레드, 초콜릿 코스모스, 아스트란시아 로마, 블랙 칼라, 유칼립투스…

화려한 얼굴들에 어울리는 화려한 이름들이었다. 그 이름들을 들여다보다가 하나씩 외우기 시작했다. 그렇게 한참 꽃들을 바라보고 이름과 얼굴을 짝지어 외우다보니 어느새 밖이 어두워져 있었다. 여름이라면 아직 해가 쨍할 시간이었지만 겨울 볕은 옷자락처럼 땅을 스치고 금세 사라져버렸다.

노을이 깔리기 시작할 때쯤 오른 버스를 까매지는 밤에 내리자니 기분이 막막했다. 아주 오랜만의 외출이거니와 아주 오랜만에 낯선 동네에 툭 떨어진 것이다. 지도 앱에 그의 집 주소를 입력하고 경로를 탐색하려는 순간 전화가 걸려왔다. 진주였다.

"어디예요? 다 와가요?"

"지금 막 정류장에 내렸어요."

"버스 타고 왔어요? 거기에서 어떻게 올 거예요?"

나는 주위를 둘러봤다. 도로는 씽씽 달리는 차로 가득했지만 지나는 사람은 많지 않았다.

"어… 걸어서 가려고 했어요. 지도 찍어보니까 한 십오분, 이십분쯤 걸릴 거 같아요."

코끝을 찡하게 만드는 찬바람이 불어와서 꽃다발을 소중히 품어 다시 안았다.

"오늘 추운데. 이십분이나 걷긴 좀 그럴 것 같은데… 내가 갈게요. 차로 가면 금방일 거예요."

나는 옷깃을 여미며 꽃다발을 내려다봤다. 조금 얼어붙은 듯 생기를 잃어가는 것이 보였다. 택시 타고 갈게요,라는 말이 선뜻 나오지 않았다. 이미 이 꽃다발을 사느라 꽤 많은 지출을 했고 여기서 택시가 수월하게 잡힐지, 가깝지만 택시비는 얼마나 나올지, 처음 가보는 곳을 내가 잘 설명할 수 있을지 알 수 없었다.

"나 지금 출발해요. 거기 그대로 있어요. 정류장 이름 찍어서 문자로 보내주고요!"

내 대답을 기다리지 않고 진주가 결정했다. 나는 대답할 필요도 없이 전화를 끊고 정류장 간판 사진을 찍어서 그에게 보냈다. 어린아이가 된 것 같기도 했고 소중한 사람이 된 것 같기도 했다. 다른 사람들은 이런 기분을 얼마나 자주 느낄까 궁금했다. 아니, 남들에게 이 정도는 사소한 배려인지, 정말 소중한 사람에게 하는 거창한 행동인지 궁금했다. 그래야 내가 진주를 만나고 나서 보여줄 감사 인사의 정도를 결정할 수 있으니까.

정류장 의자에 걸터앉아 그런 것들을 고민한 지 십분이 채 되지 않아 진주의 차가 도착했다. 바닥을 내려다보고 있던 내 쪽으로 경쾌한 경적을 빵빵 두번 울리더니 차창 안에서 진주가 다급히 소리쳤다.

"얼른 타요! 뒤에 버스 와서 오래 못 서 있어요!"

나는 갑자기 잠에서 깬 사람처럼 헐레벌떡 뛰어가 미끄러지듯 차 안으로 몸을 던졌다. 고급스러운 시트가 부드럽게 나를 받아줬다.

"벨트 벨트!"

진주는 빠르게 정류장을 벗어나며 내게 말했다. 다급한 그의 말에 또 헐레벌떡 안전벨트를 맸다.

"와, 너무 오랜만이네. 반가워요."

진주가 앞을 주시하면서도 정말 반가운 듯 활짝 웃었다. 집에서 바로 뛰어나왔는지 반소매 차림이었다.

"네, 오랜만이에요. 잘 지냈죠?"

"저는 뭐, 잘 지내고 말고 할 게 있나요. 매일 집에서 세련씨 글만 기다리고 있죠."

"거짓말."

한겨울에도 까무잡잡하게 그을린 그의 피부를 보자 그 말이 저절로 튀어나왔다. 진주가 와하하 하고 크게 웃음을 터뜨렸다.

"아이, 어떻게 알았지? 한동안 스키장에 있었어요. 이제 연재 시작하면 정말, 진짜 아무 데도 못 가고 아무것도 못하고 거기에만 매달려야 하니까. 무슨 강박 있는 사람처럼 매일 나갔고요, 친하지도 않은 친구들 다 불러내서 만나고 그랬어요."

나는 건성으로 네에 네에 하고 대답했다. 진주는 내 반응이 영 억울했는지 톤을 높여 이야기를 이었다.

"진짜예요. 웹툰 그리는 거 생각보다 빡세다고요. 첫 데뷔 작품은 어시도 없이 혼자 작업했는데 중반쯤엔 죽다 살아났어요. 운동은커녕 산책할 시간도 없어서 근육이 다 빠지고 그러다보니 몸은 계속 허약해지고… 엄마가 그때 내 보약 지어다 나르느라 용하다는 한의원은 다 다녔을 거예요. 보여요? 그때 나 거북목 생겨서 거북이 된 거?"

진주가 우스꽝스럽게 목을 앞으로 길게 빼 보였다. 푸시시 웃음이 났다. 그는 어쩔 수 없이 유쾌한 남자다. 사춘기에서부터 끌고 온 까칠함이, 풍요에 겨운 반항기가 남은 어린 남자지만 밑바닥에는 구기려야 구길 수 없는 태생적인 밝음이 있다.

윤주 역시 구겨지지 않은 말끔한 도련님으로 자랐지만 그에게는 진주가 가진 막내다움은 없었다. 윤주에게는 늘 무언가를 책임지고 뒷받침해야 한다는 의무감이 있었다. 나를 만날 때는 나도 그중 하나였고 윤주 자신의 인생 또한 그중 하나였다.

하지만 진주는 한없이 가벼웠다. 진중하지 않다는 게 아니라 그의 영혼이 그만큼 얽매어 있지 않아 보인다는 뜻이다. 윤하 선배도 비슷한 사람인데 진주에게는 윤하 선배가 가진 자기비하가 없어서 더욱 유쾌했다.

이런 사람은 친구도 많겠지. 거리가 가깝든 멀든 '진주? 진주 잘 알지!'라든가 '진주? 그렇게 친하진 않은데 좋은 녀석이야'라고 말해줄 사람들이 언제나 주변에 가득한 그런 사람. 나 같은 인생은 만나기 어려운 그런 사람.

"근데 살 빠졌어요?"

신호 대기에 걸린 진주가 내 쪽을 돌아보며 물었다. 나도 모르게 내 뺨을 두 손으로 감싸쥐었다. 그런가? 얼굴이 좀 핼쑥해 보이나? 뭐라도 바르고 올 걸 그랬나? 나는 내가 진주에게 잘 보이고 싶어하는 여자처럼 느껴졌다.

"글쎄, 모르겠어요."

"오늘 먹을 거 많이 시켰는데, 좋아하는 거면 좋겠어요."

"…해주는 거 아니었어요?"

"나보다 요리 잘하는 사람이 얼마나 많은데 굳이 내가 해요? 나도 스키장에서 살다가 오늘 아침에야 집에 왔거든요. 청소는 깨끗이 해놨어요. 내가 한 건 아니지만."

황당해라. 이럴 거면 굳이 왜 집으로 부른 거야. 나는 품고 있던 꽃다발이 조금 아까웠다.

"에? 기대했어요, 내 요리? 실망했나보다. 그렇죠?"

진주가 놀리듯 말했다. 나는 대답하지 않았다. 뭐든 여기까지 온 이상 그의 의도나 계획대로 팔랑이는 여자처럼은 보이지 않기로 결심했다. 진주를 둘러싼 따뜻하고 넉넉한 공기가 끊임없이 나를 시험하고 유혹해도 나는 어른처럼 굴 것이다. 그보다 여섯살이나 많은 누나니까. 지금까지는 마음먹은 대로 흘러갔을 그의 인생에 마음대로 되지 않는 첫번째 경험이 되고 싶어졌다.

Ace of Cups

컵 에이스

정서적으로 충만한 상태.
새로운 이성과의 만남. 사랑이 싹튼다.

읽어줘요, 다른 사람의 마음을
당신의 마음으로

진주의 차를 타고 그의 집으로 가면서, 그가 나를 데리러 와준 것이 꼭 호의 때문만은 아닐 수 있겠다고 생각했다. 그의 집은 서울 한가운데 있으면서도 남산이 내려다보이는 꽤 높은 언덕에 있었고, 아파트가 아닌 빌라였지만 출입구에서부터 경비가 삼엄했다.

진주의 차를 들여보내주는 묵직한 차단봉과 차 앞머리에 대고 경례를 붙여주는 경비 아저씨를 차창 너머로 바라보며, 헥헥거리며 걸어올라왔을 나를 저 사람이 과연 들여보내줬을까 하는 의문이 들었다. 진주는 어쩌면 경비 아저씨에게 가로막혀 난처해질 나를 오분 먼저 구해준 것일지도 모른다.

지하 주차장에는 차들이 즐비했는데 우리 동네처럼 이중주차를 하거나 내릴 틈도 없이 빽빽하게 붙여서 댄 차는 한대도 없었다. 거기 있는 차들은 모두 자기 자리를 넉넉하게 누리고 있었다. 수입차라면 벤츠나 BMW 정도나 겨우 아는 내 눈에 너무나 낯선 것들이었다.

"자, 내리세요. 시켜놓은 것들 벌써 다 도착했겠다!"

진주가 장난스럽게 말하며 내 안전벨트의 버튼을 눌러 풀어주었다. 나는 여전히 꽃다발을 품에 꼭 안은 채 낑낑거리며 차에서 내렸다. 그 모습을 본 진주가 얼른 내 편으로 넘어와 차문을 잡아줬다. 팬시한 느낌의 남자라는 생각이 들었다. 이 남자는 자신의 행동을 어떻게 생각할까? 역시 난 매너 있는 멋진 남자야,라고 생각할까? 아니면 어떤 계층의 사람들에게는 이런 행동이 기본적인 배려라서 자기도 모르게 무의식적으로 나오는 걸까? 늘 누군가를 위해 차 문을 잡아줄까? 그다지 도움이 필요해 보이지 않아도 상대방이 기다리고 있다면 기꺼이 달려와 문을 열어줄까?

"내 거죠? 그 꽃."

내가 소중히 품은 꽃다발을 진주가 눈짓으로 가리키며 물었다.

"빈손으로 오긴 좀 그래서요."

품고 있던 꽃다발을 그에게 내밀었다.

"오랜만에 받아봐요, 꽃 선물. 여자친구랑 헤어지고 나서 처음 같은데?"

진주가 안내하는 손길을 따라 걸으며 나는 그의 헤어진 여자친구를 떠올렸다. 그를 무척이나 좋아한, 그도 역시 자신을 좋아해주길 바란 고운 참새 같은 여자애.

"그 사람 맞죠? 카페에서 만났던. 그사이에 또 누가 있지는…?"

내가 물었다. 그가 피식 웃었다. 지하 주차장에서 탄 엘리베이터가 일층에 섰다. 삼층까지 있는 건물의 일층. 아파트는 높으면 높을수록 비싸다던데 이런 곳도 그럴까? 차가 있어야만 올 수 있을 정도로 높은 언덕에 홀로 우뚝 솟아 있는 건물이면 일층이라도 전망이 좋을 텐데. 궁금했지만 차마 묻지는 못했다. 엘리베이터 문이 열리고 천장 센서등이 켜지는 동시에 문 앞에 배달 음식들이 쌓여 있는 것이 보였다.

"뭘 이렇게 많이 시켰어요?"

한 손에는 꽃다발을 들고 다른 한 손으로 주섬주섬 배달 음식을 주워 올리는 진주에게로 달려가 비닐 봉투 꾸러미를 따라 주우며 물었다. 나 말고 또 누구 올 사람이 있나 하는 생각이 퍼뜩 들었다. 헤어졌다는 그 여자친구인가, 그래서 그 얘길 꺼냈나, 하는 말도 안 되는 생각도 했다. 아니면 진주의 형, 그러니까 그의 소속사 대표도 와서 함께 미팅을 하나?

"아니, 그런 말 있잖아요. 네가 뭘 좋아하는지 몰라서 다 준비해봤어. 그런 거?"

진주가 도어록에 엄지손가락을 대자 띠리릭 소리와 함께 문이 열렸다. 당당한 걸음으로 집 안으로 들어간 진주는 현관에서부터 쭉 이어진 복도를 지나 곧바로 주방으로 향했다. 봉투를 나누어 든 나도 머뭇거리며 그의 뒤를 따라 들어갔다.

다소 어둡고 긴 복도를 따라 걸어가자 곧 넓고 밝은 거실이 펼쳐졌다. 우리 집에는 대각선으로도 놓을 수 없을 만큼 길고 큰 소파가 거실 한가운데 놓여 있었다. 그 옆에는 시원하게 뚫린 맞은편 통창을 향해 놓인 안락의자가 있었는데, 창 너머로 보이는 깔끔한 정원을 조망하기 위한 위치 같았다.

나는 정면으로 보이는 정원에 서 있는 소나무에 눈길을 빼앗겼다. 멋지다, 하는 생각이 절로 들었다. 글을 쓰다가 답답할 때 고개를 들어 저 정원과 소나무를 바라보면 막힌 글이 술술 풀릴 것 같았다. 어떻게 저런 선을 그리며 자랐을까? 선이 굵은 곱슬머리 같기도 하고 두 마리 구렁이가 얽힌 모양 같기도 하면서 신선이 앉아 쉬어갈 것처럼 청아했다.

이리 줘요, 하면서 진주가 정원에서 눈을 떼지 못하는 내 품에서 배달 음식을 받아갔다. 잠시 앉아서 기다려달라기에 소파에 얼른 앉아 밖을 내다봤다.

나도 일층에 산다. 우리 집도 언덕에 걸쳐져 있다. 들어가는 현관은 일층이지만 현관문 반대쪽으로 난 창문으로는 사람들의 허리나 엉덩이가 보인다. 부동산 중개인은 부득부득 "지하가 아니라 얼마나 좋냐, 지하에 살면 곰팡내 난다"며 그곳이 일층임을 강조했다. 그마저도 창문에 방범창이 설치되어 있어 세상이 늘 격자무늬로 보였다. 그래서 해가 뜨고 지는 때를 구별할 때 빼고는 별로 내다본 적도 없었다. 격자무늬의 얼굴 없는 사람들을 구경하고 싶지 않았다.

이런 게 차이구나, 생각했다. 단순히 좋은 옷, 좋은 차 같은 게 아니라 창밖으로 보이는 저 풍경이. 보고 싶지 않은 것은 가리고 보고 싶은 것만 채워둘 수 있는 창밖까지 살 수 있는 능력이 그들과 나의 차이구나 싶었다.

"밥 먹으면서 얘기할까요? 주방에 차려놨어요. 내가 만든 건 아니지만."

얼이 빠진 채 창밖을 바라보던 내 어깨를 진주가 손가락으로 톡 쳤다. 놀라서 네! 네! 하고 갑자기 큰 소리를 내게 되어 조금 민망했다.

"소나무 좋아해요?"

무슨 이야기인가 싶어 진주를 올려다보며 멍한 표정을 지었다.

"소나무를 계속 보길래요. 난 좀 나이 들어 보여서 봄이 오면 뽑아버리고 다른 걸 심을까 했거든요. 정원에 소나무를 심는 건 왠지 노인 같지 않아요?"

진주는 내가 얼이 빠져 있던 게 소나무 때문이라고 생각한 것 같았다. 그래, 어쩌면 나는 소나무를 좋아하는 사람일 수도 있지. 다만 아직까지 내가 좋아할 만한 소나무를 보지 못한.

수많은 소나무를 보고 비교하고 고를 수 있게 된다면 나도 소나무 마니아가 될지 모른다. 그렇다면 저 소나무는 내가 소나무를 좋아한다는 걸 알려준 첫번째 소나무일 테고. 그런 소중한 소나무가 소나무에 대한 애정도 지식도 없는 이 남자에게 뽑혀버려서는 안 될 일이었다. 그렇게 곧 뽑혀나갈지도 모를 소나무를 생각하니 왠지 조금 화가 났다.

"아니요. 소나무가 올드하다는 게 더 올드한 생각 아니에요?"

진주가 키득하고 웃었다. 자신의 취향에 확신 있는 사람의 미소였다. 그러니 내가 발끈하며 공격해도 그다지 상처 입지 않는 것이다.

진주는 이제 밥 먹어요,라며 나를 이끌고 주방으로 갔다. 거실만큼이나 넓은 주방에는 소파처럼 긴 식탁이 놓여 있었다. 식탁 위에는 치킨, 떡볶이, 피자, 김밥, 곱창 구이, 조각 케이크, 커피, 와플 같은 음식들이 가득했다. 꼭 초등학생의 생일상 같았다.

"오늘 더 올 사람이 있어요?"

참지 못하고 물었다. 진주는 웃으며 이 많은 음식을 다 어쩌나 걱정하는 나를 자리로 안내하여 의자를 빼주고 어깨를 눌러 앉혔다.

"설마요. 그럼 음식을 이만큼만 시켰게요?"

농담이 분명한데 진담처럼 들리는 소리를 하며 진주가 내 손에 포크를 쥐여주고 자기도 자리에 앉았다.

"같이 사는 사람이 더 있어요?"

나는 민망해진 김에 궁금한 건 다 묻기로 작정했다.

"같이? 아니요? 왜요?"

진주가 의아하다는 표정을 지었다.

"집이… 너무 커서요."

누가 듣는 것도 아닌데 괜히 소리를 낮춰 말했다. 부끄러웠다. 이런 것을 묻는다는 것이.

"내가 엄마랑 따로 살려고 얼마나 힘들게 집을 나왔는데요. 작업실을 겸하고 있어서 큰 집을 얻었어요. 회사에 가서 작업하는 게 아니니까 어시들이 여기 와서 작업하기도 하고, 오늘처럼 이렇게 미팅도 하고요."

철없는 막내아들 같은 표정이 진주의 얼굴에 짧게 비치고 사라졌다. 혼자 살게 되어 진심으로 기쁜 표정이었다.

먹. 어. 요. 진주가 손으로 무언가 퍼 먹는 시늉을 하며 입모양으로 말했다. 나는 어색함을 감추지 못하고 떡볶이에 포크를 푹 찍었다. 진주는 한 손으로 치킨 조각을 들고 다른 한 손으로는 휴대전화를 이리저리 조작했다. 그러자 집 안 가득 부드러운 재즈 선율이 울려 퍼졌다. 블루투스 스피커로 음악을 튼 것 같았다. 어느 한군데가 아니라 온 집 안 구석구석에서 음악이 뿜어져 나오고 있었다. 너무 크지도 작지도 않은 사랑스러운 노래가 기분 좋게 나를 감쌌다.

스피커가 어디에 있는지 두리번거리다, 식탁 위만 비추던 조명 때문에 어두운 주방 구석까지는 보이지 않던 내 시선 끝에 꽃다발이 걸렸다. 거대한 싱크대와 연결된 아일랜드 식탁 한쪽 끝에 놓인 유리 화병에 꽂혀 있었다. 맑은 핏빛이 도는 꽃병의 주둥이에는 섬세한 프릴 무늬가 있었는데, 두께가 어찌나 얇은지 살짝만 건드려도 깨져버릴 것 같았다. 사람이 입으로 불어서 만든다는 그런 유리병인 듯했다.

선물받은 꽃을 바로 꽂을 수 있는, 그것이 어울리는 꽃병이 집에 항상 구비되어 있다는 게 신기했다. 그의 여자친구는 얼마나 자주 그에게 꽃을 선물했을까? 그의 집에 놀러 올 때마다? 어쩌면 저 꽃병도 그녀의 흔적인지 모른다.

"꽃병이 많아요?"

내가 물었다.

"꽃병? 글쎄요…"

진주가 갸웃하더니 잠시 생각에 잠겼다.

"몇개 있죠. 다섯개는 넘고 열개는 안 될 것 같은데요. 왜요?"

내 예상보다 많았다. 다섯개는 넘고 열개는 안 될 것 같다니, 나는 살면서 그만큼의 꽃다발을 살 일도 없을 것 같은데. 꽃병이 그렇게 많이 필요할 수 있다는 사실이 이질적으로 느껴졌다. 내가 여기에 앉아 있다는 사실도. 다섯개는 넘고 열개는 안 될 것 같은 꽃병을 가진 남자와 함께.

"…많아서요."

그는 몇번의 연애를 해봤을까? 문득 궁금해졌다. 다섯번은 훌쩍 넘고, 열번은 되지 않을 것 같았다.

우리는 그간의 근황을 잠깐 나누고 조용히 저녁 식사를 끝냈다. 진주는 무언가 물어볼 것처럼 나를 쳐다보다가도 정작 입을 떼지는 않았다. 나 역시 별말 하지 않았다. 트럼펫 소리가 간질간질하게 들리는 재즈 음악이 은은하게 흘러서 침묵이 생겨도 그다지 어색하지 않았다.

그러고 나서 두어시간 정도 일 얘기를 했다. 나는 숙제 검사를 받는 학생처럼 보이지 않기 위해 약간의 연기를 했다. 마음 깊은 곳에서는 그의 모든 의견을 수용하고 그가 원하는 대로 고치리라 생각했지만 겉으로는 조금 반항적으로 대답하기도 하고 그의 의견에 가볍게 반대하기도 했다. 그게 그를 만족시키는 방법이라고 생각했기 때문이다.

처음에는 진주도 즐거워 보였다. 드디어 네가 아니요라고 말할 줄 아는 인간이 되었구나 하는 표정이었다. 하지만 회의가 마무리되는 시점이 되자 무언가 이상함을 느꼈는지 조금 언짢은 얼굴이 되었다. 언제나 얼굴에 걸쳐 있던 귀여운 미소도 사라졌다.

"내가 까다로운 상사가 된 것 같은 기분이 들게 해요, 세련씨는."

진주는 노트북을 탁 닫더니 두 손을 깍지 낀 채 턱을 괴었다. 오늘 밤에는 일 이야기에 더이상 진척이 없겠다는 예감이 강하게 들었다.

"내가 원하는 거 말고, 창작자로서 세련씨의 의견은 없나요? 이건 꼭 내가 하는 말을 윤색해줄 대필작가를 쓰는 것 같잖아요."

뜨끔했다. 조금 더 조심스러웠어야 했는데. 아까 한두가지 정도는 져주지 말았어야 했는데. 내가 실수한 부분들이 후회로 밀려왔다. 하지만 진주는 내 생각보다 눈치가 빠른 사람이었고, 더 예민한 사람이었다.

"…그렇게 느꼈으면 미안해요."

나는 짧게 사과했다. 이리저리 덧붙이고 설명하지 않을 자존심은 남아 있었다. 아니, 솔직히 말하자면 진주는 그런 사람을 더 싫어할 거라는 본능적인 판단이 있었다. 내가 일을 못해서, 진주의 마음을 잘 헤아리지 못해서가 아니라 그가 좋아하지 않는 타입의 사람이라서 잘릴 수도 있다. 내 얄팍한 자존심의 뒷면에는 생존 본능이 보낸 경고가 함께 붙어 있었다.

"작가님의 작업이나 결과물이 마음에 안 든다는 얘기는 아니에요."

진주가 조금 누그러든 표정으로 말했다.

"결국 내가 하자는 대로 하려는, 어린아이를 어르고 달래는 느낌이랄까, 심기를 거스르지 않으려는 부하 직원 같달까. 나는 이야기를 나누다 불쑥 보이는 세련씨의 모습이 궁금한데 꼭 껍데기에 숨어 있는 소라게 같아요. 어느 순간 스르륵 나왔다가 눈이 마주치면 쏙 들어가버려요."

진주는 벌떡 일어나 거실을 나갔다. 커다란 거실에 혼자 남겨진 나는 그가 화가 난 것인지, 왜 화를 내는 것인지, 이게 화를 낼 만한 일인지 생각하느라 당황스러웠다. 어디로 간 거지? 따라가봐야 하나? 달래줘야 하나? 우물쭈물하고 있을 때 그가 와인 잔 두개와 아이스 버킷에 담긴 와인 한병을 들고 나타났다.

무슨 영화 찍어?

안도감과 함께 방금 전 당황한 내가 부끄러워서 얼굴이 확 달아올랐다. '당당하게 굴어, 나한테 막 해'라는 말을 할 수 있는 사람은 결국 관계의 우위에 있는 사람이다. 진주가 우리 사이의 상하 관계에 대해 느꼈든 아니든 나는 어쩔 수 없이 계속 신경이 쓰였다. 그가 '내 의도는 그게 아니야'라고 말하리라는 걸 알면서도 잠시나마 전전긍긍했던 내 처지에 대한 본능적인 감정이 불편했다.

그가 따라주는 와인을 말없이 노려봤다. 나도 이러고 싶지 않아. 이런 관계식이 뼛속에 새겨진 사람처럼 굴고 싶지 않아. 분위기와 뉘앙스에서 무언가를 찾고 싶지도 않고, 그것에 따라 갑을 관계가 자동으로 정리되는 '본투비 을'이고 싶지도 않아. 그런데 그러고 있잖아, 여전히. 싫다고 하면서도. 그런 무언가로부터 도망쳐 나왔다고 생각했는데 여전히 어딘가에 갇힌 기분이었다.

진주가 말없이 와인 잔을 내밀었다. 술 같은 거 마실 기분 아니에요, 빨리 일이나 끝내요,라고 말하고 싶었지만 그러지 못했다. 한편으로는 말하고 싶지 않았다. 주어진 역할을 차질 없이 해내는 편이 유리하다는 걸 알았지만 그걸 모르는 사람처럼 행동하고 싶었다. 내가 대체 뭘 어떻게 하고 싶은 건지 스스로도 정확히 몰랐다.

나도 이런 내가 짜증 나요. 나도 이러기 싫어요. 당신처럼 아무것도 몰라도 상관없으면 좋겠어요. 나도 느끼고 싶은 대로 느끼고 싶어요. 눈치 보기 싫어요. 눈치 안 보는 척하기 싫어요. 당신이 나에게 와인 잔을 내밀든 말든 내 할 말만 하고 싶어요. 나한테 관심 있는 것 같은데 그걸 모른 척하고 싶지 않아요. 나는 여기서 인정받고 싶어요. 한번이라도 내가 만든 무언가가 쓸모 있다는 소리를 듣고 싶어요. 잘하고 싶어요. 망치고 싶지 않아요.

머릿속이 정리되지 않은 낙서로 가득한 메모장이 되어버렸다.

"자유라는 거 말이에요."

나는 내 노트 옆에 놓인 와인 잔을 살살 돌리며 안을 들여다봤다. 와인에 대해서 아는 건 하나도 없지만 텔레비전에서 사람들이 이렇게 하는 건 본 적이 있다. 달콤하고도 시큼한 향이 사르르 피어올라 코끝에 맴돌았다. 빙글빙글 돌아가는 잔 속 와인에 내가 비쳐 보였다.

“비싸다고 생각해요.”

진주가 나를 뚫어져라 쳐다봤다. 대체 무슨 소리야? 하고 묻는 것 같았다.

“내가 노력한 게 아니에요, 진주씨가 원하는 답을 하려고요. 그건 그냥 나오는 거예요. 유전자에 각인된 정보 같은 거죠.”

“무슨…”

그가 이해하지 못하리라는 걸 알고 있었다.

“별로 비굴하게 살지는 않았어요. 늘 허덕였지만 그렇게까지 비굴한 적은 없었어요. 열심히 살려고는 했지만 자존심까지 없는 사람이고 싶지는 않았거든요. 남들 눈에 어떻게 보일지는 모르겠지만요. 그런데 어쩔 수 없이 나올 때가 있어요. 내가 의식하지 않아도 다음 달 월세, 식비, 공과금 같은 게 내 한걸음 한걸음에 달려 있는 거예요. 그러면 나도 모르게 정답을 찾아가게 돼요. 자유롭게 생각하고 싶고 내키지 않으면 ‘싫어요, 아니에요’ 하고 싶어도 ‘저게 정답인데’ 하는 걸 알고 있다는 말이에요.”

진주는 여전히 무슨 말인지 모르겠다는 표정이었다.

“자유는 비싸요. 내 마음도 비싸고. 그래서 한번도 흥청망청 써본 적이 없어요. 그래서 잘 모르는 것뿐이에요, 정답에서 벗어나는 방법을.”

소파 팔걸이에 아무렇게나 걸터앉은 그도 나처럼 와인 잔을 빙글빙글 돌리고 있었다. 이건 언제 마시지? 이렇게 영원히 돌리고만 있나?

"내가 그렇게 하지 말라고 해도… 잘 안 된다는 말이죠?"

진주가 내 긴 이야기를 요약해냈다.

"네."

"내가 그러지 말라는 게 세련씨가 오히려 정답을 찾도록 노력하게 만든다는 뜻인가요?"

"…네."

나는 와인을 한모금 마셨다. 살짝 쓰고 조금 시고 텁텁했다.

"나도 그런 뜻은 아니었는데, 미안해요."

이번엔 진주가 와인을 홀짝 마셨다.

"세련씨가 마음에 안 들면 내가 다른 작가로 갈아치울까봐 걱정돼서 솔직하지 못한 거라고… 생각하면 돼요?"

간결하고, 간단하다. 그는 내 수많은 걱정과 짓눌린 욕망의 잔뿌리들을 간단히 한줄로 정리해버렸다. 나는 어떤 의미로 그에게 감탄했다. 내가 만약 그에게 반한다면 지금 이 순간일 수도 있겠다고 생각했다. 나는 한번도 이렇게 심플해본 적이 없다. 너에게 이걸 줄게. 그냥 가져. 다른 뜻이 있을까봐 걱정이라고? 이건 그냥 호의니까 깊이 생각 말고 받으렴. 자, 정리됐지? 그는 나를 이렇게 정리해줬다. 이보다 더 조심성 없고 터프할 수는 없었다.

"나름대로 여자들의 마음을 잘 안다고 생각했거든요. 까다로운 여자든 털털한 여자든. 우리 엄마 같은 여자와 한평생 지

내다보면 자동으로 그렇게 돼요. 세련씨가 자동으로 무언가를 그렇게 하게 되는 것처럼요. 엄마와 싸우면서는 너무 괴로웠는데 연애할 때는 그게 꽤 도움이 됐어요. 여자들이 뭘 원하는지, 뭘 좋아하고 싫어하는지 금방 알아차리고 그걸 주든가 주지 않든가 하는 식으로 그녀들을 다루면 되니까요."

"……"

"근데 잘 모르겠네요. 작가님은 생각보다 까다로워요."

진주는 나만큼이나 솔직했다. 나의 솔직함이 진주의 마음에 들려는 의도에서 어쩔 수 없이 꺼낸 마지막 카드였다면 진주의 솔직함은 그런 의도조차 없는 순도 100퍼센트의 불평이었다. 그런데 내가 까다로운 게 무슨 상관일까. 내가 까다롭든 아니든 그는 나를 얼마든지 부릴 수 있는 고용인인데. 진주는 정말 모르겠다는 듯 고개를 흔들다가 눈썹을 살짝 찌푸렸다.

"우리 이야기의 주인공 말이에요. 지금까지 한 거 다 엎고, 캐릭터를 다시 잡고 싶어요."

진주가 갑자기 흥분해서 말을 꺼냈다.

"네? 엎어요?"

뜬금없는 소리에 내 목소리가 높아졌다. 왜요,라고 묻기도 전에 진주가 와다다 쏟아댔다.

"내가 뭘 어떻게 해도 숙제를 내준 선생님이고 세련씨가 그걸 통과해야 할 학생처럼 느껴진다면 다시 숙제를 내줄게요. 나는 주인공의 자아가 세련씨와 똑같았으면 좋겠어요. 새로운 캐릭터를 만들지 말고 세련씨가 주인공이 되어서 써줘요. 어차피 타로카드 소재도 그렇고 거기 나오는 이야기도 다 세련씨가 상담한 내용이잖아요. 세련씨가 느끼는 마음 그대로, 세련씨가 이야기하고 싶은 대사를 말하고, 생각하는 것을 지문에 넣어줘요. 그게 지금 내가 원하는 거예요."

무슨 말을 해야 할지 몰라서 남아 있던 와인을 모두 꿀꺽 삼켰다.

"제목은, '타로카드 읽는 카페'."

진주의 얼굴이 약간의 흥분과 신남으로 발갛게 달아올랐다.

"세련씨의 마음으로 다른 사람의 마음을 읽는 이야기를 써줘요."

Page of Cups

컵의 페이지

감정이 풍부하고 타인의 감정을 잘 이해한다.
로맨틱한 사람과 비밀을 공유할 수 있는 사이가 될 수 있다.

기로의 끝에

여자는 진지한 표정으로 빠르게 카드를 골랐다. 이런 것까지는 굳이 고민할 필요도 없다는 듯이. 카드를 뽑기 위해, 질문을 완성하기 위해 오랫동안 단어를 고르고 문장을 만들던 모습과는 딴판이었다.

"일곱장, 맞죠?"

마지막 일곱번째 카드를 내밀며 그녀가 말했다.

"네, 맞아요."

그녀에 이어 나도 빠르게 두장을 고르며 대답했다. 여자는 "남자친구와 헤어질까요?"라고 질문했다. 하지만 처음에는 "남자친구와 자주 만나지 않아도 괜찮을까요?"라고 물어봤고 그다음에는 "남자친구가 절 얼마나 좋아하는지 궁금해요"로 질문을 바꿨다. 그리고 카드를 섞다가 다시 "다른 남자를 만나면 남자친구가 질투할까요?"로 질문을 바꿨다. 결국 나는 그녀에게서 카드를 빼앗아 들고는 꼬치꼬치 캐물어야 했다.

"질문자님이 진짜 알고 싶은 건 뭘까요?"

여자는 통통한 뺨을 실룩이며 뾰로통한 표정으로 눈을 이리저리 굴렸다. 무언가 들키고 싶지 않은 모양새였다. 그런 고민과 망설임이 나에게 새삼스러운 건 아니다. 보통은 잠깐의 고민 끝에 부끄러움을 무릅쓰고 자신의 고민을 털어놓는다. 그러나 나는 여자가 스스로 자각한 부끄러움을 이겨내지 못하고 질문의 본질을 자꾸만 감추고 있다고 생각했다.

"남자친구가 있는데, 일주일에 한번만 만나요. 저도 바쁘고 남자친구도 바쁘거든요. 회사에 다녀서."

그녀는 대뜸 이렇게 이야기를 시작했다. 일주일에 한번 만나는 게 너무 적다는 건지 많다는 건지, 더 자주 만나고 싶다는 건지 아니라는 건지 알 수 없었다.

"저도 매주 나가는 모임들이 있어서 시간이 그렇게 많지는 않아요. 그래서 남자친구가 일주일에 한번만 만나자고 한 거예요. 남자친구도 퇴근하면 시간이 늦고 그러니까."

뭘 말하고 싶은 건지 바로 이해가 되지 않아 그녀의 이야기에 더욱 집중했다. 핵심을 곧바로 털어놓지 않는 사람들을 만나면 그들이 들려주는 이야기 속에서 중요한 것을 직접 찾아내야 한다. 말하는 것과 말하지 않는 것 모두 중요하다. 말하는 것 중에서는 더 중요한 것을 찾아야 하고 말하지 않는 것 중에서는 그걸 왜 말하지 않는지를 파악해야 한다.

"저도 인기가 많거든요, 그 모임에서. 저한테 관심 있는 남자들도 많고요."

여자는 아기처럼 작고 통통한 손으로 자기 입을 가리며 비밀스럽게 속삭였다.

"그렇지만 물론 저는 남자친구를 사랑해요. 사랑하고 좋아하는데, 일주일에 한번 만나는 건 너무 적지 않아요?"

그녀가 이야기를 하다 말고 난데없이 내게 물었다.

"글쎄요. 만나는 횟수의 많고 적음은 주관적일 테니까요. 더 만나고 싶은데 안 된다면 적은 거고, 일주일에 한번만 만나도 서로 충분히 만족스럽다면 적당한 것 아닐까요?"

"물론 그렇죠. 그래도 보고 싶으면 평일 중에 한번 정도는 더 만날 수도 있잖아요. 우린 주말에 하루만 만나거든요."

"여자친구가 더 만나고 싶다고 하는데도 받아주지 않는다면 서로 안 맞는 거 아닐까요?"

사실 난 '남자친구가 더이상 당신을 좋아하지 않는 게 아닐까요?'라고 묻고 싶었다. 여자가 얼마나 인기가 있건 말건 남자가 다른 일로 얼마나 피곤하건 말건, 만나자는 연인의 요청을 무시하는 사람이 정말 자기를 좋아한다고 생각해요? 이걸 정말 몰라서 묻는 건가?

"남자친구는 절 사랑한다고 했어요."

여자는 고집스럽게 말했다. 일주일에 한번을 만나든 아예 만나지 않든 그 사랑은 변함이 없고 견고하며 아무 문제 없다는 얘기를 듣고 싶은 듯했다. 물론 내가 현실을 직시하게 하는 악역을 맡을 필요는 없다. 그저 그녀가 듣고 싶어하는 말을 해주고 살살 달래줄 수도 있다.

"정말 그렇게 생각하세요?"

나는 목소리에 감정을 싣지 않았다. 무미건조한 목소리로 그녀의 뺨에 차가운 얼음 잔을 갖다 댄 듯한 서늘함을 주고 싶었다. 여자는 대답하지 않았다. 떼를 써봐야 비참해지는 건 자기 자신이라는 사실을 비로소 깨달은 것이다. 나는 이들의 환상을 지켜주고 싶은 마음이 없다.

"…그럼 헤어질까요? 저 좋다고 하는 다른 남자들도 많거든요, 제가 나가는 모임에."

여자는 다시 새로운 목표를 찾은 하이에나처럼 갑작스럽게 눈빛을 빛냈다. 그놈의 모임이 뭔지 알기도 전에 지긋지긋해졌다.

"그걸 질문으로 해보시겠어요?"

내가 다시 카드를 섞으며 말했다.

나에게 맞는 옷.

모든 옷이 어울리는 사람도 있을 것이다. 뭘 입어도 태가 나고 잘 어울리는 그런 사람이. 하지만 불행히도 나는 아니다. 나는 발랄한 옷을 입으면 오히려 우중충해 보였다. 어릴 때부터

기로의 끝에

그랬다. 열다섯살, 스무살, 스물다섯살에도 나는 귀엽고 발랄한 옷보다는 차라리 우중충한 옷들이 더 잘 어울렸다.

상담을 마친 그녀는 '저 다른 남자에게 인기 많아요' 라든가 '그 사람이 남자친구랑 헤어지면 자기한테 오래요'같이 우스꽝스러운 이야기를 오랫동안 진지하게 떠들고 갔다. 누가 뭐래도 귀엽고 발랄한 차림이 어울리는 사람인데. 나에게는 어떻게 해도 맞지 않을 사랑스러움이 어울리는 사람인데.

나는 그녀에게서 뿜어져 나온 연기가 나를 스멀스멀 삼킬 것만 같아 고개를 푸르르 털었다. 그리고 자리를 박차고 일어나 새 커피를 내리러 주방으로 들어갔다.

"아직 어려 보이는데 안타깝네."

몰래 우리 얘기를 엿듣던 사장 언니가 말했다.

진주는 내 눈으로 보고 내 귀로 듣고 내 마음으로 느끼는 것을 내 입으로 말해달라고 했다. 내가 무엇을 보고 듣고 느끼는지 속속들이 알게 되어도 내 마음을 궁금해할까?

나는 대체로 우중충한 옷을 입고 우중충한 얼굴로 우중충한 생각을 한다. 근거 없는 희망에 나를 걸고 백일몽을 믿으며 캔디처럼 살기에는 너무 무서웠다. 이보다 더 나쁠 수 있을까 하는 의문을 품는 건 아직 희망이 있다는 뜻이다. 더이상 앞날을 꿈꾸지 않게 되는 게 진짜 바닥이다. 최악을 예상하고 살다보면 차악 정도만 되어도 안심하고 감사할 수 있기 때문이다.

“무슨 감정인가 궁금했어요. 처음 만난 날부터 궁금했거든요.”

그날 밤 진주는 자신의 속마음을 털어놓았다.

“무슨 생각을 하는 걸까, 무슨 재미로 사는 걸까, 어떻게 살아온 걸까, 누구를 만날까, 사랑을 해본 적은 있을까.”

술기운이 올라오는지 얼굴이 둥둥거리는 게 느껴졌다. 이 남자가 특별히 예의가 없는 편일까, 아니면 내가 쓸데없이 작은 것에 기분 나빠하는 걸까? 이 남자의 솔직함은 신선하면서도 왠지 모르게 발끈하게 만드는 무언가가 있었다. 나의 좁은 인간관계와 시시한 인생 경험으로는 그 정체를 섣불리 판단할 수가 없었다.

“왠지 불량식품 같았어요, 세련씨 자체가. 궁금하고 더 알고 싶지만 한편으로는 몸에 안 좋은데, 그런 느낌이랄까.”

진주는 어느새 내 곁으로 다가와 빈 잔에 와인을 다시 채우고 그대로 바닥에 앉아 소파에 등을 기댔다. 우리는 서로를 바라보는 대신 정원을 쳐다보았다. 유리창으로 그의 얼굴이 비쳤지만 표정까지는 보이지 않았다. 그가 숨을 쉴 때마다 소파에 앉은 내 다리에 그의 어깨가 닿을 듯 말 듯했다.

“세련씨는 늘 차분해 보이는데, 내가 어떤 버튼을 누를 때면 꾹 눌러 담았던 화를 내는 게 재미있었어요. 가벼운 흥미였고, 같이 일하다보면 얄팍한 호기심이 채워질 거라고 생각했어요. 그 정도면 충분하다고 생각했고.”

그는 말을 멈췄고 순간 음악이 바뀌었다. 몸을 들썩이게 하는 스윙재즈였다. 커플들이 넓은 홀에 모여 발바닥에 불이 나도록 마룻바닥을 문질러대며 춤을 추는 파티가 눈앞에 펼쳐지는 듯했다.

두둥두둥두둥두둥 ─

감정을 고조시키는 낮은 북소리가 음악인지 내 심장 소리인지 헷갈렸다. 나를 향한 감정이 핑크빛인가 했는데 그저 값싼 호기심이었다니. 내가 이렇게 주제 파악이 안 되는 사람이었나, 스스로에게 분통이 터졌다. 이 남자는 대체 뭔데 나한테 이런 기분을 느끼게 하는 거지? 왜 이렇게까지 말하는 거지? 불쾌했다. 벗어나고 싶었다. 지금 당장 밖으로 뛰쳐나가면 앞으로의 일들은, 우리 계약은 어떻게 되는 걸까. 내가 어떤 반응을 해주길 바라며 이런 이야기를 하는 걸까. 그가 말을 멈춘 동안 내 머릿속은 온갖 생각으로 엉켰다.

"아팠다고 해서 걱정했어요."

하, 참! 나도 모르게 소리를 냈다.

"병 주고 약 줘요?"

진주가 실실 웃었다.

"내가 세련씨의 마음에 들게끔 말을 못하나봐요. 늘 세련씨를 화나게 하는 것 같아요."

나는 입술을 꾹 깨물었다.

"어른들이 못 먹게 하는 불량식품을 몰래 하나씩 먹고 싶은 마음인 줄 알았는데,"

"이보세요."

이제 참을 필요가 없다고 느꼈다. 이 정도면 화를 내도 되잖아?

"아니었다는 말을 하고 싶었어요."

진주가 얼른 뒷말을 덧붙였다.

"그런데 또 화나게 해버렸네요?"

나는 입을 다물 수밖에 없었다. 그래, 솔직해서 그래. 하지 말아야 하는 말이 어디까지인지 잘 몰라서. 진주는 내게 지나치게 솔직했다. 굳이 내가 알 필요 없는 이야기까지 덧붙이고야 만다. 그는 아마도 해야 할 이야기와 할 필요 없는 이야기가 무엇인지 살필 필요가 없는 삶을 살았을 것이다. 천진하다고 해야 할지, 순수해서 잔인하다고 해야 할지, 사회성이 떨어진다고 해야 할지.

"관심이 있어요, 세련씨에게."

다시 말문이 딱 막혔다.

"어디까지가 호기심이고 어디까지가 호감인지는 모르겠지만 오늘 다시 만나는 순간, 내가 세련씨에게 관심이 있다는 걸 확실히 알았어요."

"…관심이 있는 것치고는 좀 잔인하네요. 방금 전까지는 비참한 기분이었는데 그걸 관심이라고 하니까 이상해요. 혹시 사디스트예요?"

내가 갑에게 할 수 있는 가장 심한 말을 했다. 진주는 생각지도 못한 말을 들었다는 듯 놀랐지만 내 의도와는 다르게 놀라워하면서도 아주 크게 푸하하하 하고 웃었다.

"우리 작품에 꼭 로맨스를 곁들이고 싶어요. 아주 달달한."

"난 로맨스를 몰라요."

"세런씨 같은 독자에게 어필하는 로맨스였으면 좋겠는데요?"

"저 같은 독자요? 어떤 독자요? 연애 별로 해본 적 없고, 그나마도 차이고, 삼십대 중반의 가난하고 앞길 막막한 여자?"

필터를 거치지 않고 마구 내뱉었다. 그가 내게 상처를 준 만큼 나도 주고 싶었다. 그게 도리어 나를 상처 입히는 건지도 모른 채.

"와… 자기객관화가 철저하시네요."

진주도 만만치 않게 대꾸했다.

"이 나이면 이 정도 자기객관화는 되어야 하는 거 아닌가요?"

"미운털이 단단히 박혀버렸네."

진주가 몸을 돌려 내 무릎 위에 놓인 잔에 자기 잔을 살짝 부딪쳤다. 맑게 쨍! 하는 소리가 났다. 어이가 없어 헛웃음이 나왔다. 목이 타 와인을 한모금 마셨다. 이제 쓸쓸하고 텁텁한 와인 맛에 조금 익숙해졌다. 조금만 더 마셔보면 즐기게 될지도 모른다. 아직은 아니지만.

"그날 말이에요. 우리 술 마시고 헤어진 다음 날, 작가님이 아팠을 때. 전화했어요."

진주는 어느새 창을 완전히 등지고 내 쪽으로 돌아앉아 나를 올려다보고 있었다.

"들었어요."

"…들었어요?"

그가 예상하지 못했다는 듯 눈썹 한쪽을 찡긋 올렸다. 그런데 왜 바로 다시 연락하지 않았느냐고 묻고 싶은 얼굴이었다. 기다리고 있었다고.

"그 사람에게서요?"

진주가 나를 지그시 쳐다봤다.

"내 전화를 받았던… 그…"

내가 대답을 해야 하는 걸까? 그는 대답을 듣고 싶은 걸까? 무슨 대답을 기대하는 걸까? 그를 내려다봤다. 우리는 서로를 가만히 바라봤다. 다소 난처하고 긴장되지만 매우 즐거워하는 남자의 얼굴이 보였다. 그는 지금 나와 게임을 하고 있는 걸까? 나는 이 상황에 왜 그처럼 흥미롭게 응하지 못하는 걸까? 아니면 이제 나에게도 그럴 기회가 생기는 걸까? 조금은 자유롭게 그가 내민 카드에 응하면 되나?

"그…?"

진주가 내 대답을 재촉했다.

"…전 남친이요."

내가 한숨처럼 대답했다. 실제로도 한숨이 반쯤 섞여 있었을 것이다. 왠지 후련하기도 했고 조금은 울고 싶기도 했다. 복잡한 내 기분과 다르게 진주의 얼굴은 매우 속 시원해 보였다. 늘 웃고 있는 눈에 5퍼센트 정도의 미소가 더해진 것 같기도 했고 내기에서 이긴 사람처럼 보이기도 했다.

당장 윤주의 손을 만지고 싶었다. 손끝으로 그의 손가락 마디를 천천히 문지르며 하나하나 느끼고 싶었다. 긴장되고 막막한 상황에서 눈을 감고 그의 손마디를 더듬으면 안정되고는 했다. 그게 여전히 통하는지 궁금했다.

그런데 왜 지금 그는 여기에 없는지, 왜 나는 다른 사람 앞에 있는지, 가슴이 답답했다. 더 답답하고 모르겠는 건 내 마음이었다. 정말로 눈물이 흘렀다.

Two of Swords

소드 2

문제를 앞에 두고 꼼짝 못하고 있는 상태.
선택의 기로에서 결정하지 못하고 망설인다.

막을 수 없는 흐름

무슨 소리를 하고 그 집을 나왔는지 기억이 잘 나지 않는다. 고백이라고 해야 할지 놀림이라고 해야 할지 모를 소리를 뒤로하고, 데려다주겠다는 진주의 손을 억지로 거절하고 뛰쳐나왔다. 마지막엔 그냥 내버려두라고 거의 화를 냈던 것 같다. 달아오른 볼에 찬바람이 닿을 때마다 정신이 조금씩 맑아졌다.

진주의 차를 타고 순식간에 올라왔던 언덕이 내려갈 땐 너무나 길고 막막하게 느껴졌다. 열시가 지난 겨울밤은 고요했다. 휘잉 하는 바람 소리만 내 곁을 스쳤다.

충동적으로 휴대전화를 꺼내 윤주에게 전화를 걸었다. 빨리, 빨리, 빨리, 빨리.

윤주의 목소리가 필요했다. 다급한 마음 따라 걸음도 빨라졌다. 허겁지겁 그의 번호를 누르고 대기음이 시작되자 쿵쿵

거리던 마음이 조금씩 가라앉았다. 왜 나쁜 짓을 한 어린아이가 된 것 같은 기분일까?

나는 내 마음을 잘 알고 있다고 생각했다. 윤주의 마음도, 진주의 마음도. 새롭게 시작할 준비가 되었다고 생각하기도 했다. 어느 순간에는 조금 기대되기도 했고 두근대기도 했다. 나에게도 드디어 아무 걱정 없이, 마음이 가는 대로 할 수 있는 무언가가 시작되려나 싶기도 했다. 그런데 왜.

애타는 내 마음과 다르게 윤주는 금방 전화를 받지 않았다. 빨리, 빨리, 빨리. 나는 진정하고 싶었다. 익숙한 세계로 돌아가 안정을 취하고 싶었다. 정작 그와 만나던 시기의 나는 더할 나위 없이 불안하고 피곤했음에도.

"여보세요?"

나는 하아, 하고 소리 내어 안도의 한숨을 내쉬었다. 돌아간 것 같았다. 우리가 서로에게 언제든 전화할 수 있던 그 시절로.

"나야."

걸음을 멈추고 말했다. 숨을 몰아쉬었다.

"…어. 무슨 일이야?"

윤주의 목소리가 묘하게 낯설었다. 무슨 일이냐니, 그건 너무 이상한 말이잖아. 당연히 그도 내 목소리를 듣는 순간 편안해져야 하는데 전혀 편하게 들리지 않았다.

"커피, 그때 마시자고 한 커피 마실 수 있어, 지금?"

목소리가 다급하게 튀어나왔다. 그가 지금 여기에 나를 버리고 가버릴 것 같았다. 그는 이미 나를 버렸는데도 말이다. 나지막하고 무거운 숨소리가 선명하게 들렸다. 수화기 너머로 난감해하는 윤주의 얼굴이 보이는 듯했다.

"오늘은 안 될 것 같아. 미안해. 내가 내일 전화할게."

거절하는 윤주의 목소리 뒤로 "지금 가야 돼요?"라고 조심스레 묻는 어떤 여자의 목소리가 들렸다. 윤주는 내 대답을 듣기도 전에 급히 전화를 끊었다. 나는 손으로 입을 틀어막았다. 그러지 않으면 소리를 지를 것 같았다.

내가 이럴 줄은 미처 몰랐다. 헤어진 연인 사이의 흔한 감정이라 해도, 너무 흔해서 우스워 보인다고 해도 어쩔 수 없다. 우리는 헤어졌지만 나는 우리가 진짜로 헤어졌다고 믿지는 않았던 것이다. 윤주와 헤어졌다는 걸 아무렇지 않게 생각하고 아무렇지 않게 말하고 다녔지만, 아무렇지 않을 수 있었던 건 아무 일도 일어나지 않았다고 믿었기 때문이었다.

우리가 만난 십삼년간 우리는 진심으로 헤어진 적이 한번도 없었다. 다투거나 감정이 시들해져 연락이 뜸하던 시기도 있었지만 서로에게 아무도 아니었던 적은 없었다. 윤주의 이별 통보에 쿨하게 고개를 끄덕이며 돌아섰지만 사실은 그 말을 믿지 않았다.

윤주에게 정말 어쩔 수 없는 일이 있을지도 모른다. 그의 옆에서 지금 가야 하냐고 묻던 여자는 아무도 아닐지 모른다. 나는 또 혼자 난리법석을 떨며 스스로 울적해지고 있는 것인지도. 하지만 느끼고 있었다. 그게 아니라는 걸.

내 특유의 감이, 나를 지금까지 살게 하고 또 괴롭게 하는 예민한 감각이 그렇게 말하고 있었다. 입을 막았던 손으로 머리를 감쌌다. 서른다섯이나 먹은 여자가 실연에 이렇게나 충격받는다는 게 우스워 보이겠지만 윤주는 내게 첫번째 '선택'을 가져다준 사람이었다. 누군가에게 선택을 받아본 것도, 누군가를 선택해본 것도 처음이었다. 하지만 소중한 줄 몰랐다. 새삼 지금 와서 고백하자면 그랬다. 내가 그런 사람인 줄도 몰랐다. 소중한 것을 제대로 알아보지 못하는 사람. 잃어버린 후에야 후회하는 사람.

맹세컨대 다른 사람만큼은 했다. 다른 이들이 사랑하는 만큼은. 다른 사람들이 아끼는 만큼, 소중히 여기는 만큼은 했다. 하지만 내가 무언가를 온전히 가지려면 죽을 만큼 노력해야 한다는 걸 몰랐다. 그걸 어떻게 안단 말인가.

이제야, 우리가 헤어진 지 반년이 훌쩍 넘어서야 내가 그를 잃어버렸다는 사실을 알았다.

"아니, 그렇잖아. 배불러서 못 먹겠다니까 뭘 더 시켜."

신경질적인 목소리가 귓속을 찌르듯 들어왔다. 상담이 끝나 카드를 정리하던 나는 카운터 쪽을 쳐다볼 수밖에 없었다. 내 앞에 앉아 인사하던 상담자도, 카페에 있던 다른 사람들도 마찬가지였다.

사장 언니의 표정이 심상치 않았다. 입은 웃고 있었지만 눈에서는 이글이글 불이 타오르는 것 같았다. 입술은 경련이라도 일어난 듯 약하게 실룩거렸다.

"1인 1메뉴 주문이어서요오."

언니가 말끝을 늘이며 어떻게든 친절한 목소리를 꾸며냈다. 손님은 우린 커피 한잔 다 못 마셔, 방금 밥을 먹고 와서 들어갈 데도 없어, 좀 봐줘 같은 말을 했다.

"다음에 또 올 테니까 그냥 그렇게 해줘. 나눠 먹게 종이컵 두개만 같이 줘요."

그가 계산대 옆에 쌓인 테이크아웃 컵으로 손을 뻗자 언니가 그 손을 탁 막으며 말했다.

"매장에서 테이크아웃 잔은 쓰실 수가 없어요. 꼭 음료 아니고 디저트여도 되니까 1인 1메뉴 주문 부탁드려요."

"우리 밥 먹고 왔어. 왜 이렇게 말을 못 알아들어."

손님이 답답하다는 듯 짜증을 냈다. 나는 급히 자리를 정리하고 일어나 카운터 뒤쪽 주방으로 들어갔다. 계산대에서 카드 단말기 돌아가는 소리, 영수증이 드르륵 인쇄되는 소리가 났다. 사장 언니가 홀 쪽을 등지고 주방 쪽으로 돌아서며 미간을 구겼다.

"언니, 제가 음료 만들게요. 잠시 앉아 계세요."

나는 사장 언니의 등을 밀어 안쪽 의자에 억지로 앉혔다. 보이지는 않지만 그녀의 머리 위로 뜨거운 김이 훅훅 올라오는 것 같았다.

"먹을 거 파는 데 와서 배부르다고 하면 나보고 어쩌라는 거야!"

소리는 줄였지만 분통이 터지는 목소리였다. 몇개월 카페에 있다보니 그런 손님들이 꽤 보였다. 네명이 와서 커피를 한잔만 시켜 나눠 마신다거나 심지어는 텀블러에 커피를 싸 오는 사람들도 있었다.

"요즘 들어 부쩍 무시당한다는 기분이 들어. 내가 여길 쓸고 닦고, 더울 땐 시원하게, 추울 땐 따뜻하게 밝혀놓고, 매일 문을 열어두는 것에 대한 예의는 지켜야 하는 거잖아. 그냥 이용하게 해달라는 게 나를 무시하는 게 아니면 뭐야?"

사장 언니는 위태로워 보였다. 그녀의 화는 꽤 오랫동안 모이고 눌려 응축되어 있었다. 나는 그것이 폭발할까봐 무서웠고, 발파 버튼이 눌리기 전에 그녀를 그 상황에서 떼어놓는 게 평화로운 일상을 지키는 방법이라고 생각했다. 요 근래 분노의 빈도가 점점 늘어나고 있다는 게 걱정이었지만.

그녀의 심기를 거스르지 않으려 조용히, 그리고 신속하게 음료를 만들어 홀로 들고 나갔다. 언니를 열받게 한 손님들의 테이블 위에는 찐고구마며 옥수수 같은 간식거리가 잔뜩 올려져 있었다.

"어… 손님, 죄송하지만 외부 음식은 반입 금지여서요. 가져오신 음식은 넣어두셨다가 나중에 드시면 좋겠습니다."

내가 커피를 내려놓으며 말했다. 혹시나 언니가 이 테이블의 상황을 알게 될까봐, 그래서 결국 그녀의 분노가 폭발할까봐 두려워 거의 속삭이듯 말했다. 즐겁게 간식을 나눠 먹던 손님들은 질린다는 듯 말했다.

"아니, 여기는 뭐 이렇게 안 된다는 게 많아? 우리가 앉아서 먹을 데가 없어서 온 건데. 여기는 손님들한테 왜 이렇게 이거 하지 말라, 저거 하지 말라 그래? 조용히 먹고 갈 테니까 둬요, 좀!"

"나가실 때 쓰레기는 가져가주세요."

손님들은 내가 거기 없다는 듯 휙 돌아서 수다로 다시 빠져들었다. 들리지 않게 속으로 한숨을 하아 쉬고 돌아섰는데 카운터에서 이글이글 타는 눈으로 이쪽을 째려보는 사장 언니가 보였다.

마감 청소를 끝낸 카페는 하루 종일 틀어놓던 음악도 불도 다 꺼져 고요했다. 오직 타로를 보는 내 테이블만을 핀 조명 하나가 비추고 있었다.

"누구나 오고 싶은 공간을 만들고 싶었어. 누구나, 나와 같은 취향을 가진 사람이라면 좋아할 만한 곳 말이야."

언니가 카드를 섞으며 말했다. 아휴, 하는 한숨이 따라왔다. 결국 그 손님들은 다 먹고 난 옥수수와 고구마 껍질을 수북이 둔 채 떠났다. 언니는 속으로 분을 삼키며 테이블을 박박 닦더니 영업이 끝나면 타로카드 좀 봐주겠냐며 나를 붙잡았다. 그 덕분에 나는 늦은 저녁까지 퇴근하지 못했지만 답답해 보이는 그녀를 모른 척할 수는 없었다. 적어도 내가 곤란할 때 선뜻 내 손을 잡아준 사람에게 그 정도는 하고 싶었다.

"근데 지금은 그것 때문에 너무 안 행복해."

행복한 마음으로 무언가를 나누고 싶어 시작한 일이 되돌아온 현실이 나까지 슬프게 했다. 한편으로는 자신을 행복하게 하는 일이 있고 그것을 타인과 나누고 싶어했던 그녀가 부럽기도 했다. 나에게도 취향이라는 게 있을까? 누가 알아줬으면 하는, 권하고 싶은 게 있나?

그날 밤, 진주의 집을 떠나 부른 배와 지친 몸을 이끌고 나의 작은 방으로 돌아와 누웠을 때 윤주에게 다시 전화가 왔다. 그렇게 끊어서 미안하다며, 무슨 일이 있냐며.

내가 좋아서 선택한 거의 유일한 것이 윤주였다. 하지만 집으로 돌아오는 길디긴 길, 고요한 그 밤, 내가 정말 윤주를 사랑했나, 고민했다. 내 주변에서 가장 반짝이고 또 가장 건강한 것이어서 좋다고 착각한 것은 아닐까? 사랑하는 사이로서 그의 곁에 있었던 것이 아니라 유일한 빛이었기 때문에, 그가 서 있던 자리를 동경해서 사랑한다고 믿은 건 아닐까?

모든 것이 끝난 후 그 시작점을 의심하는 게 어리석은 일이라는 건 알고 있다. 이제 와서 사랑이건 아니건 무슨 상관이 있을까. 이미 끝나버렸는데.

"아무 일도 없어. 그냥 네가 보고 싶어서 전화했어."

술기운 덕인지 밤기운 덕인지 나답지 않게 솔직히 대답했다. 손에 휴대전화를 쥐고 있었지만 눈은 감은 채였다. 이 전화가 끝나면 바로 잠이 들 것 같았다. 아무 생각도 하고 싶지 않았다. 윤주는 할 말이 없는 건지 할 수가 없는 건지 조용했다. 손에 쥔 휴대전화가 무겁고 귓가가 뜨거워졌다. 그만 끊어야 할지 더 기다려야 할지 고민이 됐다.

"…몸은?"

이윽고 윤주가 말했다.

"괜찮아."

조심스럽게 내쉬는 윤주의 긴 숨소리가 들렸다.

"고마웠어."

내가 말했다. 지금이 아니면 그에게 솔직한 인사를 전하지 못할 것 같았다.

"나도 고마웠어."

윤주가 말했다.

"뭐가?"

"나한테 전화해줘서."

이제 정말 잠들 수 있을 것 같았다.

"그리고 미안했어. 내가 먼저 지쳐서 미안해. 내가 너의 또다른 아픔이 된 거 진심으로 미안해. 그럴 마음은 아니었어."

윤주가 이야기를 이어갔지만 나는 더이상 대꾸하지 못했다.

결국 잠이 들어버렸다. 잠결에도 다행이라는 생각이 들었다. 또렷한 정신으로 그의 감사와 사과를 들었다면 괴로웠을 것이다. 반년이 넘도록 유예했던 상실이 연체금처럼 무섭게 날아들었다. 모른 척했지만 알고 있었던, 언젠가는 겪으리라 얼핏 짐작만 했던 빚이 우르르 몰려오는 상황을 잠으로 회피할 수 있음이 다행이었다. 일어나면 모든 것이 바뀌어 있겠지만.

Wheel of Fortune

운명의 수레바퀴

수레바퀴는 운명을 의미한다. 모든 것은 섭리대로 흘러간다.
피할 수 없는 흐름 속에서 상황을 편안하게 받아들여야 한다.

지친 마음들

사장 언니의 카드는 매우 정직했다. 늘 담담해 보였는데 그녀는 지쳐 있었다. 할 일도 해결해야 하는 일도 많지만 깊은 마음속에서는 하고 싶지 않아서, 혹은 운이 잠시 멈춰서 답답한 상황을 암시하는 카드였다.

"저번엔 어땠는지 아니? 아니 글쎄 맥주를 사 온 거야, 맥주를!"

그녀가 기가 막힌다는 듯 아휴 참! 하고 팔짱을 끼었다.

"일행들 틈에 숨어서 홀짝홀짝 마시고 있더라니까? 안 보일 줄 알았나."

그때를 떠올리니 다시 화가 올라오는 듯 보였다. 나는 그저 "그러게요, 어떻게 그럴 수가 있지, 말도 안 돼" 하는 추임새를 붙여줄 뿐이었다.

"그래서 언니는 어떻게 했어요?"

남의 일이라 그랬는지 드라마를 보는 기분이 들어 푸시시 웃으며 물었다.

"뭘 어떡해. 가서 '여기서 술 드시면 안 됩니다' 했지."

"그랬더니요?"

"아유, 말을 말았어야 했는데."

그녀가 책상을 주먹으로 쾅 내리쳤다. 그녀만의 화풀이 방법이었다.

"그러더라고. '제가 지금 가슴에 열불이 좀 나서요. 얼른 마실게요.' 미친 거 아니니? 내가 진짜 카페 하면서 별꼴을 다 본다니까."

그녀는 다시 한번 고개를 절레절레 흔들었다.

나는 늘 그런 생각을 했다. 신은 우리가 견딜 수 있을 만큼의 고통만을 준다는 말 만큼이나 삶의 불공평함을 보여주는 말이 없다. 왜 사람들이 가진 인내심의 크기를 제각각 다르게 만들어놓고 쓸데없이 큰 인내심을 가진 사람에게는 큰 고통을 내리는 걸까. 작은 일에도 발끈하고 아무것도 아닌 일에도 엄살을 부려야 곡절 없는 삶을 살 수 있다는 건지, 인생의 세팅이 아주 불공정하다.

내가 타인의 고통을 우습게 보는 것은 아니다. 다만 내 손톱 밑에 박힌 가시가 남의 가슴에 박힌 말뚝보다 더 괴로운 법이다. 타인의 작은 고통이나 고민을 뜨겁게 느끼지 못하는 내가 다른 누군가의 가슴을 울릴 수 있는 글을 쓸 수 있을까 하는 생각에 답답했다. '그 정도로' '그게 무슨 고민이라고' 하는 생각이 자동으로 떠오르는 내가 누군가의 고민을 듣고 상담을 해주는 타로카드 리더라는 사실만큼이나 현실감 없고 허무맹랑한 바람처럼 들렸다.

"어머머머, 너 그만 웃어. 네가 진짜 그 꼴을 못 봐서 그래."

언니는 빙글빙글 웃는 내가 얄미운지 내 어깨를 툭 쳤다.

"왜요, 꼭 시트콤 에피소드 같아요."

그렇게 말하자 정말 그런 것처럼 너무 우스웠다. 나는 소리를 내어 웃었다.

"너 이렇게 긍정적인 애였니? 세상을 너무 아름답게 보고 있네, 얘가."

사장 언니가 입을 딱 벌리고 날 쳐다봤다. 나는 오히려 언니의 얘기에 입을 다물 수밖에 없었다. 이렇게 비관적이고 부정적이고 뭐 하나 되는 게 없다고 생각하는 내가 긍정적인 사람처럼 보인다니. 늘 표정이 없다고, 울상이라고 타박이나 받던 나였는데, 세상을 긍정적으로 보고 있는 거였다니, 나야말로 세상에.

"그래서 내가 진짜 이걸 계속해야겠니? 어떠니, 카드는 뭐라니?"

언니가 다시 팔짱을 끼고 내 쪽으로 쑥 몸을 내밀었다. 나는 다시 카드를 내려다봤다. 고통으로 그릇이 가득 찬 그녀에게 어떻게 설명해주어야 할까.

"언니, 많이 답답해요?"

언니는 큰 한숨으로 대답을 시작했다.

"어. 요즘 들어 더해. 점점 더해져. 때려치울 테니까 다 나가라고 소리 지르고 싶은 충동이 하루에도 여러번 불쑥불쑥 튀어나왔다가 가라앉아."

"뭔지는 모르지만, 해야 한다는 걸 알면서도 하지 않는 상태라고 나와요."

"그게 뭘까? 이걸 계속해나가는 거? 아니면 때려치우는 거? 내가 안 하는 게 뭐니?"

그녀는 생각에 잠겼다. 눈을 아래로 깔고 끙, 앓는 소리를 냈다. 우리는 모두 그렇다. 해야 할 걸 알면서 하지 않는다. 괴로운 일일수록 더 그렇다. 그것 때문에 괴롭다는 걸 알면서도 그 괴로움을 멀리 치워버리지 못하고 끙끙 앓는다.

왜? 괴로움은 애정에서 나오니까. 그 애정이 우리를 괴롭히는 것이다. 그녀는 자신의 공간을 사랑했고, 결국 그것이 그녀를 옭아매게 되었다. 덜 사랑할 수 있었을까? 아니, 덜 사랑하면 덜 괴로울까? 그게 답이 될 수 있을까?

나는 다른 말을 덧붙이지 않았다. 어차피 우리는 모두 문제의 답을 알고 있다. 몰라서 안 하는 게 아니다.

진주의 집에 다녀온 다음 날 아침, 그에게서 전화가 왔다. 나는 받지 않았다. 상담 중이라는 것이 표면적인 이유였지만 마음이 불편했기 때문이다.

윤주가 내 상처를 말없이 덮어두고 아무렇지 않은 척, 가끔은 모르는 척했던 것과는 다르게 진주는 그것을 꺼내고 싶어 했다. 불쾌하다, 무례하다 면박을 줘도 개의치 않았다. 오히려 그게 더 궁금증을 유발하는 듯했다.

그런 사람들이 있다. 나와 다른 사람의 세계를 관음증처럼 탐닉하는 사람들. 못된 마음으로 타인의 불행을 즐기는 것이 아니라 마치 막장 드라마나 공포영화를 보듯, 싫다고 질색하면서도 더럽고 징그러운 것을 한번 더 들여다보고 싶어하는 그런 마음 말이다. 나는 그것이 이해할 수 없는 인간의 본능 중 하나라고 생각했다. 그 속에는 자기 자신과 타인을 비교하며 '나는 괜찮다'는 안도감을 찾기 위한 경우도 있고, '나만 불행한 것이 아니다'라는 동질감을 얻기 위한 경우도 있을 것이다.

나는 진주의 마음이 정확히 무엇인지는 모른다. 그의 말대로 나에 대한 순수한 관심일 수도 있다. 하지만 그것을 곧이곧대로 받아들이지 못하는 건, 악의 없는 아이처럼 순진하게 내 상처를 파헤쳐보려는 기색이 느껴졌기 때문이다. 내가 피해의식에 찌든 것일까? 괜스레 날카로워져 가시를 세우고 살기 때문에 그렇게 보이는 걸까?

나를 대하는 윤주의 방식이 옳았다고 말하고 싶은 것은 아니다. 그는 아예 내 상처를 보고 싶어하지 않았다. '괜찮을 거

야''아무것도 아닐 거야''그런 건 문제가 되지 않아'라는 주
문을 외우고 살았다. 굳이 뭐 하러 생각해,라고 했다. 나는 전
혀 괜찮지 않았는데.

이년 전쯤, 윤주와 연애를 시작하고 처음으로 그의 부모를
만났다. 십일주년 기념일을 앞둔 어느 날, 백화점에서였다. 한
사코 싫다고 해도 윤주는 내게 옷 한벌을 꼭 사주고 싶다고 했
다. 언제나처럼 나는 극구 거절하고, 윤주는 이런 때 아니면 나
에게 선물도 잘 못한다며 끝까지 안 받으면 화를 내겠다고 했
다. 그리고 윤주가 봐두었다던 브랜드 매장 앞에서 그들을 마
주쳤다.

"어머, 윤주야!"

누구인지 말해주지 않았는데도 나는 윤주의 부모님을 한눈
에 알아봤다.

"누구…?"

어머니가 나를 위아래로 훑어보며 물었다. 입가에는 미소가
걸려 있었지만 눈에는 탐색의 빛이 가득했다. 그때나 지금이
나 나는 누군가에게 보이는 내 모습에 전혀 자신이 없었기 때
문에 나도 모르게 윤주 뒤로 숨듯이 뒷걸음질했다. 나 자신이
어린아이처럼 느껴졌다. 앞으로 나가서 당당하고 어른스러운
목소리로 인사드려,라고 스스로를 다그쳤지만 입이 잘 떨어지
지 않았다.

"내 여자친구. 엄마, 얘기한 적 있는데, 세련이예요."

어머니와 아버지 둘 다 호기심 어린 눈으로 나를 훑었다. 시선이 따가웠다.

어머니가 고개를 끄덕였다. 여전히 나에게서 눈을 못 뗀 채였다. 나는 고개도 제대로 못 들고 기어들어가는 목소리로 가까스로 "안녕하세요" 하고 말했다. 그녀는 내게 묻고 싶은 게 많아 보였다. 그의 아버지가 재빨리 지갑에서 카드 하나를 꺼내 윤주에게 건넸다.

"이걸로 저녁 먹고 들어가. 아빠가 사는 거야."

윤주는 괜찮다며 거절했지만 결국 그의 카드를 받아들 수밖에 없었다. 그런 실랑이 속에서 나는 계속 안절부절못하며 어색하게 웃었고 어머니는 그사이에도 계속 나를 훑었다.

"그동안 윤주가 꽁꽁 숨겨놔서 말도 못 꺼냈는데 이렇게 만났네. 다음에는 우리 같이 밥 한번 먹어요, 알겠죠?"

그의 어머니가 말을 건넸다. 윤주는 당황하며 자기 부모의 등을 떠밀었다. 알겠어요, 알겠어 하면서.

떠밀려 가며 계속 힐끔힐끔 돌아보는 그들의 등 뒤에서 나는 연신 꾸벅꾸벅 인사를 했다. 윤주는 적잖이 당황한 듯 보였다. 나중에 물어보니 부모님에게 여자친구를 보인 건 처음이어서 민망했다고 했다. 나는 누군가에게 적나라하게 구경당하는 것이 처음이라 어찌할 바를 몰랐다. 시험하듯 보는 그 시선에 합격이라도 해야 할 것 같았다.

그날 이후 윤주는 거의 매일 나와의 자리를 만들라는 부모님의 압박에 시달렸다. 데이트하는 날이면 어김없이 쏟아지는 메시지와 전화에 윤주는 몇번이고 나가서 한참이나 통화를 하고 들어왔다.

"어머니?"

아무 일 없다는 듯 들어오는 윤주에게 슬쩍 물어보면 어, 하며 더 말을 잇지 않았다. 처음에는 그러려니 했다. 쑥스러울 수 있지. 부끄러울 수 있지. 내가 불편할까봐 그럴 수 있지. 그런데 시간이 지날수록 은근히 기분이 나빠졌다. 뭐가 문제인데, 싶었다. 한동안 지켜만 보다가 어느 날 또 밖으로 나가 곤란한 얼굴로 통화를 하고 들어오던 윤주에게 지나가는 말처럼 물어봤다.

"또 나 데려오라서?"

윤주는 흠칫 놀라더니 무언가 포기한 듯 어, 하고 대답했다.

"언제?"

그는 고개를 푹 숙이고 머리를 긁적였다.

"나 집에 데려가기 싫어?"

"……"

"혹시 창피해?"

윤주가 고개를 번쩍 들며 화난 듯 눈을 크게 떴지만 입만 달싹거릴 뿐 속 시원히 말하지 못했다. 이해 못할 바는 아니었다. 하지만 혼자서만 상상하는 것과 그 상상을 확인받는 것은 완전히 달랐다. 마음속 나무에서 이파리들이 후두두두 떨어지는 것 같았다. 어제까지만 해도 푸르고 굳건하다 믿었던 나무가 사실은 속 깊이 병들어 있다는 걸 알게 된 기분이었다.

"문제가 뭐야? 내가 창피를 당할까봐? 아니면 네가 부모님 앞에서 창피할까봐?"

결론이 다르지 않을 그 문제를 나는 정확히 하고 싶었다. 내가 나를 불쌍히 여겨야 할지 아니면 윤주를 불쌍히 여겨야 할지 몰랐으므로.

"엄마한테 미리 얘기해두고 데려가려고 했어."

윤주가 어렵게 입을 뗐다.

"뭘?"

"그냥. 엄마가 너한테 이것저것 물어볼 테니까. 얘기하기 불편한 거 있으면…"

나는 입술을 잘근 씹었다.

"나 상관없으니까, 언제든 보자고 하시면 약속 잡아줘. 그렇게 자꾸 피하면 더 불편하잖아."

윤주는 대체 뭘 어디까지 이야기해두려고 했을까? 내가 아비의 얼굴도 모르는 사생아라는 것? 내 아래로 성이 다른 동생이 셋이나 더 딸려 있다는 것? 알코올중독인 엄마 대신 내가 우리 집 가장 역할을 하고 있다는 것? 내가 부모라도 왜 그런 애를 만나느냐고 되물을 것 같았다. 그때쯤에는 공모전이란 공모전은 다 떨어진 뒤라 자신감도 자존감도 박살 난 상태였다. 그에 반해 일찌감치 취직하고 회사에서 자리를 잡은 뒤 공부를 더 한다고 대학원까지 지원한 상태였던 윤주는 반짝반짝 빛나 보였다. 월급으로 대학원 학비를 충당할 수 있다고 했는데도 부모님이 극구 일년치 학비를 내주었다고 했다. 대학 내내 등록금 때문에 아르바이트며 장학금이며 학자금 대출이며 늘 마음 졸이며 살던 나에게는 꿈처럼 아득하고도 달콤한 얘기였다.

"…알겠어."

윤주가 큰 결심이라도 한 듯 결연한 표정으로 말했다. 든든하고 사랑스러운 얼굴이었지만 나는 벌써 문전박대당한 기분이 들었다. 적어도 윤주는 확신에 차 있어야 하는 것 아닌가? 그 오랜 시간 누구보다 가까이에서 감정을 나눠온 사이인데. 그런 윤주의 눈에도 내가 부족해 보인다면 나는 정말 부족한 사람인 게 분명했다. 그 사실이 날 슬프게 했다.

Nine of Wands

완드 9

신경과민 상태.
호된 시련과 좌절을 겪고 무척 지친 상태이다.

그릇과 방향

내가 아무리 회피에 이골이 난 사람이라도 진주와의 관계를 그런 식으로 피할 수 없다는 것은 알고 있었다. 가능한 도망은 두세번 정도의 통화 거부가 다였다. 그 이상은 명분이 없었다. 적어도 나는 진주보다 나이가 많고 맨 처음 유 대표와 미팅을 할 때도 나의 역할 중 하나가 제멋대로인 진주를 휘어잡는 것이었으니까. 지금의 관계는 내가 아니라 진주가 나를 잡고 흔드는 격이었지만.

"아이, 오늘도 안 받는 줄 알았어요. 내 번호 차단한 줄 알았다고요."

진주가 칭얼거리며 말했다.

"미안해요. 바빴어요."

"거짓말 같은데."

네, 거짓말입니다. 아주 귀신같이도 알고 있군요. 그럼 나를 좀 놔두지 그랬나요?

"정말 바빴어요. 나는 진주씨보다 하는 일이 많잖아요. 아시겠지만."

"다음 미팅은 언제로 할까요?"

진주는 내 투정을 받아줄 생각이 없는지 자기 사정을 먼저 꺼냈다.

"꼭 만나서 해야 하는 거죠?"

내가 다시 내 사정을 말했다.

"그러기로 했잖아요. 우리 집에 다시 올 것 같지 않아서 예쁜 카페에서 만나고 싶은데, 세련씨는 어때요? 좋아하는 카페 있어요?"

통하지 않았다.

"아니요."

"그럼 내가 찾아볼게요. 좋아하는 스타일 있어요?"

"그런 거 잘 몰라요."

"그것도 내가 생각해볼게요. 언제가 좋아요? 금요일 아니면 일요일? 나 이번 주 토요일엔 선약이 있어요."

"일요일이요. 금요일까지는 출근해야 해서 마음이 바쁘네요."

"알겠어요, 일요일. 시간은?"

"해가 떠 있을 때. 너무 늦지 않았으면 좋겠어요. 술은 마시고 싶지 않고요."

"좋아요. 점심 먹으면서 얘기합시다. 장소 정해서 보내줄게요."

진주는 빠르게 약속을 세팅하고는 미련 없이 전화를 끊었다. 이럴 때 보여주는 그의 쿨함은 마음에 들었다. 역설적으로, 그래서 그의 진심을 알기 어려웠다. 이건 장난일까? 나를 놀리는 걸까? 이런 게 재미있는 걸까?

나는 지금 혼자 무언가 단단히 착각을 하는 중인지도 모른다. 그는 내게 관심이 있다고 했지 호감이 있다고 하지는 않았다. 호감인지 호기심인지 헷갈린다고는 했다. 오히려 그게 나를 더 헷갈리게 했지만.

나는 작은 새를 떠올렸다. 자신을 사랑하는지 늘 궁금해하고 확인하고 싶었던, 그게 사랑이었으면 했던 어리고 귀여운 그의 전 연인. 전혀 상관없는 제삼자가 보기에는 참 잘 어울리던 커플이었다. 젊고 자신감 넘치고 밝고 예쁘고 잘생긴 남녀.

내가 그다음 상대가 될 수도 있겠다고 생각하는 것 자체가 양심 없는 일 아닌가.

알알이 뜯어 깨끗하게 씻어 담은 청포도는 매우 통통하니 예뻤다. 이 한겨울에 포도라니. 한알을 집어 입속에서 톡 터뜨렸다. 시원하고 달큼한 과즙이 입안에 퍼져 기분이 좋았다.

"샤인머스캣인데 겨울이라 그런지 좀 덜 달더라. 난 그냥 시

원한 맛에 먹어. 난방 때문에 답답하고 더울 때 먹으면 가슴이
좀 뚫리는 기분이라."

윤하 선배가 접시에 다시 포도알을 가득 채워주며 말했다.
공기가 답답할 정도로 난방을 하는 집에서는 확실히 필요한
과일 같았다.

"이제 그만 꺼내 와. 우리 포도로만 배 채울 거야, 여기까지
불러놓고?"

사장 언니가 말과는 다르게 계속 포도알을 주워 먹으며 면
박을 줬다.

"야, 누가 너도 오랬어? 세련이 불렀는데 왜 너까지 와? 너
카페 문 안 여니?"

윤하 선배는 사장 언니를 째려봤지만 눈길에는 애정과 걱정
이 묻어 있었다. 티격태격해도 둘의 관계에는 다정함이 가득
했다.

"연말이잖아. 나도 좀 쉬고 싶어서. 새해까지 쭉 쉴까 고민이
야."

처음 듣는 소리에 놀라 그녀를 쳐다봤다. 나의 수입원에 큰
구멍이 생길 터였다. 언니는 깜짝 놀라는 나를 느꼈는지 농담,
농담 하고 내 어깨를 두드렸다. 전혀 농담처럼 들리지 않았다.
그녀는 확실히 지쳤고 지겨워하고 있으니까.

"너 카페 때려치우고 싶구나?"

윤하 선배가 사장 언니의 마음을 빠르게 눈치챘다.

"그럼 그거 세련이한테 싸게 넘겨."

"몰라."

언니가 코를 횡 하고 푸는 것처럼 신경질을 뱉었다. 그러고 서는 속삭이듯이 그럴래? 하고 물었다.

"저 그만한 돈 없어요…"

나는 이게 진심인지 아닌지 몰라서 조심스럽게 고개를 저었다.

"너 계약금 얼마나 받았는데? 그거, 스토리 작가."

윤하 선배가 물었다. 선배가 나를 과대평가하는 걸까, 아니면 그녀에게 현실감각이 없는 걸까.

"선배, 나 그렇게 많이 못 받아요. 오히려 생각보다도 과분하게 주신걸요."

선배는 본인이 평가절하 된 듯 피! 하면서 바람 빠진 소리를 했다. 나는 웃으면서 밝고 깨끗한 그녀의 집을 둘러봤다. 신혼집 집들이 때 왔던 후 처음으로 오는 선배의 집은 인테리어를 새로 했는지 분위기가 달라져 있었다. 그땐 블랙톤의 모던한 집이었는데 지금은 화이트톤의 아늑한 집이 되어 있었다.

"너 그때 이후로 처음이지? 나 결혼하고 집들이했을 때."

윤하 선배가 내 시선을 따라 집을 둘러보며 내 마음속을 들여다본 듯 말했다.

"많이 달라졌네요. 그땐 조명도 어둡고 좀더 모던한 느낌이었던 것 같은데."

"그땐 블랙이 시크하고 분위기 있어 보인다고 생각했지. 나이 들수록 밝고 환한 게 좋아지더라. 요즘은 커튼도 잘 안 쳐. 햇빛 받으려고."

나는 그게 뭔지도 모르면서 고개를 끄덕였다. 큰 창으로 햇빛이 가득 들어오고 있었다. 겨울인데도.

"네가 오겠다고 해서 놀랐어. 맨날 집으로 오라고 해도 싫다더니 무슨 바람이 불었어?"

선배가 따뜻한 커피가 넘칠 듯 가득한 작은 잔을 내 앞에 내려놓았다. 향긋한 냄새가 났다. 그릇을 잘 모르는 내가 보기에도 고급스럽고 고상한 잔이었다. 입이 닿는 잔 끄트머리에는 금색 테두리가 둘러져 있었고 우아하게 곡선을 그리는 가느다란 손잡이에는 손가락이 두개 정도밖에 들어가지 않았다. 커피를 마시려면 어쩔 수 없이 새끼손가락을 들어야 했다.

"그냥 궁금했어요, 선배 집이. 집들이 땐 정신이 없어서 어땠는지 기억도 안 나고."

두 언니는 내가 무슨 소리를 할지 궁금하다는 듯 새끼손가락을 들고 커피를 홀짝이며 나를 쳐다봤다. 그 모습이 웃기고 귀여워서 나도 그 자세로 커피를 따라 마셨다.

"꽃까지 사 오고. 너 엄청 사회화됐다, 야. 나 진짜 놀랐어."

윤하 선배는 턱끝으로 거실에 놓아둔 꽃병을 가리켰다. 꽃 한다발로 사회화된 성인 취급을 받을 수 있다니 나는 정말 아무것도 모르는 사람이었구나 싶었다.

어쩌다보니 며칠 새 두번이나 방문하게 된 꽃집에서는 단골 대접을 받았다. 꽃을 정말 좋아하시나봐요,라는 말까지 들었다. 가족들과 살던 집을 나오고 반년여 만에 누군가의 집에 방문할 시간적 여유, 꽃다발 하나 정도는 살 수 있는 경제적 여유가 생긴데다가 꽃을 사랑하는 사람까지 되다니. 아는 꽃 이름이라고는 블랙 뷰티 하나밖에 없는데.

어쩐지 우쭐한 기분이, 한편으로는 서글픈 기분이 들었다. 내가 가진 것이라고는 가족들뿐이었는데, 온 가족을 다 떼어내고 나니 모두가 나를 새로운 사람으로 봐주고 있다. 나는 대체 무엇이었을까?

우리는 꽃병이 놓인 거실 테이블에 둘러앉아 윤하 선배가 각각 한부씩 인쇄해준 단편소설을 읽었다. 그녀는 굳이 수십장의 원고를 종이에 인쇄해서 우리에게 나눠줬다. 종이 아깝다며 사장 언니가 혀를 찼지만 선배는 별로 개의치 않는 듯했다.

소설을 읽는 동안 꽃향기가 가득한 핸드드립 커피가 계속 리필됐다. 우리는 편안하게 그녀의 소설을 음미했다. 큰 창 가득히 들어오는 햇빛과 바닥에서 느껴지는 뜨끈한 열기에 얼굴이 달아오르면 냉장고에서 차게 식힌 포도 알갱이를 씹었다. 초조하게 이것저것 간식을 나르고 우리 눈치를 살피는 윤하 선배의 마음이야 어떻든 간에 나는 그 순간이 너무 행복해서 정신을 차릴 수 없었다. 순수하게 평화롭다고 생각했고 이런 적이 있었나 싶게 황홀했다. 아무런 걱정도 떠오르지 않았다.

그러다 문득 윤주의 집에 갔던 날을 떠올렸다. 누군가 윤주와 나의 관계가 언제부터 망가졌냐고 묻는다면 몇몇 상황과 일화 들이 떠오르지만 그날을 빠뜨릴 수는 없을 것이다.

자상한 아버지, 아들에게 관심 많은 어머니, 그리고 적당히 가까운 동생이 있는 이상적인 집이었다. 남들은 그걸 '평범한 가족'이라고 부를지도 모르지만 나에게 그런 평범함은 책이나 영화로만 접한 판타지에 가까웠다.

그들은 나를 신기한 세계에서 온 낯선 존재로 여겼겠지만 나 역시 판타지 세계에 사는 듯한 그들을 조심스레 구경했다. 우리는 눈이 마주치면 친절히 웃으며 서로의 안부를 묻고 취향을 궁금해했지만 고개를 숙이면 눈알을 이리저리 조심스럽게 굴리면서 말하지 않은, 혹은 말하지 못한 무언가를 살폈다. 지금 그 장면을 떠올리자면 코미디 같지만 그 당시 나에게는 공포영화의 한 장면이었다.

속 한번 썩이지 않고 바르게 자란 자랑스러운 큰아들이 집으로 데려온 첫 여자친구, 그것도 십년 넘게 만난 여자라는 타이틀은 그들의 기대감을 키워놓기에 충분했다. 그러나 불행히도 그들의 기대감을 충족시키기에 나라는 존재는 미미했다.

두어시간 정도의 만남 동안 친절하고 호의적인 그들의 눈빛과 미소가 천천히 온기를 잃어가는 것을, 아프게 느꼈다. 내 피도 같이 식어가는 기분이었다. 그들의 수많은 질문, 무엇부터 물어야 할지 몰라 마구 터져나오던 호기심, 어서 들라던 뜨끈한 음식, 어색함에 터져나오던 웃음이 볼륨을 줄이듯 조금씩 줄어들었다.

거짓말이라도 해야 했나. 부모님은 어떤 일을 하는지 형제자매는 있는지 집은 어디인지 내 직업은 무엇인지. 다시 돌이켜봐도 그들이 묻지 말아야 했던 질문이 뭔지, 내가 거짓말이라도 해서 속여야 했던 것은 뭔지 알 수 없다. 그들은 적당히 속물적이고 적당히 노골적이었지만 그 어떤 부모라도 궁금해할 만한 것들을 물었고, 나는 그 모든 것을 속이거나, 모든 것에 솔직하게 대답하거나, 아니면 아예 입을 다물어야 했다. 하지만 그러지 못했다.

"재미있어. 재미는 있는데…"

다 읽은 원고 뭉치를 펄럭거리며 사장 언니가 침묵을 깼다. 윤하 선배는 오랜만에 받는 평가에 긴장이 되는지 침을 꿀꺽 삼켰다.

"한편뿐이야?"

"왜? 뭐가 문제야?"

선배는 금방이라도 숨이 넘어갈 것 같은 사람처럼 사장 언니 옆에 딱 붙어서 물었다.

"아니, 책 내려면 이런 거 몇편은 더 있어야 하는 거 아냐?"

언니가 포도알을 입에서 굴리며 말했다. 그러고는 좀 떨어져봐, 하며 윤하 선배의 어깨를 밀어냈다. 선배는 안도의 한숨을 짧게 내쉬었다. 매사에 심드렁한 윤하 선배가 긴장하는 건 작품에 대한 평가를 받을 때뿐이었다. 나는 아마도 그녀가 인정받지 못한 유일한 분야이기 때문이리라 생각했다. 부족함 없이 태어나 부족함 없이 자란 그녀가 유일하게 얻지 못한 것이 바로 자신이 쓴 글을 향한 찬사였으니까.

사람은 누구나 자기가 가진 것보다 가지지 못한 것을 욕망하며 살아간다. 가진 것을 돌아보기보다 가지지 못한 것에 집착하는 게 삶의 의욕을 불태우기에 더 적합할지도 모른다. 초점을 맞춰야 하는 면적이 작아질수록 그곳을 향하는 에너지는 더욱 응축될 테니까. 하지만 가진 것보다 가지지 못한 것이 많아질수록, 가진 것의 가치가 적어질수록 삶을 조준하는 초점은 흐려지고 방향성을 설정하기도 어려워진다. 이리로 가야 할까 싶으면 저쪽인 것 같고, 저쪽이 먼저인가 싶으면 다시 이쪽의 문제가 발목을 잡는다.

가진 것에 만족하고 어떻게든 안정적으로 삶의 방향을 잡기 위해 노력하는 부류는 그래도 무언가를 손에 쥔 이들일 것이다. 그만큼만 됐어도 나는 기꺼이 윤주의 부모에게 내가 가진 것을 최선을 다해 과장하고 부풀려 내가 그의 짝이 틀림없음을 증명했을 것이다. 윤주 역시 내가 그렇게라도 해주기를 진심으로 바랐겠지만 손을 아무리 뻗어보아도 잡히는 건 공기뿐이고, 할 수 있는 건 빈 손을 펴 보여주거나 숨긴 채 회피하는 것뿐이었다. 떠들썩하게 시작된 만남은 나의 묵례와 어두

운 표정의 윤주와 반쯤 고개를 돌려버린 그들의 화답으로 끝
이 났다. 우리 관계가 망가지던 첫 순간이었다.

Seven of Cups

컵 7

눈앞에 늘어선 여러 보물들을 손에 넣고 싶어 과욕을 부린다.
과유불급, 과욕은 화를 부른다.

사랑의 대화

우리는 윤하 선배의 남편이 올 때까지 그렇게 미적미적 소설을 읽고, 이건 무슨 소리냐 묻고, 어떻게 고치면 좋을지 함께 고민했다. 윤하 선배는 우리의 의견을 거의 다 무시하는 것 같으면서도 이따금씩 다이어리에 무언가를 부지런히 적었다. 하지만 표정만은 '너희가 하는 얘기 듣고 고치는 거 아니야'라는 식으로 매우 뾰루퉁했다.

창으로 비치던 해가 어둠으로 바뀌자 형부가 떠들썩하게 퇴근했다. 눈꼴 시리지만 한편으로는 꽤 부러운 부부의 인사를 구경하며 사장 언니와 야유를 보내기도 했다. 이 시간까지 사랑하는 처와 재미있게 놀아준 대견한 처제들에게 맛있는 걸 사줘야겠다며 고급 식당에서 한턱 얻어먹기까지, 유쾌한 하루였다. 나를 둘러싼 숙제들이 모두 끝나고 새로운 시작을 기다리는 스무살이 된 것처럼 해맑기만 했다. 정작 스무살에는 세상 모든 근심과 걱정을 다 짊어지고 있었으면서 말이다. 무언가를 꿈꿔볼 수 있는 시간이 십오년이나 늦게 도착했지만 어쨌거나 온 것은 온 것이었다. 삼십년이나 오십년이 아닌 게 다행이라면 다행일까.

그런 마법 같은 날은 일년 중 며칠 되지 않기에 나는 이 기분을, 이 순간을 하나도 놓치지 않고 만끽하려 했다. 나답지 않게 자주 웃었고, 소리 내어 웃는 순간도 있었다. 평소보다 더 많이 이야기하고, 사적인 주제도 꺼냈다.

"뭐? 그래서, 그 어린 자식이 뭐라는 거야? 너랑 사귀자는 거야?"

주량이 80퍼센트쯤 채워진 윤하 선배가 소리를 꽥 질렀다. 사장 언니가 뒤늦게 선배의 입을 틀어막았지만 주위에 있던 사람들이 모두 우리를 돌아봤다. 짧은 정적이 우리 주위를 빽빽이 채웠다가 이내 사라졌다.

형부는 우리를 근처 호텔 앞에 내려주고 언니의 손에 카드를 쥐여준 채 멋지게 떠났다. 방도 하나 잡아놨으니 바에서 마시다가 너무 취하면 자고 가라는 완벽한 애프터서비스까지 제공했다. 우리가 그 방에서 묵지 않는다면 본인이 오겠다는 이야기도 덧붙였지만.

분위기 때문이었을까? 내가 그 이야기를 밖으로 꺼내고 싶었기 때문일까? 나는 그 자리에서 누가 묻지도 않은 진주 얘기를 꺼내버렸다.

"모르겠어요."

정말 솔직하게 대답했다. 윤주와 처음 만났을 때는 그냥 서로 마주 보고 배시시 웃으면 관계가 시작되는 나이였다. 지금의 나에게 그런 시작이 어울리는지, 그런 방식이 아직도 통하는지 알 길이 없었다.

"너 가지고 장난치는 거 아냐?"

사장 언니가 부드러운 멜론을 베어 물며 물었다. 혼자 사니까 과일을 잘 안 먹게 된다며 과일 안주만 한가득 시켜놓은 언니는 술은 뒷전이고 안주만 열심히 먹는 중이었다.

"재벌 뺨따귀 때리고 '내 뺨을 후려친 여자는 네가 처음이야. 나랑 결혼해줘!' 이런 판타지냐고."

윤하 선배가 질색을 했다. 내가 생각해도 말이 안 되는 얘기였다. 내가 밑도 끝도 없이 부풀어오르는 풍선 같은 타입도 아닌데 윤하 선배는 나에게 항상 현실을 깨닫게 하는 뾰족한 바늘 역할을 자처했다. 부풀지도 않은 나를 찔러서 얼른 바닥을 깨닫게 했다. 아이러니하지만 나는 그것이 나에 대한 애정에서 출발한 것임을 안다. 마음속으로는 누구보다 내가 더 잘되길, 내가 더 밝아지길, 더 가볍게 떠오르기를 바라면서도 다른 누군가에게 상처받는 모습은 보고 싶지 않아했다. 차라리 자신이 그 역할을 하는 한이 있어도. 그래서 그녀는 틈만 나면 동생을 구박하면서도 밖에서 다른 사람에게 그런 취급을 받으면 못 견디는 언니처럼 굴었다.

"그 자식이 뭐라 하든 괜히 헬렐레하지 말고, 너 혼자 생각하고 떠보지 말고, 꼭 정확히 물어봐."

"뭘 물어?"

사장 언니가 나 대신 물었다.

"우리 사귀는 거 맞냐고. 우리 오늘부터 1일인 거 맞냐고!"

매서운 눈으로 선배가 말했다. 눈빛에 이미 술기운이 가득했다.

"아우, 아우 촌스러워. 하윤하, 엄청 촌스러워!"

사장 언니가 고개를 절레절레 저으며 징그럽다는 듯 손까지 탈탈 털었다.

"너야말로! 연애는 촌스러워야 돼. 촌스럽고 징그럽고 끈적해야 돼. 쿨하고 세련되고 보송보송한 연애에 무게가 있을 것 같냐? 너 나 사랑해, 안 사랑해? 나랑 영원히 사랑할 거야, 말 거야? 이런 걸 끊임없이 묻는 게 사랑이라고."

"지친다. 대체 언제까지?"

"언제까지는 뭐가 언제까지야. 사랑하는 한 계속이지."

"진정한 사랑은 평온해야 하는 거 아니니? 나이 먹었으면 더더욱. 언제까지 그렇게 다 던지면서 사랑해야 하는데?"

"그게 나이랑 무슨 상관이야. 사랑에 나이가 어디 있어. 사랑에 나이가 없으면 사랑을 지속하는 조건도 계속되어야지. 안 그러냐?"

"너는 뭐 책으로만 연애를 배웠냐? 왜 이리 극단적이야."

"어어. 로맨스 소설이 내 연애 팔할을 가르쳤지. 거기에는 세상을 관통하는 사랑의 진리가 있으니까."

"그게 뭔데?"

"사랑은 절대 포기하지 않는다는 거. 사랑 자체가 에너지라고. 그 사람을 내 곁에 두고 싶어 붙드는 에너지, 그게 튕겨져 나가지 않도록 유지하는 텐션, 그 사람에게 쏟는 관심! 상대 역시 그걸 똑같이 팽팽하게 유지해야 둘이 같은 속도로 갈 수 있다고. 에너지가 없으면 사랑은 끝난 거야. 윤주랑 너도! 그 에너지가 부족했던 거지."

윤하 선배는 꼬부라진 혀로 연설하듯 대범하게 말하더니 테이블 위로 스르르 쓰러졌다. 한심하다는 눈으로 선배를 내려다보던 사장 언니가 내게 물었다.

"네 생각은 어떤데? 걔가 널 떠보는 거 같아, 아니면 진짜 관심이 있는 거 같아? 아니다, 넌 걔한테 관심 있어?"

나는 생각했다. 어떨까? 나는 그를 향한 에너지를 가지고 있을까? 어떤 관계를 시작함에 있어, 특히나 연애를 시작함에 있어 가장 먼저 확인되어야 하는 건 나의 마음일까, 그의 마음일까?

윤주와는 운이 좋게도 동시에 시작했다. 그가 나를 발견했고, 나는 나를 발견한 그를 발견했다. 거의 동시에. 그때와 같은 운을 제외한다면 나는 이제 와서야 연애라는 걸 처음 해보는 셈이다.

내가 진주에게 처음 느낀 감정은 그의 나른함과 여유에 대한 부러움이었다. 언제나 모든 것을 신경 쓰고 최대한 문제없이 살고자 조급했던 나와는 다른, 관심 없는 것에 대한 철저한 무관심과 관심 있는 것에 대한 거침없는 호기심. 그것을 부러워하고 나서는 내 결핍과 결함을 들키고 싶지 않았고 갑작스럽게 열등감이 폭발하지는 않을까 주의했다. 그렇게 보이고 싶지 않았다.

"정말 사랑이라는 게 에너지의 폭발만이라고 한정 지을 수 있겠니?"

"언니는 뭐라고 생각하는데요?"

언니는 잠시 생각에 잠겼다.

"내가 연애를 많이 해보진 않았지만 오래는 해봤거든. 너보다야 짧겠지만, 그래도 다들 오륙년씩은 사귀었던 것 같아. 진짜 미쳤지 내가, 그런 새끼들하고."

테이블 위에 엎어져 있는 윤하 선배는 잠든 것 같았다. 언니의 이야기가 끝나면 선배를 들쳐업고 형부가 준비해둔 방으로 옮겨야겠다고 생각했다.

"나는 애처럼 그렇게 요란하게 사랑하지는 않았어. 뭐 시작이야 요란했을지 모르지. 원래 그렇잖아. 사랑을 시작할 땐 난 너 아니면 안 돼, 왜 이제야 내 앞에 나타난 거야, 우리가 서로의 마지막 사랑이면 좋겠어, 하면서 난리블루스를 추지만 일년이나 갈까? 적어도 나는 그랬어. 매일 만나고 싶고 보고 있으면서도 더 보고 싶다는 갈망 같은 건 일정한 시기가 지나면 지나가더라고. 우리가 어떻게 그렇게 자주 만났을까, 그렇게 피곤한데 어떻게 매일 밤새워서 전화통을 붙잡고 있었을까, 나조차도 내가 이해 안 되는 그런 시간들이 분명히 있는데, 그건 늘 지나갔어. 연애 기간 전체를 통틀어 생각하면 그건 한 20퍼센트나 될까?"

언니 역시 선배가 신경 쓰이는지 이야기를 하면서도 힐끔힐끔 선배를 쳐다봤다.

"나머지 사오년은 그냥 지내는 거야. 보고 싶을 때도 있고 바쁘면 생각이 안 날 때도 있고. 그러다보면 하루 종일 전화 한 통 안 할 때도 있고, 너무 피곤하면 오랜만에 데이트하기로 한 날인데 나가는 게 귀찮기도 하고. 그렇다고 내가 그들을 사랑하지 않았냐면 그건 아니야. 죽고 못 사는 시기가 지났다고 어쩔 수 없이 만나는 건 아니었거든. 그만큼의 에너지를 지속적으로 쓸 수는 없었지만 확실한 건 그 무덤덤한 시간들도 의무나 책임 같은 건 아니었다는 거야. 말하지 않아도 그가 날 사랑한다는 걸 알고, 그 역시 내가 자길 사랑한다는 걸 알고. 아니, 안다기보다 믿는 거지. 그 믿음이 강해질수록 서로를 갈망하는 마음을 드러내지 않아도 편안하게 지낼 수 있고 그런 거."

"언니는 편안함을 주는 것이 사랑이라고 생각하나봐요."

언니가 픽 하고 웃더니 나를 가만히 쳐다봤다. 어떻게 이야기를 이어갈지 고민하는 눈빛이었다.

"우리 관계는 늘 상대의 바람으로 끝이 났어. 나는 그 모든 폭풍과 유난의 시간을 지나 드디어 서로에게 익숙해졌다, 편안해졌다, 공기처럼 없어서는 안 될 존재가 되었다고 생각했는데, 그 시기쯤 다들 바람이 났어. 이제 이 관계가 너무 마음에 들고 또다른 것으로 깰 수 없을 만큼 단단해졌다고 생각했는데, 결국은 너무 쉽게 부서졌어. 신뢰라는 것도 참 얄팍하더라? 우리 사이의 시간과 추억, 노력, 애정, 그 모든 것을 천천히 쌓아올려서 굳어졌다고 믿었는데, 감정은 공구리가 아니야. 시간을 충분히 들인다고, 굳은 약속을 한다고 진짜로 굳어지지는 않더라고."

언니가 어깨를 으쓱해 보였다.

"사랑… 사랑이 뭘까? 나는 할수록 모르겠던데. 윤하 같은 애처럼 깔끔하게 '이거다!' 하고 정의 내릴 수 있다면 좋겠지만, 그건 애가 운이 좋아서 그렇고. 나처럼 언제나 기대하고 실패하는 걸 반복한 사람은 알 수가 없지. 이건가 하면 이게 아니고, 저건가 하면 저게 아니었으니까. 똑같은 방법을 써도, 다른 방식을 써도 늘 결론적으로는 틀렸더라고. 그런데 어떻게 알겠어, 틀렸다고 생각한 그게 사실은 맞았는지. 아닌 줄 알았는데 알고 보면 그게 사랑이었을 수도 있잖아. 죽기 직전까지 뭐가 맞다, 뭐가 사랑이다, 말할 수가 있을까?"

나도 언니를 보며 어깨를 으쓱했다.

그날 나는 스카이라운지에서 객실까지 세번을 왕복했다. 처음에는 윤하 선배를 들쳐업고 두번째는 사장 언니를 들쳐업고. 차라리 내가 먼저 와구와구 술을 들이부어버릴걸 하고 후회했지만 어쩌겠는가. 결국 마지막까지 제정신으로 남아 있던 건 나뿐이고 그녀들은 나만 믿고 그대로 뻗어버린 것을.

한겨울 땀을 뻘뻘 흘리면서 사장 언니까지 방에 뉘어놓고 다시 스카이라운지로 돌아와 두고 간 짐은 없는지 살피고 가려는데, 새로 시켜놓고 반도 다 마시지 않은 와인이 마음에 걸렸다. 윤하 선배가 고른 걸 보면 분명 비싼 걸 텐데.

술을 아까워하는 것만큼 미련한 짓도 없으련만 그녀들의 술시중을 드느라, 또 이야기를 듣느라 내 몫의 술을 거의 마시지 못한 것이 아쉬웠다. 직원에게 테이블을 정리하고 남은 술과 안주를 추려서 혼자 앉을 수 있는 곳으로 자리를 옮겨줄 수 있는지 물었더니 그는 재빠르게 바 자리로 나를 안내했다.

크리스마스를 앞둔 연말이라 그런지 늦은 시간임에도 많은 사람들이 자리를 지키고 있었다. 천천히 술잔을 기울이며 습관적으로 멍하니 낡은 스웨터 소매의 보풀을 떼어내다보니 그제야 함께 온 일행과 화기애애하게 이야기를 나누는 무리들 몇몇이 눈에 들어왔다.

우리 집 애들은 뭘 하고 있을까, 문득 궁금했다. 나는 동생들이 어린 시절에는 크리스마스 선물을 주고는 했다. 내가 정한 크리스마스 선물 지급 기한은 초등학교 입학 전까지였다. 적어도 유치원생 정도까지는 산타 할아버지를 믿어도 된다고 생각했다. 없는 살림에 대단한 것을, 그들이 가지고 싶다고 노래를 부르는 장난감은 언감생심 시도도 못했다. 내가 줄 수 있는 건 마이쮸 같은 군것질거리뿐이었다. 동생들은 크리스마스가 뭔지도 잘 모르면서 괜히 들떠 텔레비전을 보다가 하나둘씩 잠들어 고로롱 코를 골았다.

그날 밤도, 내년부터는 이런 시시한 선물을 준비하는 산타가 나라는 걸 알게 될 셋째의 머리맡에 마이쮸 두개를 놓고, 아직은 크리스마스가 뭔지 잘 모르지만 형이 좋아하면 따라 좋아할 두살짜리 막내의 머리맡에도 하나를 놓았다. 그리고 원칙대로라면 이제 크리스마스 선물 지급 대상에서 제외되어야 할 열두살짜리 둘째의 머리맡에도 하나를 두었다. 산타가 없다는 건 당연히 알겠지만 그래도 아직은 크리스마스 선물을 받을 만큼은 어린 아이였으니까.

그렇게 내 나름으로는 어린이들의 동심을 지켜줬다는 뿌듯함으로 잠이 들었다. 그리고 이른 아침 시끄럽게 소리를 지르며 흥분한 동생들의 목소리에 깼다. 셋째와 막내가 서로 마이쮸를 들고 신이 나서 방방 뛰고 있었다. 딸기맛과 포도맛을 평화롭게 나누는 거래를 하는 듯했다. 피곤하기는 해도 까르르 웃는 아이들의 소리가 좋아 슬쩍 미소 지으며 일어나는데 내 머리맡에도 마이쮸 하나가 놓여 있었다. 아직 눈을 뜨지 않은 둘째의 머리맡에도 하나가 그대로 놓여 있는 걸 보니 누군가 셋째에게 주었던 두개 중 하나를 내 쪽으로 옮겨놓은 것 같았다.

아직까지도 그게 누구였는지 모른다. 굳이 동생들을 추궁해서 산타의 정체를 알아내고 싶지 않았다. 나도 크리스마스 선물을 받았다고 믿고 싶었다. 내가 잠시나마 그애들의 꿈을 지켜주는 보호자였다는 사실도.

방문을 열자 술 냄새가 섞인 옅은 숨소리와 작은 코골이 소리가 뒤섞여 들려왔다. 둘 다 깊이 잠든 것 같았다. 이미 밤은 깊을 대로 깊어 새벽에 가까운 시간이 됐고 와인도 꽤 여러잔 마셨지만 잠은 어디론가 달아나버렸다.

나는 침대에 푹 안겨 잠든 두 여인의 고요한 얼굴을 확인하고 옆에 있던 테이블 앞에 앉았다. 가방을 뒤적이니 이제는 내 몸의 일부분처럼 손에 착 붙는 타로카드 덱이 만져졌다. 더 뒤적거려 손수건도 함께 꺼냈다. 테이블 위에 손수건을 깔고 카드를 천천히 섞었다. 당장 무슨 질문이 떠올라서는 아니었다. 그냥 규칙적으로 들리는 언니들의 숨소리를 들으며 카드를 만지고 싶었다.

차각차각, 사각사각, 참참, 처럭처럭.

카드를 섞을 때 들리는 소리가 좋다. 그 소리는 나를 차분하게 식혀준다. 가끔은 멍하니 앉아 끝없이 카드를 섞는 데 몰두할 때도 있다. 그러다보면 카드를 펼쳐야 한다는 것도, 던지려던 질문이나 고민도 잊어버리기도 했다. 어떤 문제가 있어서가 아니라 내가 무엇을 궁금해야 할지를 몰라 카드를 만지고 섞었다. 문제조차 제대로 파악하지 못한 나를, 나의 불안을, 이 소리가 조금이라도 가라앉혀주길 바라면서.

어두운 방에서 내다보는 호텔 창밖에는 365일 꺼지지 않을 간판들과 간간이 오가는 자동차의 헤드라이트만이 반짝였다. 외로움일지 불안함일지, 혹은 기대하지도 않았던 새로운 관계에 대한 기대감일지 모를 감정들이 작은 불빛들과 함께 일렁였다. 생각이 너무 많은 것이 문제일까, 아니면 생각 없이 살다 보니 남들은 일찌감치 끝내버린 고민들을 이제야 시작하게 된 것일까.

차락거리던 카드들을 움켜쥐었다. 그리고 테이블 위에 카드 덱을 펼친 뒤 신중하게 한장 한장 골라냈다. 아주 오랜만에 두근거림을 느끼며 하나씩 뒤집었다.

Temperance

절제

서로 다른 것을 섞어 완전히 새로운 것을 만들 수 있다.
절제와 조율이 필요하다. 다른 사람과 교류하며 깨달음을 얻기도 한다.

열지 않은 열쇠

오랜만에 느끼는 개운함이었다. 침대가 넓긴 했지만 성인 여자 셋이 옹기종기 모여 잔데다가 혼자 늦게 잠들어 몇시간 자지 못한 것치고는 몸이 가벼워서 스스로도 믿기지 않을 정도였다.

"매트리스가 좋은 건가봐. 숙취도 없네."

벌써 씻고 나온 사장 언니가 수건으로 머리의 물기를 털어내며 말했다. 아직도 침대에서 뭉개고 있는 건 윤하 선배뿐이었다.

"우리끼리 조식 먹고 오자. 쟤 덕에 아침부터 호텔 뷔페를 먹는 호사를 부려보자고."

언니가 나를 툭 치며 말했다. 어떻게 해야 할지 몰라 우물쭈물하는데 윤하 선배가 눈도 뜨지 않고 가라앉은 목소리로 대신 대답했다.

"가. 가서 먹어. 그 대신 오는 길에 뜨거운 커피 한잔만 사다 줘."

자기는 신경 쓰지 말라는 윤하 선배를 남겨두고 우리는 팔짱을 끼고 방을 나섰다.

"돈 많은 애들은 자기를 물주로 보고 이용해먹으려는 사람들을 싫어해. 어떨 때 보면 그런 사람들을 감별해내는 레이더 같은 게 있는지 그런 애들이 접근하면 칼같이 차단하지."

조식을 먹으러 가면서 언니가 내게 속삭였다.

"그런데 있잖아. 자기 호의를 극구 거절하는 사람들도 별로 안 좋아해. 너는 윤하를 어떻게 생각하는지 모르겠지만 윤하는 너랑 꽤 친한 사이라고 생각하고 있거든. 그런데 기대지 않았잖아. 네가 어려움을 겪을 때도, 혹은 누군가의 도움이 필요한 게 분명할 때도 그냥 너 혼자서만 끙끙거렸지."

"빚…을 지고 싶지 않아서인걸요. 이미 많은 도움을 받기도 했고요."

나는 반짝이는 대리석 바닥을 내려다보며 말했다.

"그걸 왜 몰라, 알지. 무슨 마음인지 몰라서가 아니라, 우리가 서로 그 정도 기댈 사이는 되지 않느냐는 거지. 자기가 너무 선을 그은 걸 수도 있고. 적어도 윤하에게는 그다지 어렵지 않은 일이었을 텐데 말이야."

나는 별 대꾸를 하지 않고 그녀를 따라 뷔페를 돌았다. 그녀가 담는 것을 따라 담고 그녀가 지나치는 게 있으면 나도 지나쳤다. 엄마 뒤를 졸졸 따르는 아기 오리가 된 기분이었지만 뭐가 맛있는지 잘 모르니 그게 제일 합리적인 방법이었다. 이렇게라도 보고 배울 수 있다는 것이 조금은 위안이 됐다. 아무도, 아무것도 없을 때는 내가 내딛는 한걸음 한걸음이, 더듬거리면 손에 잡히는 모든 것들이 막연하고 두려웠다. 늘 태연한 척 의연한 척 듬직한 첫째인 척 살았지만 사실은 겁쟁이여서라는 걸 누가 알았을까? 바위처럼 묵직한 나의 고집스러움이 사실은 무서움을 감추기 위한 거라는 사실을 말이다. 나조차도 오랫동안 내가 그런 사람인 줄 알고 속았으니.

"가끔은 응석 부리듯이 살아. 적어도 윤하한테는 그래도 돼. 넌 어떻게 생각할지 모르겠지만 나한테도 그렇고. 우린 네가 좋아."

언니는 토스터에 미리 넣어둔 빵 하나를 내 접시에 다정하게 올려주었다. 그리고 호화스러운 뷔페를 아침으로 먹으며 새해까지 카페를 쉬겠다고 했다. 잠깐 쉬면서 생각을 좀 정리해보겠다고, 너무 갑작스럽게 정해서 미안하다고 했다.

내년에 보자며 호텔 앞에서 홀가분하게 인사하고 돌아서는 언니들의 등을 보며 하루아침에 기대하지 않았던 휴가가 일주일 넘게 생긴 나는 어디로 가야 할지 잠시 길을 잃은 기분이었다. 조금 멍했다. 다들 왔던 곳으로 돌아가는데 나만 갈 곳이 없는 사람이 된 것 같았다. 나도 고민 없이 휙 돌아서 당연하다는 듯 돌아가고 싶었다. 버스정류장으로 걸어가는 내내 돌아갈 곳에 대한 생각을 했다. 그래서였을까? 나도 모르게 가족들이 있는 집으로 향하는 버스를 타고 말았다.

아니, 그건 변명일지도 모른다. 나는 그들이 나를 잊기를 바랐다. 원래부터 내가 없었던 것처럼. 내가 그러기를 바랐듯이. 하지만 역설적으로 그들이 나를 잊지 못하기를 바라기도 했다. 그들을 떼어내고 싶은 짐짝처럼 여기면서도 그들에게는 내가 구원이길 바라는 이기적인 마음이 없지 않았다. 그리고 참 못나게도 그걸 확인하고 싶었다.

자취방 골목만큼이나 구질구질한 이 골목길 모퉁이에서 불쑥 나타난 그림자는 언뜻 엄마 같아 보였다. 취했을 때나 맨 정신일 때나 휘적휘적 걷는 모양이, 그리고 멀리서도 느껴지는 싸구려 향수 향이 그랬다.

엄마가 맞는지 정확히 확인하고 당당히 알은척을 하든 아니면 들키기 전에 내빼버리든 해야 한다고 생각했는데, 좀 전까지 나를 감싸던 궁금함의 열망이 무색하게도 고개가 자꾸만 숙여졌다. 머리끝에 추를 매달아놓은 것 같았다. 나는 언제든 옆 골목으로 빠질 수 있는 삼거리 초입에 서서 매우 수상하게 고개를 폭 숙인 채 안절부절못했다. 엄마가, 아니 엄마인지 아닌지 모르지만 엄마인 것 같은 그 여자가 점점 가까이 다가오는 것이 느껴졌다. 마치 공포영화 속에서 귀신이 다가오는 것처럼 그녀의 모습이 빠르게 확대되는 것 같았다. 늘 숨 막히도록 역겹다고 생각했던 그 향수 냄새가 온 골목을 다 뒤덮을 것처럼 진하게 느껴졌다.

만약 그녀가 엄마가 맞다면, 그래서 나를 알아본다면 어떻게 해야 할까. 나를 알아보지 못한다면 또 어떻게 해야 할까. 나는 얼음땡을 하다 술래와 눈이 마주친 아이처럼 멈춰버렸다. 분명 여길 다시 찾아올 때만 해도 무언가 확인하고 싶은 기분이었는데. 가족들을 봐도 냉정할 수 있을 줄 알았는데.

결국 어색하게 등을 돌려 벽을 보고 섰다. 누가 봐도 이상했을 것이다. 나를 힐끔거리며 지나가는 사람들의 눈길이 느껴졌다. 주변 사람들의 기색에 그녀도 나를 발견할 수밖에 없었을 것이다. 그녀가 점점 더 가까워졌다. 나는 눈을 질끈 감았다.

엄마든, 엄마로 추정되는 여자든 누군가가 내 어깨를 툭 치는 상상을 했다. 너 여기서 뭐 해? 너 어디 갔다 왔어? 나 지금 나가니까 애들 저녁 해 먹여. 오늘 안 들어올지도 모르니까 애들 학교 챙겨서 보내. 야. 야. 야.

숨 쉬는 것도 잊은 채 상상 속 엄마의 부름에 압도되었다. 갑작스럽게 울리는 휴대전화 진동에 놀라 오랜 잠영 후 수면 밖으로 올라온 사람처럼 참고 있던 숨이 후! 하고 터지고 나서야 내가 숨을 쉬고 있지 않았다는 걸 알았다.

"여보세요."

나는 헐떡이며 전화를 받았다. 헉헉 소리가 절로 났다.

“…운동 중이에요?”

진주였다.

“아니요. 아니에요.”

나는 다급히 대답하며 주위를 둘러봤다. 그녀는 이미 멀어져 있었다. 여전히 휘적거리는 걸음으로 걷는 여자의 뒷모습이 보였다. 엄마인 것 같기도, 아닌 것 같기도 했다.

“근처 지나다가 얼굴이나 볼까 해서 카페에 왔는데 닫혀 있어서요. 오늘 카페 안 열어요?”

“오늘 휴일이에요. 올해 남은 날 모두요. 1월 2일부터 열어요.”

“세련씨는 어디예요?”

“그냥 좀… 어디 나와 있어요.”

“그렇구나.”

진주가 혼잣말처럼, 무언가에 실망한 사람처럼 조그맣게 중얼거렸다. 나는 귀만 휴대전화에 열어두고 눈으로는 엄마 같아 보였던, 이제는 잘 모르는 사람처럼 보이는 여자의 뒷모습을 좇았다.

“우리 내일모레 만나기로 했잖아요.”

잠시 뜸을 들이던 진주가 말을 이었다.

“네.”

나는 건성으로 대답했다. 멀어져가는 여자의 뒷모습에서 눈을 떼지 못하면서도 그녀가 뒤를 돌아보면 어떡하지 하는 걱정을 했다.

"지금 보고 싶으면 어떻게 해요?"

"네?"

여자를 좇는 눈길을 따라 흘러가던 내 영혼이 다시 고막을 통해 몸속으로 들어온 것처럼 정신이 확 들었다.

"뭐라고요?"

"그. 러. 니. 까."

진주는 자기 얘길 놓치지 않았으면 하는 듯 한글자 한글자 힘줘서 또박또박 말했다.

"지. 금. 보. 고. 싶. 다. 고. 요. 어디예요?"

나는 길을 빙 돌아 가족들의 집에서 멀리 떨어진 마트에 들렀다. 집과 멀기도 하고 더 비싸기도 해서 잘 오지 않던 곳이었다. 하지만 지금은 그렇기 때문에 이곳이어야 했다. 늘 가던 마트에는 나를 알아볼 사람이 있을지도 모른다. 마트 사장님도 그렇고 동네 단골들도 그렇고.

입구에 있던 바구니와 카트를 두고 고민하다가 바구니를 들었다. 짐을 들고 걸어가려면 너무 많이 사면 안 된다. 그래놓고는 바구니가 넘치게 담는 바람에 양손에 짐을 들고 다니며 쇼핑을 해야 했지만.

커다란 두루마리 휴지 한묶음, 1+1 행사 중인 샴푸, 주방세제, 가장 저렴한 빨랫비누, 둘째를 위한 생리대, 쓰레기봉지 열장, 그리고 마이쮸 열개.

식재료도 살까 고민했지만 그중 누가 요리를 할지, 할 수는 있을지 확신이 가지 않아 뺐다. 동생들은 적어도 한끼는 급식으로 해결할 테고 엄마는 집에서 먹지 않을 테니. 냉장고 속에서 썩어버린 채소를 버리는 일 역시 누구도 하지 않을 게 분명했다.

잡동사니들을 계산대에 올리고 계산이 끝나기를 기다리면서 혹시나 누군가 나를 알아볼까봐 땅만 보고 있었다. 누군가 나를 발견하고 여기서 뭐 하고 있냐는 둥 요즘 왜 안 보였냐는 둥 말을 건넬까봐. 무엇보다 나를 이 근처에서 봤다며 엄마나 동생들에게 말이 전해질 것이 걱정이었다. 이렇게까지 하지만, 이렇게까지 하면서도 나는 지금처럼 그냥 증발해버린 사람이고 싶었다.

휴대전화를 슬쩍 열어 시간을 봤다. 앞으로 한시간 후에 카페 앞에서 진주를 만나기로 했다. 물건들을 집 앞에 가져다놓고 카페까지 가려면 한시간으로는 부족할지도 모른다. 아니, 분명 조금 늦을 것이다. 하지만 상관없다. 미안해하지 않을 것이다. 그러므로 늦을 것이 분명한 약속 시간을 앞두고도 그다지 초조하지 않았다. 그저 누가 나를 알아볼까봐 그것만이 두려울 뿐이었다. 사실은 이 핑계로 늦어버리고 싶기도 했다. 그래, 그게 진짜 내 마음이었다.

양손 가득 생필품을 들고 알 수 없이 혼재된 감정들에 사로잡혀 걷다보니 어느새 집 근처에 다다랐다. 다닥다닥 붙은 다

세대 주택 빌라촌의 골목은 좁았고 그나마 남은 공간에는 차가 세워져 있었다. 나는 길 한가운데로 걷지 않고 주차된 차에 딱 붙어 걷거나 차와 담벼락 사이 좁은 공간으로 걸으며 무언가를 훔치려는 사람처럼 지나치게 주위를 둘러보고 경계했다. 아무에게도 내 존재를 들키고 싶지 않았다.

집에서 조금 떨어져서 일층 베란다를 슬쩍 건너다봤다. 커튼도 블라인드도 하다못해 방충망도 없는 집이라 내부가 잘 보였다. 예상했던 것처럼 집에는 아무도 없는 듯했다. 주위를 휙휙 둘러본 뒤 재빠르게 현관 앞까지 달려갔다. 그러고는 문에 귀를 갖다 댔다. 옆집에서 누가 나올까 가슴이 방망이질했지만 참을 수가 없었다.

잠시 그러고 있는데 옆집에서 외출 준비를 하는지 문가에서 부산한 소리가 들렸다. 누군가 나오기 전에 내가 사 온 것들을 집 안에 들여다놓을까 고민하며 잠시 문고리를 바라봤다. 아직 가방 속 파우치 안에 집 열쇠가 있었다. 쓸 일이 없는 열쇠였지만 지난 몇개월간 계속 나와 함께 있었다. 재빨리 열쇠를 꺼내 문을 열고 들어가 물건들을 안전하게 들여다놓고 집 안 꼴은 괜찮은지, 별 문제는 없는지 짧게 확인할 수도 있었다. 하지만 내키지 않았다. 들어가면 다시 나오지 못할 것 같다는 두려움도 있었다.

곧 현관 근처로 옆집의 인기척이 옮겨왔다. 헷갈리지 않도록 생필품들을 우리 집 쪽으로 확실히 몰아놓고 열쇠를 던지

듯 봉투 안에 넣은 뒤 후다닥 돌아 나왔다. 돌아서자마자 등 뒤로 누군가가 문을 열고 나와 쾅 닫는 소리가 들려왔다. 누군지 모를 그는 나의 뒷모습만 보았을 것이다. 수상쩍게 서둘러 떠나는 뒷모습을.

몇시간 후 동생들이 학교에서 돌아오면 문 앞에 놓인 물건들을 발견할 것이다. 처음에는 이게 뭔지 궁금해할 것이고, 그다음에는 우리 집에 온 물건이 맞는지 고민할 것이다. 그리고 봉투 안을 뒤적이다가 바닥에 깔린 마이쮸와 오래된 열쇠를 보고 그것이 어디에서 왔는지, 누가 두고 간 건지 알게 되겠지.

그들은 이 또한 알게 될까? 내가 이제 다시는 이곳을 찾아오지 않으리라는 것을. 미안함을 느끼는 것도 오늘이 마지막이다. 무엇엔가 홀린 듯 찾아왔지만 나는 더이상 이곳이 내 집이라고 생각하지 않는다. 어쩌면 그것을 확인하기 위해 온 것인지도 모른다. 올 때는 몰랐지만. 자취방으로 돌아가서도 비슷한 기분이 든다면 어떨까 생각해봤다. 나를 찾기 위해 떠나왔는데 떠난 곳에서도, 떠나간 곳에서도 나를 찾지 못한다면 그건 꽤나 낭패일 것이다.

그래도 마음은 후련했다.

다시 휴대전화를 켜서 시간을 확인했다. 약속에는 삼십분 정도 늦을 것 같았다. 하지만 그 역시 상관없다. 어쨌거나 나는 그에게 갈 것이고 그는 나를 기다리고 있다.

우리는 곧 만날 것이다.

Ten of Swords

소드 10

종결, 그리고 새로운 시작.
터닝포인트가 될 수 있다.

이제 그만 크리스마스

문 닫힌 카페 앞에 서 있는 낯익은 차가 보였다. 여전히 뽀얀 먼지가 덮인 멋진 차. 나는 이제 그의 차가 익숙했다. 그래서 꼭 오랜만에 보는 지인처럼 반가운 마음까지 불쑥 올라왔다. 당황스럽게도.

짙은 선팅 때문에 차 안이 들여다보이지는 않았지만 거기에 앉아 있을 진주를 상상하며 손을 살짝 흔들었다. 하지만 어떤 표정을 지어야 할지 몰라 목도리에 얼굴을 반쯤 파묻고 눈만 내놓은 채였다. 문이 벌컥 열리며 차에서 진주가 나왔다. 활짝 웃고 있었다. 무게감이 느껴지지 않는 그의 미소를 보자 나도 모르게 그를 따라 슬쩍 미소가 지어졌다. 내 입이 목도리 안에 숨겨져 있어 다행이라는 생각이 들었다.

그는 가볍다. 주변의 것들마저 가볍게 만든다. 어쩌면 그의 곁에서는 중력이 조금 약해지는 건지도 모른다. 방금 전 옛 동네에서 그렇게나 무겁게 느껴지던 두 다리가 공중으로 슬쩍 떠서 뒤꿈치가 땅에 닿지 않는 듯했고, 무언가에 짓눌리는 것 같았던 어깨는 그에게 다가갈수록 조금씩 펴지는 듯했다.

"안녕?"

진주가 내게 어색한 인사를 건넸다.

"…왜 말 놔요?"

처음에는 그의 가벼움이 무서웠다. 현실과 다른 환상을 품게 될까봐 두렵기도 했다. 현실감을 잃는 건 내가 살 수 없게 되는 길이라 생각했다. 세상 모두가 약간의 환상 속에서 산다 해도 나만은 그래서는 안 된다고 늘 나를 다잡았다. 내 발에 묶인 납덩이는 스스로 달아놓은 것이었을까? 나는 추락이 무서웠을 뿐인데.

"반가워서요. 세련씨 생각을 하면서 혼자 친해졌나보죠."

진주의 미소가 다시 비눗방울처럼 팡팡 터졌다.

"세련씨는요?"

나는 그를 빤히 바라봤다. 그의 솔직함에 얼마나 맞춰줘야 하는지, 얼마나 맞춰줄 수 있는지 생각했다. 한편으로는 그가 나를 얼마나 변화시킬 수 있을지, 혹은 나를 변화시키고 싶을지 궁금하기도 했다. 결과적으로 윤주는 실패했고 나 역시 실패했다.

그는 맞을까? 그는 맞는 사람일까?

이런 궁금증을 마음에 품은 것도 오랜만이었다. 윤주는 아주 오랜 시간 동안 내가 그런 궁금증을 품을 필요가 없게끔 만들어준 존재였다. 한편으로는 편안하고 한편으로는 따분했다. 인생 자체가 파란만장했으므로 연애는 차라리 편안하고 따분한 편이 나았다.

"자꾸 생각났어요. 거슬리고 신경 쓰였어요."

나는 솔직해져보기로 했다. 충동적으로 꺼낸 얘기였지만 이제는 조금 충동적으로 살고 싶었다. 나에게 그 정도의 자유는 주어도 될 것 같았다. 진주는 내 대답에 즐거워 보였다. 나는 나를 위해 그런 결심을 했을 뿐인데.

"같이 걸을래요? 좀 춥긴 하지만."

나는 양쪽 주머니에 넣어 온 캔커피 중 하나를 꺼내 진주에게 내밀었다. 뜨거웠던 커피는 걸어오는 동안 조금 식었지만 삼사십분 정도는 온기를 내어줄 핫팩으로 손색이 없을 듯했다. 근처 작은 공원을 돌기에 그 정도면 충분했다. 진주는 별말 없이 차 뒷좌석에서 두꺼운 패딩을 꺼내 입더니 나를 따라 나섰다.

나는 앞장서듯 그를 공원으로 이끌었다. 카페 옆 골목을 따라 쭉 내려가면 나오는 전철역에서 길을 건너 아파트 단지 사잇길로 조금만 들어가면 키가 큰 플라타너스가 양쪽으로 늘어선 숲길이 시작된다. 자주는 아니지만 가끔 마음이 답답할 때면 퇴근길에 들르던 곳이다. 공원을 한바퀴 도는 데에 빠른 걸음으로 이십분, 천천히 걸으면 삼십분쯤 걸린다.

"카페는 왜 갑자기 닫은 거예요?"

말없이 나를 따르던 진주가 물었다.

"모르겠어요. 사장 언니가 딱히 이유를 말해주지는 않았어요. 그냥 지쳤나보다 해요. 괜찮은 것 같다가도 돌아보면 무언가 잔뜩 쌓여서 무너지거나 다 버리고 싶을 때가 있잖아요."

"세련씨도 그런 적 있어요?"

대답을 하려고 입을 뗐다가 다시 닫았다. 그리고 진주에게 되물었다.

"진주씨는요?"

진주는 잠시 생각에 잠기는 듯했다.

"나는… 최대한 쌓아두려고 하지 않아요. 그때그때 정리해요. 어차피 터질 거라면 굳이 참을 필요 없으니까."

진주가 할 만한 대답이라고 생각했다.

"어쩌면 터지지 않을지도 모르잖아요. 몇번 참고 넘기다보면."

나는 나다운 대답을 했다.

"글쎄요. 그 에너지가 결국 어디로 갈까요? 에너지 보존의 법칙 몰라요? 긍정적이든 부정적이든 모든 에너지는 보존되잖아요, 형태만 바뀔 뿐. 어떤 형태로 발산될지 알 수 없어서 불안하게 지내느니 발생했을 때 그때그때 해소하는 편이 나는 더 마음 편해요."

“모두가 그렇게 할 수 있는 건 아니죠. 화난다고 화내고 신경질 난다고 신경질 내고, 그럴 수 있다는 것 자체가 특별한 거잖아요.”

진주가 눈을 동그랗게 뜨며 집게손가락을 내 눈앞에 대고 흔들었다.

“아니요. 그런 게 아니에요. 그렇게 단순하게 생각하지 마요. 세상 모든 일을 눈에는 눈, 이에는 이로 치환할 필요는 없죠. 에너지가 보존된다는 거지, 그대로 전달된다는 뜻은 아니니까. 부정적인 감정을 긍정적인 방향으로, 혹은 어떤 것에서 출발했는지 모르게 바꿔서 발산할 수 있다면 폭발까지 기다렸다가 무너질 필요는 없죠.”

우리는 벤치에 나란히 앉았다. 주머니에 있던 캔커피를 꺼내 따려는데 진주가 자기 캔을 따서 내게 내밀었다. 커피는 이제 미온 정도로 식어 있었다.

“…좋은 얘기인데, 잘 모르겠어요. 해본 적이 없는 것 같아요.”

나는 솔직히 말했다. 진주가 나를 안쓰러운 눈으로 쳐다보는 게 느껴졌다.

“배워보고 싶네요. 어떻게 하는 건지.”

미지근한 커피를 홀짝 마시며 작게 덧붙였다. 진심이었으니까. 적어도 오늘은 솔직해지고 싶었다. 그렇게 살기 위해 나는 아주 먼 길을 돌아왔고, 심지어 오늘은 왔던 길을 되돌아갔다

오기도 했으니까. 그것을 위해 내 마음속에 일었던 그 에너지를 잊고 싶지 않았다.

"가르쳐주고 싶네요. 어떻게든."

진주가 나를 따라 대꾸했다. 그가 가진 엉뚱하면서도 유쾌한 에너지가 이제야 있는 그대로 보이는 것 같았다. 그리고 내 가슴속 밑바닥에서 무언가 살랑 떠오르려는 듯했다. 깃털 같기도 하고 공기 방울 같기도 했다.

"크리스마스 때 뭐 해요?"

진주가 조수석 문을 열어주며 물었다. 나는 얼른 차 안으로 들어갔다. 이런저런 쓸데없는 이야기를 하다보니 공원에서 한 시간쯤 머물렀다. 몸이 땡땡 얼어갈 때쯤 진주가 집까지 데려다주겠다 했고 이번에는 거절하지 않았다.

"글쎄요. 특별한 건 없고 원고 작업을 하겠죠?"

운전석에 올라탄 진주를 보며 대답했다. 어젯밤 외박의 여파로 슬슬 피곤함이 몰려왔다. 집에 돌아가면 전기장판을 세게 틀고 그 안에 들어가 꼼지락거리며 게으름을 피우리라 생각했다. 그래, 이제 이 정도는 해도 될 테니까.

"별일 없으면 나랑 만날래요?"

진주가 빠르게 패딩을 벗어 뒷좌석으로 휙 던졌다. 외투를 벗는 순간 그에게서 따뜻한 기운이 훅 하고 옆으로 퍼졌다. 나는 여전히 감각 없이 얼음장 같은 손을 꼭 맞잡고 있었다. 볼이 얼어붙어 대답을 얼른 하기 어려웠다. 진주가 그런 나를 슬쩍 보더니 히터를 세게 틀고 내 두 손을 끌어 뜨끈한 바람이 나오는 곳에 올려주었다.

"여기 잠깐 대고 있어요."

그러고는 뒷좌석으로 몸을 틀어 패딩을 집더니 내 무릎에 가만히 덮어주었다. 같은 곳에 같이 있다가 왔는데 그는 왜 이렇게 봄날처럼 따뜻하고 나는 한겨울처럼 싸늘한 걸까. 이미 말랑해진 그의 뺨을 한번 만져보고 싶었다.

"크리스마스 때 어디 가면 너무 번잡하지 않아요?"

갑작스레 몰려오는 온기에 나른함이 느껴졌다. 집으로 돌아가고 싶은 마음뿐이었다.

"아, 번잡스러운 곳에 가지는 않을 거예요."

"진주씨 집은 아니죠?"

진주가 소리 내어 짧게 웃었다.

"우리 집을 왜 그렇게 싫어해요? 내가 그날 손님 접대를 못 했나봐요."

민망함에 목도리 안으로 얼굴을 폭 숨겼다. 엄밀히 말해 그가, 그의 집이 내게 잘못한 건 없다. 그저 그것을 고깝게 해석하고 지나치게 경계했던 내가 있었을 뿐. 누군가에게는 퍽 로맨틱한 장면일 수도 있었을 텐데 내가 그렇게 받아들이지 못했다.

"밖. 에. 서. 만나요. 재미있을 거예요."

나를 안심시키려는 건지 놀리는 건지, 진주가 한음절씩 끊어 말했다. 순간 얼굴이 달아올라 추위까지 한꺼번에 가시는 것 같았다. 히터 바람에 따듯해진 손으로 볼을 감싸쥐었다. 진주의 차가 출발했다.

"안녕?"

크리스마스 아침, 집 앞에서 나를 기다리던 진주가 활달하게 인사를 건넸다. 며칠 전 처음 그렇게 인사한 이후 그는 원래대로 돌아갈 생각을 하지 않았다. 처음에는 정색하던 나도 그를 따라 똑같이 인사를 건네게 됐다.

"안녕?"

이상하고 어색해서 몸이 배배 꼬이는 것 같았지만 얼굴에 철판을 깔고 따라 했더니 그런대로 할 만했다.

"오늘 어디 가나요?"

나는 이제 그의 차에 완전히 적응했다. 진주가 조수석 문을 열어주면 재빨리 올라타 능숙하게 안전벨트를 맸다.

"강아지들을 잔뜩 만나러 갑니다."

"누구 강아지요?"

"주인 없는 강아지들이요."

진주가 대시보드 아래 둔 테이크아웃 커피 잔을 내게 내밀었다. 따뜻한 커피 향이 올라왔다. 한모금 마시고 있자니 그가 내비게이션에 목적지를 입력했다.

　그는 오래전부터 봉사활동을 하러 다니고 있는 유기견 보호소에 갈 거라고 했다. 오늘 더러워져도 되는 편안한 옷을 입고 오라고 신신당부한 것이 이제야 이해가 갔다. 하지만 유기견 보호소라니, 전혀 생각해보지 못한 옵션이었다. 살아 있는 것들이 바글바글한 곳에서 평생을 살았지만 인간이 아닌 존재는 낯설었다. 어떤 의미로는 신선한 데이트라는 생각이 들었다. 그게 좋든 싫든.

　"어릴 때 강아지를 키웠거든요. 작은 치와와였는데 아주 똑똑했어요. 나보다는 엄마를 더 좋아하긴 했지만 어릴 땐 형아가 되고 싶어서 그애를 동생이라고 생각하며 함께 놀았죠. 내가 태어날 때부터 중학교에 입학할 때까지 살았으니까 나이로 치면 나보다 형아였지만 동생으로 여기면서 사이좋게 지냈어요."

　진주의 눈이 아련한 지난 추억을 떠올리는 듯했다. 강아지를 생각하며 저런 표정을 지을 수 있다는 게 놀라웠다. 나는 어린 시절을 떠올리며 저렇게 아련해질 수 있을까?

　"그애가 죽고 나서 내가 너무 슬퍼하니까 엄마 아빠가 다른 강아지를 데려오겠다고 했어요. 근데 그런 문제가 아니었거든요. 그애는 내 동생이었지, 새로 살 수 있는 장난감이 아니었으니까. 그때는 그걸 이해 못하는 엄마 아빠가 밉기도 했어요. 그래서 유기견 봉사를 다니기 시작한 거 같아요. 처음에는 다른 강아지만 봐도 마음이 아팠는데 시간이 흐르면서 슬픔은 옅어졌고, 지금은 무언가 채우고 싶을 때 가요. 거기 있는 꼬질꼬질한 애들을 깨끗하게 씻기고 그애들이 갈구하는 애정을 나눠주다보면 철없는 시절 만난 주인이라 잘해주지도 못했던 우리 진주에 대한 미안함도 좀 덜어지는 것 같거든요."
"…네?"
"우리 진주. 귀여운 진주요."
진주가 당황한 나를 돌아보며 생긋 웃었다.

처음에는 사실 무서웠다. 그렇게 가까이에서 동물을 본 것도, 만진 것도 처음이었다. 크고 작은 털뭉치들이 와르르 달려들어 내 다리를 붙들고 손등을 핥아댔다. 어떡하지, 어떻게 해줘야 하는 거지 하면서 우물쭈물하는 내 모습을 보며 진주가 즐거워했다.
"쓰다듬어줘요."
진주가 자기를 둘러싼 또 한무리 강아지들의 목덜미를 주무르며 내게 조언했다. 나는 몰려든 강아지들에게 공평하게 스킨십을 해주기 위해 앞줄부터 하나씩 하나씩 머리를 쓰다듬기 시작했다. 하지만 강아지들은 자기 차례를 지키지 않았고 뒷줄에 있는 아이들이 밀고 들어와 앞줄에 있는 아이들이 뒤로 밀려났다. 그 바람에 누구까지 쓰다듬었는지 알 수 없게 되어 모두 공평하게 쓰다듬어주려던 내 계획이 도루묵이 됐다.
"자자, 간식 먹자!"

그 모습을 지켜보던 다른 봉사자가 육포를 흔들며 강단 있는 목소리로 소리쳤다. 나를 겹겹이 둘러싸고 있던 강아지들이 한꺼번에 돌아서 그녀 앞에 앉았다. 뒤늦게 앉은 강아지는 있었지만 앉지 않은 강아지는 한마리도 없었다.

"엎드려!"

그녀가 다시 육포를 높이 들며 소리치자 모두 착착착 바닥에 엎드렸다. 한번씩 참지 못하고 그녀에게로 펄쩍 뛰어오르는 강아지들이 있었지만 머리 위로 올려 든 육포에 닿기에는 역부족이었다. 그녀는 그렇게 상황을 차분하게 정리하고는 강아지들에게 간식을 나눠주었다. 가만히 보고 있자니 그 단순한 행동이 참으로 유쾌하게 느껴졌다. 좋아하는 것을 우러러보고 그것을 얻기 위해 노력한다. 다른 것은 눈에 보이지 않는다는 듯 원하는 것 하나만을 열렬히 쫓는다. 나는 순식간에 이 단순한 생명체가 좋아졌다. 오늘 처음 보는 사이지만 그런 건 아무 상관도 없다는 듯 구는 모습이 우습기도 하고 대단하게도 느껴졌다. 내가 갑자기 앉거나 일어설 때, 불쑥 손을 뻗을 때는 잠시 움찔하기도 했지만 그 정도의 경계심이야 동물이 응당 가져야 할 본능에 가까운 것이고, 그외에는 나를 포함한 누구에게도 거부감이 없어 보였다. 사람들은 그들이 여기저기 싸놓은 똥이며 오줌을 치우면서도 찡그리는 낯 없이 웃으며 강아지들을 대했다.

육포 방향에 맞춰 일사불란하게 움직이던 강아지들을 넋을 잃고 구경하는데 축축하고 서늘한 것이 내 손등에 닿았다. 깜짝 놀라 내려다보니 하얀 백구였다. 백구는 나를 가만히 올려다 보더니 내가 별다른 반응이 없자 자기 코를 내 손등에 다시 한 번 쿡 찍었다. 방금 전에 느낀 그 서늘하고 축축한 감촉이었다.

"왜? 너도 간식 먹고 싶어?"

백구는 간식이라는 말에 고개를 살짝 갸웃거렸다. 하지만 이내 내 손바닥으로 주둥이를 들이밀더니 머리로 내 손을 툭툭 들어 올려 자기 머리 위로 올렸다. 내가 가만히 있었더니 백구도 움직이지 않았다.

"그거, 쓰다듬어달라는 거예요."

간식을 나눠주던 봉사자가 말했다.

"봉구는 간식보다 쓰다듬어주는 걸 좋아해서요."

나는 내 손에 이마를 대고 가만히 기다리는 봉구의 이마를 손가락으로 살짝 쓰다듬어봤다. 봉구가 내 손길을 느끼는 듯 눈을 스르르 감았다. 부드러운 듯 까슬한 듯 짧은 머리털에 따스함이 잔뜩 묻어 있었다. 처음 느끼는 감촉이었다. 그렇게 조금씩 조금씩, 손가락이 손바닥이 되고 한 손이 두 손이 됐다. 그 따뜻한 말랑함이 내 마음까지 말랑말랑하게 만드는 것 같았다. 신기했다. '따뜻함'이라는 감각을 처음 느껴보는 것 같았다. 아, 이런 게 따뜻함이구나. 나는 여태껏 따뜻하다는 느낌이 뭔지 모르고 지냈구나.

"오늘 봉구 머리 벗겨지겠네. 같이 산책 좀 다녀와요."

　보호소 안을 청소하던 진주가 내 손에 목줄을 쥐여줬다. 내가 어떻게 해야 하는지 몰라 어버버거리니 능숙하게 강아지 목에 목줄을 둘러서 고정했다. 그 모습을 보고 있던 소장님이 그러지 말고 봉구랑 산책을 다녀오라며 목줄을 채워 우리 손에 들려줬다. 나는 산책을 시켜준다는 게 뭔지 몰라 진주를 따라 목줄을 꽉 쥐고 나섰다.

　우리 뒤로 소장님이 데이트 잘하라며 장난스러운 목소리로 응원했다. 왠지 부끄러웠지만 다른 사람들 눈에 우리가 데이트를 할 수 있는 남녀로 보인다는 것이 다행스럽기도 했다. 봉구는 오랜만에 보호소 문턱을 넘는 것만으로도 들뜨는지 잠시 흥분하여 걷다가 이내 안정을 되찾았다. 그러고는 내게서 눈을 떼지 않은 채 앞을 힐끔거리며 걸었다. 충분히 조심스럽고도 나를 신경 쓴다는 의미가 전달되는 걸음과 눈빛이었다.

　"세련씨가 꽤 마음에 든 모양이에요."

　"다른 사람에게도 이러지 않나요?"

　나는 봉구를 내려다봤다. 중강아지 정도의 봉구는 미묘하게 비율이 맞지 않았다. 아직 다 자라지 않은 얼굴에 비해 귀는 지나치게 컸고, 털갈이를 하는지 원숭이 같은 헤어라인이 우스꽝스럽게 보였다. 다리는 아직 오동통했지만 금세 길쭉해질 것 같았고 눈은 진한 갈색으로 햇빛이 비치면 투명한 구슬처럼 반짝였다. 지금까지 단 한번도 가까이에서 동물을 들여다본 적이 없는 만큼 언어가 통하지 않는 존재와는 어떤 식으로 소통해야 하는지 몰라 그저 뚫어져라 바라보기만 했다.

안녕, 너는 누구니? 나는 세련이라고 해. 네 이름은 봉구라며? 몇 살이야? 여긴 어떻게 왔어?

마음으로 이야기하면 되는 건지 아니면 소리를 내서 말을 건네야 하는 건지 몰라 이런저런 질문들을 생각하며 입을 달싹거렸다. 어떤 사람들은 아이들에게 이야기하는 것처럼 강아지들에게도 말을 잘 붙이던데, 나는 좀 어색했다. 그 와중에도 봉구는 고요한 갈색 눈으로 나를 바라봤다. 그냥 이렇게 하면 되는 걸까? 봉구가 나를 관찰하는 것처럼 나도 봉구를 가만히 들여다보는데 기분이 이상했다.

"크리스마스에 근사한 곳에 데려가지 않았다고 원망하는 건 아니죠?"

나는 진주를 슬쩍 쳐다봤다. 말은 그렇게 하면서도 내가 이곳에 온 것을 싫어하지 않으리라고 짐작하는 표정이었다.

"여기는 자주 와요?"

"가끔. 진주 생각이 날 때도 오고, 쿰쿰한 강아지들 냄새가 맡고 싶을 때도 오고, 죄 없는 눈망울을 들여다보고 싶을 때도 오죠."

죄 없는 눈망울이라. 봉구는 여전히 나를 쳐다보고 있었다. 너무 앞을 보지 않아서 넘어지면 어쩌나 걱정될 정도로 나를 뚫어져라 쳐다봤다. 봉구의 눈빛에는 따뜻함 말고는 아무것도 없었다. 의문도 요구도 의심도 두려움도 걱정도.

나는 봉구가 원하는 바를 알아차리기 위해 더 열심히 들여다보았지만 봉구가 원하는 것은 나 말고는 없는 것 같았다. 이 조용한 호감에 마음이 든든해졌다. 내가 어떤 사람인 줄 알고 이렇게 호감을 보이는 건지 대책 없는 봉구가 걱정스럽기도 했다.

"봉구가 세련씨를 지나치게 마음에 들어하는 것 같아요. 이따 헤어질 때 마음 좀 아프겠어요."

"강아지들은 다 어떻게 돼요? 여기서 계속 살게 되나요? 아니면 누군가 키우게 되나요?"

"글쎄. 일부는 입양이 될 수 있겠고, 일부는 계속 여기에 남아 있을 수도 있죠. 원하는 사람이 나타나지 않으면요."

"봉구는요?"

"봉구도 특별할 건 없죠. 봉구는 여기에서 태어났어요. 엄마가 임신한 채로 보호소로 들어왔거든요. 세마리를 낳았는데 엄마랑 형제는 다 죽었어요. 봉구만 살았고. 그래서 보호소 직원분들이 신경 많이 썼어요. 언젠가 봉구를 마음에 들어하는 사람이 생기면 입양되겠죠. 봉구가 마음에 들어요?"

봉구가 또 코를 내 손에 쿡 찍었다. 나는 목줄을 한 손으로 옮겨 잡은 뒤 남은 한 손으로 봉구의 목덜미를 슬쩍 긁어줬다.

"나는 동물을 키워본 적이 없어요. 키울 수 있다고 생각해본 적도 없고요. 단 한번도요."

"왜요?"

"엄마 대신 키워야 할 동생들이 많았거든요. 힘들었어요. 뭘 더 키우고 싶다는 생각을 할 여유가 없었어요."

봉구가 내 손가락을 핥았다. 서늘하게 촉촉한 코와는 다르게 혀는 따스하고 축축했다. 어느 쪽이든 나에게는 전부 낯선 감각이었지만.

"나한텐 약간 꿈같은 거예요. 영화에 나오는 장면 같은 거. 익숙한데 사실은 비현실적인 에피소드랄까? 키우고 싶어서 동물을 키운다는 거. 그냥 강아지 하나만 있으면 되는 게 아니라 그걸 위해서 필요한 여러가지가 있잖아요."

"이를테면 어떤?"

"돈, 시간, 정성, 애정. 다 합치면 에너지. 충분한 에너지."

"아, 다시 에너지."

진주가 고개를 절레절레 저으며 웃었다.

"만약 내게 충분한 에너지가 생기면 시도해보고 싶네요, 언젠가는. 상상해보지 않았는데 그런 삶도 좋을 것 같아요."

나는 봉구의 이마와 귀를 쓰다듬으며 말했다. 내가 정말 널 키울 만한 사람이 될 수 있을까? 봉구의 죄 없는 눈망울이 마음 아프도록 맑았다. 내 눈은 이 강아지에게 어떻게 비칠까? 궁금하기도, 알고 싶지 않기도 했다.

"에너지가 준비되면 그런 삶을 살 수도 있겠죠. 다른 한편으로는 그런 에너지를 쓰기 위해 삶을 다시 세팅할 수도 있겠고요. 결과적으로는 같겠지만 과정은 좀 다르지 않을까요?"

진주가 말하는데 봉구가 갑자기 멈춰 서더니 끙, 하고 힘을 줬다. 진주는 아이구 아이구 이놈아, 하면서 쭈그리고 앉아 똥을 주웠다. 그 광경이 웃기면서도 이상적으로 느껴져서 나는 마치 다른 사람의 삶 속으로 들어온 것 같았다. 산책길에 강아지 똥을 치우는 것이 일상인 사람의 삶. 시트콤 같은 에피소드만 연달아 터지는, 지루하지도 않지만 심각하지도 않은 삶. 그 시트콤의 주인공이 된 나를 상상하며 하늘로 고개를 쳐들고 눈을 감은 채 숨을 한껏 들이마셨다. 차갑지만 신선한 공기가 코로 들어와 머릿속을 식혀주었다.

그때 속눈썹 위로 차가운 것이 사락 내려앉았다. 눈을 간지럽히는 작은 물방울을 손으로 비벼 닦아내고 눈을 떠보니 흰 눈이 내리고 있었다.

"어? 눈 오네? 화이트 크리스마스가 되겠어요!"

진주도 고개를 들어 하늘을 바라보며 소리쳤다. 들뜬 진주의 말투 때문인지 설레는 감정이 그대로 전달되었는지 봉구도 발을 동동 굴렀다. 웃는 얼굴이었다.

The Hermit

은둔자

고요한 상태, 평온한 나날.
속세에서 떨어져 자신의 내면을 마주한다.

구원자가 된다는 것

우리는 모두 옹기종기 모여 앉았다. 눈 내리는 겨울의 해는 일찍부터 조용히 저물어 어린 강아지들은 깨끗하게 정돈된 집에 들어가 곤히 잠들었고 몇몇 강아지들은 개껌을 질겅거리거나 때 탄 인형을 가지고 줄다리기를 하고 있었다. 나를 포함한 봉사자들과 보호소 직원들은 한쪽 구석에 있는 원형 탁자에 둘러앉았다. 사람들의 눈이 반짝거렸고 진주는 내 등 뒤에 서서 그 모습을 매우 즐겁다는 눈으로 싱글거리며 내려다보고 있었다. 내 맞은편에 앉은 보호소의 막내 직원은 긴장된 얼굴이었다.

"저 이런 거 처음 해봐요. 너무 떨린다."

그녀는 원탁을 둘러싼 사람들을 슥 둘러봤다. 사람들 앞에서 고민을 털어놓는 게 쑥스럽기도 하지만 기대도 되는 모양이었다.

산책과 견사 치우기가 끝나고 보호소에서 준비해준 간식을 먹으며 마무리하는데 진주가 갑자기 타로카드 이야기를 꺼냈다. 신작을 나와 함께 준비하고 있다는 것, 신작의 소재는 타로카드라는 것, 그리고 내가 스토리 작가이면서 현재 타로카드 리더로 일한다는 것까지. 사람들은 흥미가 당긴다는 듯 우리도 한번 봐주면 안 되느냐며 잡다한 서류가 쌓인 테이블 위를 치우고 자리를 만들었다. 하지만 당장이라도 이야기를 와르르 풀어놓을 것 같던 사람들은 결국 모두 눈치만 보면서 먼저 하라고 순서를 미뤘다.

사람들은 내가 정말 그들의 고민에 답을 줄 수 있는지 확인해보고 싶은 호기심에 와락 달려들어 나도 봐달라고 쉽게 이야기한다. 그러나 고민을 밖으로 꺼내려 하는 순간 호기심은 쏙 들어가버리고 혼자만 품고 있던 내밀함을 남에게 보여야 한다는 부담이 올라오게 된다.

다들 내게 판을 깔게 할 때는 신이 나 보였는데 결국은 여기 모인 이들 중 가장 나이가 어린 막내 직원이 희생 아닌 희생을 하게 된 것이다.

"너무 심한 거 말고 약한 걸로 해요. 비밀은 나중에 둘이 따로 만나서 물어보고."

진주가 한마디 거들었다. 아마도 망설이며 눈치를 보는 막내가 신경 쓰인 듯했다. 그녀의 입만 쳐다보던 다른 사람들도 그래, 그냥 가벼운 거 물어봐, 너무 부담 갖지 마, 말하며 거들 었다. 그녀는 진주를 보며 쑥스러운 듯 씩 웃었다. 고맙다는 뜻 이었다.

"저… 사실 요즘 수의학 공부를 해보고 싶다는 생각이 들거 든요. 근데 제가 지금 입시부터 시작해도 괜찮을지, 괜히 시간 만 낭비하고 그러는 건 아닌지… 그런 거 물어봐도 돼요?"

드디어 질문을 정한 막내가 조용히 말했다.

"어떻게 그런 생각을 했어?"

"언제부터 그런 생각을 했어?"

"어머, 자기 멋있다."

듣고 있던 사람들이 그녀의 어깨를 쓰다듬으며 각자 한마디 씩 응원의 말을 건넸다. 나는 카드를 섞고 그녀에게 건네주며 질문을 생각하면서 카드를 섞어달라고 했다. 그녀는 주변 응 원에 뿌듯해하며 카드를 섞어 내게 주었다. 카드를 하나씩 뒤 집을 때마다 사람들이 다양한 감탄사를 더했다. 그에 따라 그 녀의 기대감이 높아가는 것이 느껴졌다.

"오랫동안 생각해오셨나봐요."

"맞아요, 맞아요. 고민은 오래 했어요."

"실제로 공부도 시작하신 거 아닌가요?"

"맞아요. 신기하다."

"와, 정말 그런 것까지 알 수 있어요? 진짜?"

"어머머, 우리한테는 말도 안 하고 그랬어?"

그녀가 한마디를 할 때마다 칭찬과 감탄사가 쏟아졌다. 나는 그것이 강아지를 대하는 보호소 식구들의 태도 같다고 생각했다. 그런 사람들이 동물을 가까이하게 되는 건지, 동물을 가까이하다보니 그런 사람이 되는 건지는 알 수 없지만 그 분위기가 사뭇 따뜻해 크리스마스 가족영화 속 한 장면처럼 느껴지기도 했다.

"자, 여기 한번 보세요. 지금은 자신감이 떨어지고 너무 늦은 건 아닌가, 잘 안 되면 어떡하나 걱정이 많으신 것 같아요. 부모님이나 가까운 친구들의 반응도 주눅 들게 하고요. 하지만 어차피 어느 정도는 이미 마음을 먹고 있기도 하고 주변의 도움도 있어서 헤쳐나갈 수 있을 거예요. 그때까지 시간은 걸릴 수 있겠지만."

막내 직원이 나를 보며 침을 꿀꺽 삼켰다. 주변 사람들도 모두 긴장했는지 그녀와 비슷한 표정으로 비장하게 나를 바라봤다. 누구나 자신에게 닥칠 미래에 대해 들을 때면 이렇게 긴장한다. 나는 타로카드에 나타난 모든 상징을 거짓 없이 읽어주었으나 그들을 대하는 내 모습이 언제나 같지는 않았다. 어떤 사람에게는 카드가 보여주는 미래를 숨김없이 말하기도 했고, 어떤 사람에게는 조금 순화하거나 감춰둔 채 설명하기도 했다. 간혹 상담 태도가 얄미운 사람에게는 겁을 주기도 했다. 그것은 내가 신을 대리하는 사제나 무속인이 아닌 일개 인간이기 때문이었다. 그러나 내 입술만 바라보는 보호소 사람들에게 둘러싸인 오늘만은 의도치 않게 따뜻한 리더(reader)가 될 수밖에 없었다. 따스하게 말하고 다정하게 조언하고 마음 깊이 위로하는.

"시간이 걸리더라도 포기하지 않는다면 분명히 하고자 하는 바를 이룰 수 있을 거예요. 과정이 험난하다고 해도 결국은 원하는 대로 될 테니 늘 그 점을 잊지 마세요."

크리스마스이기 때문에, 여기 모인 이들이 작은 생명을 소중히 하는 사람들이기 때문에.

"너무 좋다. 된대, 된대!"

"크리스마스 선물 완전 제대로 받았는데?"

"쌤, 축하해요. 시작이 반이야!"

잠시 고요했던 실내가 다시 따스한 축하와 격려로 가득 찼다. 뒤에 서서 나를 바라보며 미소 짓는 진주를 향해 똑같이 미소를 지어주었다.

"처음 해보는 일이라 오늘 힘들었죠? 저녁은 내가 사게 해줘요."

이제 어디로 가느냐고 물을 새도 없이 진주가 내비게이션에 주소를 찍었다. 나는 약간 피곤하고 허기지기도 해서 그냥 이대로 집으로 돌아가고 싶기도 했다. 아마도 진주는 이런 내 상태를 눈치채고 미리 선수를 친 것 같았다. 그래요, 알겠어요, 순순히 대답하고는 시트에 몸을 맡겼다. 이대로 졸면서 갈 수 있다면 좋겠다고 생각했다.

그때 누군가 조수석 유리창을 두드렸다. 보호소 막내 직원이었다. 그녀는 환히 웃으며 오동통한 봉구를 안아 들고 있었다. 창문을 내렸더니 헥헥 하는 봉구의 숨소리가 천진난만하게 들렸다.

"선생님, 오늘 처음이지만 강아지들과 잘 놀아주시고 제 고민도 들어주셔서 감사해요. 봉구가 선생님하고 헤어지는 게 아쉬운 것 같아서 데리고 나왔어요. 저도 다시 한번 감사하다고 말씀드리고 싶고요."

그녀의 품에 안겨 있던 봉구는 내 손이 바로 앞에 있다는 듯이 공중에서 열심히 핥아댔다. 분홍색 혀가 차가운 공기만 날름날름 삼켰다.

"진주쌤이 여자친구 데리고 온 거 처음이에요. 크리스마스에 봉사하시느라 너무 고생 많으셨어요. 봉구 보러 또 오세요. 오늘 고맙습니다."

그녀가 봉구의 두툼한 앞발을 들어 흔들어주었다. 귀여웠다. 결국은 나도 손을 뻗어 봉구의 콧잔등을 어루만질 수밖에 없었다. 내가 진주의 여자친구가 아니라는 말은 진주도 나도 하지 않았다.

"이제 우리 데이트하러 갈 거니까 선생님도 그만 들어가세요. 또 데려올게요. 아마 봉구 보고 싶다고 먼저 오겠다고 할 거예요. 봉구 잘했어! 연말 잘 보내세요! 다음에 봐요!"

진주가 내 쪽으로 몸을 쑥 내밀며 창밖을 향해 소리쳤다. 잘 가시라, 안녕히 계시라는 인사가 다시 한번 요란하게 오갔다. 봉구는 내게서 눈을 떼지 않았다. 나 역시 봉구를 두고 가는 마음이 어딘지 모르게 무거웠다. 그의 미래와 운명이 불확실하다는 점이, 자기의 의지나 노력과는 무관하게 언제든 삶이 가혹해질 수 있다는 점이 마음을 무겁게 하는 이유였다.

꼭 나만이 그의 구원자가 될 수 있다는 미련이 남았다. 나는 그의 구원자가 되고 싶었다. 이렇게 짧은 순간 나눈 감정이 나를 어지럽힌다는 것이 조금은 신기했고 또 불편했다. 나를 움직이는 타자는 나의 약점이 될 수도 있다. 나는 약점이 많은 사람으로 태어나 평생을 살았다. 이제야 겨우 내 의지와 상관없이 나에게 붙어 있던 약점들을 모두 떼어냈는데 이제 와 그런 약점을 또다시 떠안고 싶지 않았다.

그런데 이것이 약점인가? 애정을 느끼고 그 애정에 끌리고 그것을 책임지고자 하는 마음이? 봉구는 나의 약점이 되고 싶어서 내게 의지했던 것이 아니다. 어쩌면 내가 그의 구원이 될지도 모른다는 희망을 보았을 수도 있다. 순수한 끌림이 있었기 때문일지도 모른다. 내가 어떤 존재에게 그만큼의 신뢰를 얻었다는 사실이 뭉클했다.

"나는 장래 희망이라는 게 없었거든요, 어떻게 살고 싶다는 꿈이."

차가운 손을 엉덩이 아래 따뜻한 시트로 밀어 넣으며 내가 말을 꺼냈다. 지금 이 마음을 진주와 나누고 싶었다. 그게 꼭 진주여서라기보다는 난생처음 생긴, 이 무익하지만 따뜻한 감정을 자랑하고 싶었다. 꼭 부자가 된 것 같은 기분이었다.

"장래는 있지만 희망대로 살지 못할 수도 있으니까, 괜히 실망하고 싶지 않아서 무언가를 진지하게 꿈꾸지는 않았어요. 아예 아무것도 꿈꾸지 않으면 실패하는 사람은 되지 않을 수 있으니까요."

"꿈을 이루지 못할까봐 아예 꿈을 꾸지 않는다?"

진주가 내 말을 다시 한번 곱씹듯 한 문장으로 정리했다. 남의 입으로 듣는 내 이야기는 왜 이토록 미련하게 들리는지, 나도 모르게 웃음이 비실비실 흘러나왔다.

"나는 차라리 그런 바보가 되는 편이 실패자가 되는 것보다는 낫다고 생각했어요. 바보는 바보라도 행복할 수 있지만 실패자는 행복과 거리가 멀어 보이잖아요."

"그런가요?"

"나는 그랬어요. 너무 피곤했거든요."

"사는 게?"

진주가 나를 흘끗 돌아봤고 나는 짧게 고개를 끄덕였다. 피곤하다는 말 외에 무엇으로 그 시간들을 요약할 수 있을까.

"피곤한 걸 싫어하는 줄도 모르고 오늘은 내가 세련씨를 피곤하게 만들었네요."

나는 피식 웃었다. 진주식의 객쩍은 농담이 이제 조금 우습게 들리기도 하는 걸 보니 우리가 꽤 가까워진 모양이다. 누군가의 유머를 이해하게 되면, 전혀 우습지 않던 누군가의 우스갯소리가 우습게 들리기 시작하면 그 사람과 조금은 가까워진 것이라고 생각해왔다. 둘 사이에 시간과 이해가 쌓인 후에야 유머가 통한다고 믿기 때문이다. 그래서 나는 정말이지 집에서는 한번도 웃어본 기억이 없다.

그런 내가 요즘 꽤 자주 웃는다는 걸 깨달았다. 상담을 하면서도, 카페에서 사장 언니와 이야기를 나누다가도, 오랜만에 윤하 선배를 만나서도 웃었다. 파안대소까지는 아니어도 미소 정도는 지을 수 있었다. 내 과거를 깨끗이 내다버리고 나서야 가능해진 웃음이라는 점이 마음에 걸렸지만 나는 웃고 있었다. 새로운 사람들을 만나고 새로운 감정을 경험했다. 그들을 버리고 나서야.

"어떤 존재를 내 삶에 들인다는 건 너무 큰 피로를 요하는 일이라 단 한번도, 정말 요만큼도 원했던 적이 없어요. 그런데 만약 미래에 무언가를 원하고 가질 수 있는 삶을 살게 된다면…"

눈발이 조금씩 날리는 차창 밖을 내다보았다. 한적한 논밭 사이에 있던 보호소를 뒤로하고 가로등이 하나둘 늘어나기 시작했다. 차들도 조금씩 늘어났다. 이제 곧 반짝이는 높은 건물들이 눈앞에 나타날 것이고 크리스마스 저녁을 즐기러 나온 사람들이 곁을 채울 것이다.

"내가 실패를 불행이 아니라 경험으로 받아들일 수 있게 되면,"

"그러면요?"

진주가 재촉했다.

"강아지를 키워보고 싶어요."

"…봉구?"

나는 오늘 처음 만난 봉구의 얼굴을 떠올려보았다. 아직은 더 자랄 것이 분명한 두툼한 발과 뾰족하게 선 귀, 구슬처럼 반짝이는 눈, 풍선껌처럼 말랑말랑하고 따뜻한 혓바닥, 정신을 번뜩 들게 하는 차갑고 촉촉한 코. 봉구를 쓰다듬던 털의 감촉이 손끝에 느껴지는 듯했다. 고요하고 묵직하지만 해맑고 산뜻한 봉구의 존재감.

버려진 존재여도, 자신을 원하는 사람이 없어도, 언제 다시 누군가와 함께하게 될지 몰라도, 마음을 주었던 사람이 홀연히 떠나도, 봉구는 개의치 않을 것이다. 그런 존재와 함께하는 것이 어색하지 않은 삶을 살고 싶어졌다.

"고마워요."

나는 진심으로 진주에게 말했다. 진주는 뭐가 고마운지 묻지 않았다. 그저 은은한 미소를 띤 채 앞을 주시하며 운전대를 잡고 있을 뿐이었다. 나 역시 더 말을 덧붙이지 않았다. 긴장이 풀렸는지 졸음이 쏟아지기 시작했다. 등과 머리를 시트에 편안히 기대자 눈꺼풀이 조금씩 내려왔다. 조수석에서 자는 건 예의가 아니라는 걸 알고 있었지만 내 의지로 조절할 수가 없었다. 내 쪽을 슬쩍 돌아보는 진주의 눈길이 느껴졌지만 나는 어찌할 수 없는 잠에 빠져들었다. 진주의 유머만큼이나 진주라는 사람에게 익숙해진 모양이다.

눈을 떠보니 차 안이었다. 무릎에는 지난번처럼 진주의 패딩이 덮여 있었고 시동이 켜진 채 운전석은 비워져 있었다. 놀라서 두리번거리며 창밖 풍경을 살피니 도로변이었다. 익숙한 곳이라는 생각이 들었을 때 멀리서 뛰어오는 진주의 모습이 보였다.

"어, 일어났어요? 앞에 편의점에 잠깐 들렀어요."

진주가 차에 올라타며 말했다. 손에는 음료수와 과자가 들려 있었다.

"좀더 잘 줄 알고 차에서 군것질 좀 하려고…"

손에 들린 것을 내려다보는 내 눈길을 느꼈는지 진주가 멋쩍게 웃었다.

"깨우지 그랬어요."

"너무 잘 자던데요? 게다가…"

진주가 잠시 말을 끊었다. 어떻게 말해야 할지 조금 망설이는 듯했다.

"늘 피곤하다 그래서 깨울 수가 없었어요."

나는 진주의 이야기를 듣고 소리 내어 아하하 웃었다. 저절로 웃음이 나왔다. 웃으면서도 이게 이렇게나 웃을 만한 이야기인가 하는 생각을 했다. 영문을 모르는 진주는 머리를 긁적였다. 그러고는 음료수 병뚜껑을 열어 내게 건넸다.

"배고프죠? 저녁 시간이 훨씬 지났는데. 데이트하자 해놓고 밥도 안 사서 나 원망하는 거 아니에요?"

시간을 슬쩍 보니 아홉시가 다 되어 있었다.

"예약해놓은 식당이 있었는데 눈이 와서인지 오는 길이 생각보다 많이 막혔어요. 지금 가도 늦을 것 같아요. 세련씨를 이렇게 굶길 생각은 아니었는데…"

진주의 표정이 진심으로 난감하고 또 미안해 보였다.

"데이트라고 생각 안 하고 나왔어요."

거짓말을 했다. 이제 이런 정도의 거짓말은 아무렇지 않게 할 수 있다.

"배고프면 이거라도 우선 좀 먹을래요? 이제부터 어떻게 해야 할지 좀 고민해볼게요."

진주가 과자 봉지를 뜯어 내게 내밀었다. 그러고 보니 낯설지 않다고 여긴 곳은 내가 진주의 집에 왔을 때 내렸던 버스정류장 근처였다.

"아, 일단 어디로 가야 할지 몰라서 우리 집 근처로 왔어요. 내가 금방 생각해낼게요. 잠시만요."

"데이트라고 생각한 것치고는 플랜 B가 없는 게 이해가 안 되네요."

내가 쏘아붙였다. 그리고 과자를 한움큼 집어 와삭와삭 먹으며 진주를 빤히 쳐다봤다. 내가 이 남자를 놀려먹을 수 있게 되리라고는 생각도 못했는데. 진주는 안절부절못하며 휴대전화를 뒤적였다가 내비게이션을 뒤적였다가 정신이 없어 보였다. 그가 더 난처해하는 모습이 보고 싶었다.

“진주씨 집에 가요. 가서 맛있는 거 해줘요.”

Strength

힘

주어진 상황을 잘 다루어야 한다.

어려운 상황이지만 스스로의 지혜로 헤쳐나갈 수 있다.

러브 샷

진주는 나를 식탁 앞에 앉혀두고 냉장고를 뒤져 몇가지 재료를 꺼냈다. 커다란 새우, 마늘, 방울토마토, 비누처럼 생긴 딱딱하고 납작한 치즈.

"감바스를 해줄게요. 할 줄 아는 게 몇개 없어요."

그러고는 멋스러운 나무 도마를 꺼내더니 깐마늘을 얇게 저몄다. 속도는 느렸지만 여러번 해본 듯 능숙했다.

"마늘 많이?"

진주가 묻기에 고개를 끄덕였다. 진주는 마늘을 한줌 더 꺼내 편마늘을 잔뜩 만들고는 토마토와 새우를 씻었다. 토마토는 구멍이 숭숭 뚫린 체에 받쳐 물기를 빼고 머리와 꼬리가 달린 큼지막한 새우는 물에 헹군 뒤 하나하나 껍질을 벗겼다. 손질하고 나온 부스러기들을 모아 중간중간 음식물 쓰레기통에

버리는 그를 물끄러미 바라보다 물었다.

"진짜 이름은 뭐예요?"

들썩거리며 바쁘게 움직이던 진주의 어깨가 툭 멈췄다.

"진짜 이름이요?"

진주가 돌아봤다. 그의 얼굴은 큰 감정을 드러낸 적이 없다. 대부분은 옅은 미소를 띠고 있는데 지금도 그의 입가에는 은은한 미소가 걸려 있었다. 그의 표정에서 감정을 읽으려면 아마도 농도 옅은 미소의 차이나 그 미소 뒤에 한겹 숨겨진 표정을 읽어야 하는 거겠지. 나는 그를 가만히 들여다봤다. 사람 좋아 보이는 웃음도 아니고 누군가를 놀리는 웃음도 아니다. 그냥 날 때부터 그려진 입술의 곡선이 그렇다. 약간의 호기심을 머금은, 소년 같은 미소.

"왜 그렇게 빤히 봐요?"

진주가 고개를 갸웃거리며 물었다. 나는 대답하지 않고 어깨만 들썩해 보였다. 궁금해하라지.

"그 영화 알아요? '콜 미 바이 유어 네임.'"

진주가 다시 요리에 열중하며 물었다. 기름이 달궈진 팬에서 치이익 하는 소리가 났다. 뒤이어 풍기는 향긋한 마늘 향에 저절로 침이 고였다.

"제목은 들어봤어요. 아직 보지는 못했고요."

"나도 안 봤어요."

진주가 또 어깨 너머로 나를 보며 씩 웃었다. 저건 즐거움의 미소다. 개구쟁이 같은 미소.

"근데 제목이 좋더라고요. Call me, by your name. 네 이름으로 나를 불러달라니. 네가 여기에 있든 없든 우리는 같이 있다는 뜻 같아서요. 누군가는 나를 부를 테고 내가 존재하는 한 나는 진주와 함께 있는 거잖아요. 어차피 진주는 말을 못하니까 내 이름을 쓸 수는 없겠죠. 손해 볼 거 없는 장사예요."

진주가 또 씩 웃고 다시 요리에 열중했다. 나는 팬을 이리저리 기울이며 재료를 열심히 볶고 있는 진주를 두고 거실로 나왔다. 그날처럼 커다란 창밖으로 뒤틀린 소나무가 보였다. 몇 주 사이에 내 마음은 얼마나 많이 달라졌나.

나는 윤주와 완전히 헤어졌고 가족들과도 완벽히 분리됐다. 몸은 진작 헤어졌지만 내 마음까지 그랬느냐 묻는다면 당당히 답할 수 없었다. 지금은 어떠냐고 묻는다면 그들에 대한 생각을 아예 하지 않을 수는 없어도 내 마음에서 그들이 떨어져나간 것은 분명하다고 답할 수 있다.

나는 기묘한 소나무에 홀린 듯 뿌리에서 가지 끝까지 눈으로 천천히 좇아 올라갔다. 수직으로 올라가던 나무는 내 어깨쯤 되는 높이에서 꽈배기처럼 한번 몸통을 비틀어 수평 방향으로 뻗어 나갔다. 내 키 정도 되는 길이만큼 수평으로 나아가더니 다시 위로 올라가려는 듯 머리의 방향이 사선으로 솟아 있었다. 방향을 바꿀 때마다 손으로 쥐어짠 빨래처럼 틀어진 거친 결이 눈에 띄었다.

나는 내가 떠나보낸 내 곁의 사람들을 생각했다. 그 순간은 뒤틀리듯 아팠지만 결국 나와는 방향을 달리해 뻗어나가버린 사람들을. 내가 떠나왔든 그들이 떠나갔든 서로의 의도와는 상관없이 누군가 떠나간 자취는 옹이구멍처럼 공허했다. 돌아가거나 돌아온다고 해서 다시 메워질 것 같지 않았다. 그건 그저 끝이 났다는 사실에 대한 공허였다.

누구나 마음속에 이런 공허가 있을 테지만 나는 순식간에 생겨난 수많은 공허와 마주해야 했다. 적당한 때를 알지 못하고 끌어안고만 있던 내 잘못이다. 그렇지만 쉽게 버릴 수 없는 관계들이었다. 소나무의 기둥처럼 생각들이 엉키고 뒤틀렸다. 마음이 춥게 느껴졌다. 나는 몸을 한번 부르르 떨었다.

"저녁 먹어요."

진주의 목소리가 공허 속에서 나를 꺼냈다.

저녁을 먹으며 우리는 귀여운 봉구와 다른 수많은 강아지와 함께한 하루에 대해 이야기를 나눴다. 그애의 귀 봤어요? 그애의 발바닥 냄새 맡아봤어요? 그애가 아까 어떻게 배를 뒤집고 있었는지 알아요? 내 아이의 재롱을 복기하는 부모처럼 별것 아닌 것에도 웃고 신기해했다. 이런 가벼운 에피소드가 저녁 식사의 주제가 된다는 게 낯설고도 즐거웠다.

"새해에는 뭐 해요? 가족들과 보내나요?"

진주가 이렇게 묻기 전까지는.

뭐라고 대답해야 할까. 얼마나 말해야 할까. 그는 어느 정도나 듣고 싶은 걸까. 짧은 시간이지만 머릿속에서 수많은 질문들이 오갔다. 그에게 괜한 걸 물었다는 부담을 주고 싶지 않았고 혹시나 두고두고 나에게 흠이 될 만한 이야기를 하고 싶지도 않았다. 하지만 결국 가족 이야기는 숨길 수 없는 것이고 그건 가족이 있든 없든, 떠나든 버렸든 피하기 어려운 이야기이기도 했다.

"곤란한 얘기라면 안 해도 돼요."

갑자기 멈춰버린 내가 이상해 보였는지 진주가 내 기색을 살폈다. 나는 고개를 저었다. 곤란하지 않다는 뜻인지 이야기하지 않겠다는 건지 스스로도 정하지 못한 채 한 행동이었다.

"곤란한 이야기만 나오면 뚝딱거리게 돼요, 나."

내가 어색하게 웃었고 진주도 내 눈치를 보며 미소 지었다.

"가족 없어요. 크리스마스를 보낼 가족도, 새해를 보낼 가족도, 생일을 보낼 가족도 없고요. 아마 앞으로도 없을 거예요. 영원히 혼자일 것 같아요."

내 극단적인 대답에 진주가 포크를 입으로 가져가다 말고 멈췄다. 이렇게까지 말하려던 건 아니었는데 꽤나 과격하게 말해버렸다. 그게 사실임에도 불구하고.

"도망쳤어요. 내가 살고 싶어서."

나는 울지 않았다. 눈물이 나올 만한 이야기도 아니었고, 어찌 보면 나에게는 해피엔드일 수도 있는 이야기였다. 내가 가족들과 행복할 수 있는 방법은 이런 평화로운 이별 말고는 없었을 테니까. 하지만 진주는 내 말이 끝나기가 무섭게 벌떡 일어나 나에게로 다가왔다. 그리고 내 머리를 꼭 안아주었다. 아, 저런,이라고 한숨처럼 내쉬는 그의 위로가 머리 위로 툭 떨어졌다.

"난 아무렇지도 않은걸요."

그의 배에 머리가 꾹 눌린 채로 웅얼거렸다. 그는 다 괜찮다는 듯 내 어깨를 토닥거리고 머리를 쓰다듬어주었다. 펑펑 울기라도 해야 하나 하는 생각이 들 만큼 따뜻한 포옹이었다. 하지만 나는 놀랄 만큼 아무런 감정을 느끼지 못했다. 그저 깊은 공허와 허무가 저 깊은 곳에 자리 잡고 있었을 뿐. 그 구멍으로 찬바람만 이리저리 불어올 뿐.

"동정은 사양할게요. 지금은 다 괜찮으니까."

나는 진주의 허리를 밀어냈다. 진주가 바로 옆 식탁 의자에 앉더니 나를 바라보았다. 내 두 손은 그의 두 손에 잡혀 있었다.

"그래서 늘 그렇게 날카로웠군요?"

진주가 말했다. 그 순진한 듯 눈치 없는 질문이 짜증 나서 손을 슬쩍 빼 밀어버렸다. 눈치 같은 건 없어도 되는 삶을 살고 있는 그의 이런 면모가 툭 튀어나올 때마다 얄미운 건 어쩔 수 없었다.

"…정말 숨 쉬듯 무례하시네요, 매번."

하지만 반대로 그가 눈치 없이 솔직할 때마다 나 역시 눈치

안 보고 톡 쏘아붙일 수 있는 게 좋았다. 상처받을까봐, 받은 상처를 다시 나에게 쏘아낼까봐 두려워할 필요가 없는 사람이었다.

"그래도 난 그 날카로움이 좋은걸요. 재미있어요."

내가 아무리 쏘아붙여도 딱히 타격이 없는 것이 문제라면 문제겠지만.

이런 부류의 사람은 종종 누군가의 감정 쓰레기통으로 쓰이기도 하지만 진주라면 그런 걱정을 할 필요가 없을 것이다. 감정은 마음에 담되 쓰레기는 거두지 않는 사람이었다. 얼마나 귀신같이 그것을 구별하는지 신기할 정도였다.

"나도 이렇게 눈치 없이 구는 진주씨가 얄밉지만 웃겨요."

진주가 환하게 웃음을 터뜨렸다. 내가 무안을 줘도 짜증을 내도 그는 늘 이렇게 아무것도 아니라는 듯, 그런 것쯤에는 전혀 상처받지 않는다는 듯 와하하 웃어버렸다. 그리고 그 순간 깨달았다. 내가 이 남자에게서 정말 부러운 것이 뭔지. 어딘지 매번 지는 듯한 느낌이 드는 건 이런 태도에 대한 내 열등감 때문이라는 걸.

나이, 재산, 인지도, 능력, 성격, 인맥 등 나보다 월등히 나은 그의 상황이나 환경은 별다른 감흥을 주지 않았다. 그런 것 하나하나에 상처 받거나 열등감을 느꼈다면 나는 지금까지 살아남지 못했을 것이다. 그러니 나는 늘 진정해야 했고 너무 많은 것을 느끼지 말아야 했으며 눈치가 빨라도 빠른 티를 내지 않고 살아야 했다. 그렇다고 해서 내가 정말 상처를 받지 않았겠는가. 도리어 더 많이 괴롭고 아프고 좌절했다. 하지만 나에게는 그것을 드러낼 여유가 없었다.

이 남자는 상처 입는 일에 크게 신경 쓰지 않는다. 오히려 뾰족하게 구는 나를 재미있어한다. 그 뾰족함은 겉으로 드러내는 자존심 뒤에 어렵사리 감춰둔 나의 열등감인데, 그는 그것을 내 매력으로 느낀다. 반대로 나는 그의 아무렇지 않은 솔직함이 기분 나쁠 때도, 밉고 짜증 날 때도 있지만 그가 가진 구김 없는 여유가 부러워서 끌린다. 그 아이러니를 발견했을 때의 기분이란.

"비참해."

그를 가만히 쏘아보다가 나와는 다르게 부드러운 그의 눈빛을 참지 못하고 고개를 돌려버렸다.

"뭐가?"

진주가 물었다.

"들키는 기분."

"뭘?"

이 어린 녀석이 무언가 이해한다는 눈빛으로 나를 보는 게 싫었다. 그가 싫은 것이 아니라 그에게 그렇게 이해되는 내가 싫었다. 동등하고 싶었다. 그렇지 못하다는 걸 알면서도 꿈꿨다. 내 사랑의 무게와 상대방이 보이는 사랑의 무게가 같아 보이기를. 더 배려받거나 인내해주는 그런 관계가 아니라 그냥 서로 사랑하는 것이기를.

갑자기 모든 것이 엉망진창이 된 기분이었다. 내가 이런 걸 원하고 꿈꿨나? 모르겠다. 온화하고 평온한 일상을 사는 것이 꿈이라고 믿어왔는데 사실은 내 깊은 곳 어딘가에서 열정에 불타는 삶을 욕망하고 있었을까? 언제나 사랑을 하고 싶었던 걸까? 어쩌면 나도 엄마와 비슷한 인간이었던 걸까?

"날 좋아하는 걸?"

진주의 한마디에 심장이 바닥으로 툭 떨어졌다. 진주의 손이 살며시 다가와 내 머리를 부드럽게 쓰다듬더니 머리카락 속으로 손가락을 넣어 손바닥으로 옆머리를 감쌌다. 따뜻한 진주의 온기가 귓가와 관자놀이에 퍼졌다. 나의 관자놀이와 진주의 손바닥에서 뛰는 맥박이 서로 다른 박자로 쿵쾅거렸다. 내가 쿵, 진주가 쾅, 내가 쿵, 진주가 쾅, 쿵, 쾅, 쿵, 쾅, 쿵쾅 쿵쾅.

"내 이름은, 경서예요."

유연하고 능글맞은 남자애를 속이는 건 어려운 일이다. 나는 여전히, 아직도, 그리고 언제나 미숙할 것만 같다. 적어도 연애에 있어서는.

Two of Cups

컵 2

좋은 파트너십. 새로운 연애의 시작.
인간관계의 소중함을 실감한다.

거침없이 달려볼게

경서는 낡은 종이 지도를 거실 바닥에 펼쳐놓고 이곳저곳 손으로 짚으며 자신이 다녀온 곳들을 열정적으로 설명했다. 우리는 함께 바닥에 퍼질러 앉아 지도 여기저기를 쳐다보며 그가 묘사하는 장면들을 상상했다. 솔직히 어떤 이야기는 재미있고 어떤 이야기는 지루했지만 그가 푹 빠져서 설명하는 표정이 흥미로웠다.

그의 지도는 접힌 부분과 모서리가 낡아서 조금만 풀럭거려도 찢어질 것 같았다. 투명 테이프를 덕지덕지 붙여서 겨우 목숨을 부지하는 수준이었다. 그는 이 낡고 큰 종이 지도를 중학생 때부터 간직해왔다고 했다.

다녀온 곳은 컬러 펜으로 동그라미 표시를 해두었다. 어떤 나라는 이름에만, 어떤 나라는 작은 도시들까지도 색색의 동그라미를 품고 있었다. 미국이나 프랑스, 영국, 일본 같은 나라는 한곳에 동그라미가 여러개 그려져 있기도 했다. 어릴 때는 그냥 지도에 동그라미를 치고 싶어서 여행을 떠난 적도 있다고 했다. 나는 그 이야기가 가장 신기했다.

"여행을 왜 좋아해요?"

경서는 음… 하며 고개를 갸웃하더니 잠시 생각에 잠겼다. 나는 진주가 아닌 경서의 얼굴을 들여다보려고 했다. 내가 처음 스쳤던 진주, 만나기 전 상상하던 진주, 인사를 나누던 진주, 함께 산책하던 진주, 화를 내고 받아주던 진주와 나를 쓰다듬던, 안쓰러운 눈길을 던지던, 도발적인 질문으로 당황시키던 경서를 그의 얼굴에서 보았다.

"돌아갈 곳을 그리워하는 기분이 좋아서?"

"돌아올 곳을 그리워하고 싶어서?"

경서는 지도 옆에 엎드려 턱을 괴고 나를 바라보며 응,이라고 작게 대답했다.

"마치 너무 순탄한 일상이 지루해서 일부러 위기와 우울을 만들고 그걸 즐기는 것 같네요."

"아, 우리 할머니 말로 호강에 겨워서 요강에 똥 싼다는 거군요."

경서가 장난스럽게 히히히 웃었다. 나는 그 말이 웃기지 않았다. 그건 혀를 끌끌 차며 해야 할 말이지 낄낄거리며 할 말이 아니었으니까.

"다른 사람은 모르겠지만 나는 평생 무언가를 그리워하는 감정의 결핍 속에서 살았어요. 남들이 보기에는 내 삶에 부족한 게 없어 보일지 모르지만 나는 그리움이 없는 삶을 산 셈이죠."

"정말 호강에 겨웠네요."

"맞아요, 호강에 겨운 삶. 하지만 산다는 건 그렇게 단순하지 않아요. 알잖아요?"

나는 아무 대답도 하지 않고, 아무 표정도 짓지 않았다. 동의하기에는 내가 그런 삶에 대해 아는 게 너무 없었다. 삶은 단순하지 않지만 때때로 어떤 삶은 단순해지기도 한다. 인간은 결국 동물이기 때문에 생존을 위협당하면 자신을 둘러싼 모든 것이 사라지고 '살아야 한다'는 본능 하나만 남기 때문이다.

나는 생존이라는 과제만 남은 삶 속에 잠식되지 않기 위해 온 힘을 쓰며 살았다. 살아야 한다는 사실이 가장 중요했고 해결해야 할 가장 큰 문제이기는 했지만 속으로는 안 돼, 안 돼 하며 잠기지 않으려 발버둥 쳤다. 하지만 발버둥을 치는 것도 시간이든 힘이든 뭐든 남아도는 게 있어야 가능해서, 내가 할 수 있었던 건 이게 다가 아니라는 사실을 스스로에게 일깨워주는 것뿐이었다.

"모든 것이 채워지면 반대로 아무것도 없는 상태와 마찬가지가 되죠. 아무것도 없을 때는 필요한 것을 하나씩 채워가면 되지만 이미 채워져 있으면 느낄 수가 없어요. 공허해요. 비어 있기 때문이 아니라 빈 곳이 없어서. 채워진 덩어리가 그 자체로 하나의 큰 구멍이 되는 거예요.”

나는 내 마음속에 뚫린 크고 작은 수많은 구멍을 떠올렸다. 차가운 바람이 오고 가는.

“자기 자신이 공허의 덩어리가 되면 삶은 껍데기가 될 수밖에 없어요. 그리고 난 이미 내 주변에서 공허가 되어버린 수많은 사람들을 봤죠. 그렇게 되지 않기 위해 나처럼 발버둥 치며 사는 친구들도 많이 봤고요.”

경서가 묘사하는 삶이 내가 오랫동안 추구해온 삶일 수도 있겠다는 생각이 들었다. 좌절도 없고 괴로울 것도 없는 삶. 인생의 그래프가 언제나 조금 높은 곳에서 안정적인 수평선으로 이어지는 삶 말이다. 그런데 그것이 곧 공허라니. 호강이 곧 공허라는 말처럼 들렸다. 우리는 그저 서로의 삶을 부러워하는 결핍된 자들일까?

“우리는 서로를 채워주는 존재가 될 수도 있겠죠. 이제는 내 그리움이 가짜가 아니라 진짜가 될 수도 있겠고.”

경서는 나와는 정반대로 우리의 관계를 바라보고 있었다. 그가 일어나 내 옆으로 다가왔다. 그리고 무릎을 끌어 모으고 앉아 그의 이야기를 듣고 있는 내 무릎에 머리를 올렸다. 마치 강아지처럼.

그는 그렇게 잠시 나를 올려다보다가 고개를 돌려 내 무릎을 베고 허리를 끌어안았다. 우리는 웅크린 강아지들처럼 꼭 붙어 엉켜 있었다. 그렇게 있으니 불쌍하고 작고 연약한 존재가 된 기분이었다.

그래도, 그래도 나는 꼭 이걸 물어보고 싶었다. 왠지 이번에는 말해보고 싶었다.

"우리…"

"우리…?"

"우리 오늘부터 1일,이에요?"

경서는 잠시 멈칫하더니 고개를 들고 나를 똑바로 쳐다봤다. 그가 그렇게 눈을 동그랗게 뜬 건 처음 보는 것 같았다. 그러고는 정말 크고 환하게 와하하하 하고 웃음을 터뜨렸다. 말 그대로 박장대소를 하더니 다시 나를 쳐다보고 웃음을 터뜨렸다. 그걸 몇번이고 반복했다. 가만히 있던 나는 그의 웃음이 길어질수록 기분이 사르르 나빠져서 표정이 점점 어두워졌다. 이윽고 내 얼굴에서 표정이 없어지다 못해 당장이라도 버럭 화를 낼 정도가 되자 경서는 웃음을 멈췄다. 이제야 농담이 아니란 걸 안 모양이다.

"우리는 오늘부터 1일,이에요."

그리고 예고도 없이 내 목덜미를 끌어당겨 곧바로 내게 입을 맞췄다.

그의 거실에서 오랫동안 천천히 입을 맞췄다. 가쁜 호흡과 나긋한 숨소리가 음악처럼 흘렀다. 몰아쳤다가 늘어졌다가 전부 삼켜버릴 듯 끌어당겼다가 끝도 없이 빨려들어갔다. 설레는 분위기와 두근거림이 너무 오랜만이라 나를 그 흥분 속에 맡겨버리고 싶었다. 그게 더 자연스럽게 느껴졌다. 하지만 입을 맞추던 그가 내 스웨터 끝자락을 들어 올리려 하자 나는 그 손을 잡아 세웠다. 촌스럽게 보일지 몰라도 이 감정을 조금 더 아끼고 싶었다. 더 오랫동안 느끼고 싶다고 하는 게 맞을까?

경서는 포기하지 않고 내 옆구리를 부드럽게 간질이며 스웨터 안으로 손을 넣었지만 나는 다시 그의 손을 잡아 명확히 거절을 표시했다. 경서는 내 기분을 살피려는 듯 말없이 나를 바라봤다. 기분이 나쁘지는 않은지, 어디 불편한 곳이 있는 건 아닌지 묻는 부드러운 눈빛이 좋았고 왠지 조금 미안했다.

하지만 오늘은 아니야. 눈빛으로 대답했다. 약간은 어색하고도 부끄러운 마음으로 옷매무새를 가다듬고 다시 한번 가볍게 서로의 입에 입을 맞추고 집을 나섰다.

차에서는 별다른 이야기를 하지 않았다. 그렇게 한동안 앞만 보며 조용히 있던 경서는 더듬더듬 손을 뻗어 글러브 박스를 열더니 작은 사탕 상자를 꺼냈다. 읽을 수 없는 프랑스어가 멋들어지게 쓰인, 화려하기 그지없는 새빨간 상자는 어두운 차 안에서도 눈에 띄었다. 그는 내 무릎 위에 상자를 내려놓더니 글러브 박스를 닫고 하나만 꺼내달라고 했다. 나는 덜컹이는 차 안에 사탕 상자를 엎지 않도록 조심조심 뚜껑을 열고 작은 사탕 한알을 꺼내 경서 앞으로 내밀었다.

"먼저 먹어요. 그리고 난 아—"

경서는 내게 사탕을 권하더니 이내 입을 크게 벌렸다. 조금 당황스러웠지만 운전 중이니까 손이 자유롭지 못한 거겠지 생각했다. 그가 벌써부터 내게 애교를 부리는 거라고 생각하고 싶지는 않았다.

사탕을 얼른 내 입에 넣고 다른 한알을 꺼내 아기 새처럼 활짝 벌린 그의 입에 넣어주었다. 은은한 과일의 단맛이 혀끝에 사르르 녹아 들어오고 코끝에는 체리 향이 맴돌았다. 입안 여기저기로 사탕을 굴리는 경서의 뺨을 보니 이 남자와 입을 맞췄다는 것이 비현실적으로 느껴졌고, 당연히 그럴 것 같았다는 기시감도 느껴졌다. 내가 미쳤나, 하는 생각도 잠시 했다. 미치지 않고서야.

그와는 계약 관계로 묶인 사이인데 감상적인 말과 행동, 크리스마스라는 설레는 분위기 때문에 괜한 짓을 저지른 건 아닌가 싶기도 했다.

"사탕은 세련씨에게 주려고 했던 크리스마스 선물이에요. 좀 늦었지만."

내가 사탕 상자를 다시 글러브 박스에 넣어두려고 하자 경서가 내 손을 잡으며 말했다.

"뭘 선물할까 고민 많이 했어요. 너무 과하지도, 너무 시시하지도, 그렇다고 너무 예의를 차리고 싶지도 않았거든요. 적당히 가볍고, 너무 취향을 타지도 않고, 또 일상적으로 접하면서 내 생각을 할 만한 게 뭐가 있을까 고민했는데 누가 그 사탕을 추천해줬어요."

나는 섬세한 사탕의 향을 음미했다. 이건 아마도 아주 비싼 사탕이겠지. 동생들에게 사줬던 마이쮸와는 비교도 안 되게. 백화점에서 파는 건지도 모른다. 과하지도 시시하지도 않고 취향과 상관없이 좋아할 수 있는 그런 사탕.

"누가 추천해줬는데요?"

"어, 그건…"

경서가 말끝을 흐렸다.

"여기에서 좌회전해도 돼요?"

"네, 그리고 100미터쯤 직진하다가 작은 골목이 나오면 우회전."

나는 그가 의도적으로 말을 돌린다고 생각했다. 하지만 짐작할 수 있었다. 말하지 않아도 대화가 오고 가는 공기의 밀도, 말의 속도, 높낮이, 머뭇거림에서 느낄 수 있다. 그래서 더 캐묻지 않을 수도 있었다. 그렇지만 그냥 묻고 싶었다.

"추천은… 전 여친?"

경서가 잠시 말문이 막힌 듯 입을 다물었다. 지금 이 상황을 어떻게 풀어가야 할지 머릿속에 온갖 생각을 떠올리고 있겠지만 사실 난 그 사실에 크게 상처를 받았다거나 충격을 받지는 않았다. 나는 그녀를 본 적이 있고, 그녀가 그를 어떻게 바라보고 있었는지, 그가 그녀를 어떻게 생각하고 있는지 바로 곁에서 지켜봤다. 짧은 순간이었지만.

"개랑 스키장 시즌방 멤버거든요, 사귀기 전부터. 지난주에 스키장 갔다가 우연히 만나서 물어봤어요. 따로 만나거나 연락한 건 아니고. 오해하는 건 아니죠?"

경서가 다급하게 말을 덧붙였다. 우리 사이에 벌써 오해라고 부를 만한 무언가가 생겼다면 오히려 놀라운 일일 것이다. 헤어진 지 얼마 되지 않은 연인들이 갖는 묘한 교집합의 시간들은 그보다 내가 더 잘 안다. 늘 한 세트처럼 여겨지던 관계가 깨어질 때는 그 사이에 부스러기도 떨어지고, 다 정리했다고 생각했지만 아직 남아 있는 감정이 나중에서야 발견되기도 한다. 윤주와 나도 그랬으니까.

그런 면에서 본다면 차라리 윤주와 내 사이를 그가 오해하는 게 더 자연스럽다고 생각했다. 우리는 아주 오랜 시간 매우 천천히 서로에게서 찢어져 나왔고 내 발밑에는 그 관계에서 비롯된 수많은 부스러기들이 쌓여 있었으며, 나는 아직도 그 과정 중에 있는지도 모른다.

하지만 내가 볼 때 그는 나와는 다르게 전 연인에게 그런 것을 아무렇지 않게 물어볼 남자이고, 그녀는 상처를 받으면서도 순순히 대답해줄 여자이다. 오히려 그에게 도움이 될 수 있다는 것에 기뻐하며, 어쩌면 이렇게라도 그와의 인연이 계속될 수 있음에 안도하며, 이 선물을 받게 될 여자가 자신의 존재를 알게 되기를 바라고 있을 것이다. 더불어 사탕 하나를 고르는 데도 얼마나 고급스럽고 대단한 안목을 가졌는지 과시하고 싶었을지도 모른다.

나는 아주 짧은 순간 그녀를 안쓰럽게 여긴 적이 있었다. 내가 그 자리에 서게 될 줄도 모르고 만족할 수 없는 애정을 갈구하는 그녀가 불쌍하다고 생각했다. 나는 어떻게 될까? 나도 그 여자처럼 경서에게 더 큰 애정을 갈구하는 빚쟁이처럼 굴게 될까?

"화난 건 아니죠?"

경서가 나를 흘깃 쳐다보며 물었다. 나는 테두리에 금박을 입힌 사탕 상자를 매만지며 보통 이런 경우에는 어떻게 해야 하는지 상상해봤다.

"앞으로는 내 선물은 나에게 물어봐주면 좋겠어요."

경서는 말없이 앞만 바라보고 있었지만 감이 좋은 이 남자는 내가 하는 말이 무슨 뜻인지 금방 알아차렸을 것이다.

"이렇게 헤어지기는 좀 아쉽지 않아요? 우리 오늘부터 1일인데."

경서가 집게손가락을 세워 '1'을 강조했다. 귀엽긴 하지만 나를 놀리려는 게 분명했으므로 대꾸하지 않았다. 그는 날 놀리려는 생각뿐 이 골목의 후줄근함도, 축축하고 시큼한 냄새도 신경 쓰지 않는 것 같았다. 그런 면에서 상대와 그 사이의 관계에만 집중하고 즐기는 그의 집중력이 대단하다는 생각이 들었다.

"잘 가요. 데려다줘서 고마워요. 크리스마스 선물도요."

나는 사탕 상자를 흔들며 최대한 예쁘게 미소를 지어 보였다. 그는 선물을 준비했는데 나는 그런 생각도 못했다는 게 조금 민망하기는 했다. 다음에 만나면 나도 무언가 작은 선물을 준비해야지.

"가요, 그냥? 차 한잔도 안 주고?"

경서가 눈을 동그랗게 뜨며 물었지만 나는 그것이 여전히 나를 당황시키고 놀리려는 수작임을 알았다. 하지만 더는 그의 이런 수작이 당황스럽지 않았다. 우리의 갑을 관계는 여전하지만 나는 일할 때만 의식하기로 결심했다. 쉽지는 않겠지만. 윤주와는 다른, 그와 나를 지나쳐간 누구와도 다른 관계를 시작해보고 싶었다.

"네. 가요, 그냥."

나는 경서의 등을 밀어 차에 태웠다. 경서는 조금 버티는 시늉을 했지만 웃으며 차에 탔다. 그는 창문을 다 내리고 창틀에 팔을 기댄 채 얼굴을 길게 빼고 나를 올려다봤다.

"추워요. 이제 빨리 가요."

나는 결국 그의 이마에 가볍게 입을 맞춰주었다. 경서는 그제야 만족스럽다는 듯 손을 흔들고 출발했다. 떠나는 그의 차에 함께 손을 흔들어주며 나도 놀이 같은 사랑을 하고 싶다 생각했다. 관계를 만끽하는 연애, 나와 그 사람의 관계만 고민하고 즐기는 그런 연애를 나의 삶에 기록하고 싶다.

다시 사랑을 시작하되, 갈구하지 않을 것이다. 그를 거쳐간 누군가와도 다르게 이 관계에 임하리라 다짐했다.

The Chariot

전차

굳건한 마음으로 새로운 목표를 향해 간다.
이제는 앞으로 나아갈 때이다.
어려움을 이겨내고 미래로 나아갈 수 있다.

『타로카드 읽는 카페』는 책으로 나오게 될 거라는 큰 기대 없이 오랜 시간 천천히 쓴 제 첫번째 소설입니다. 이 소설 속 등장인물들은 모두 제가 만들어낸 허구이지만 어디선가 만난 사람들, 제 경험과 감정을 다양한 형태로 분해하고 새롭게 결합하여 창조한 인물들입니다. 타로카드를 공부했던 나, 어릴 때부터 소설가가 꿈이었던 나, 몇년간 카페를 운영했던 나, 오랜 기간 캠퍼스 커플로 연애를 했던 나와 같이 다양한 제 모습도 들어가 있습니다. 세련과 진주, 윤주와 윤하, 사장 언니의 일부분은 저의 일부분이고 그들이 느끼는 감정의 파편은 제가 느낀 것이기도 하겠죠.

세상 모든 사람들에게 저마다의 결핍이 있다고 생각합니다. 눈에 보이는 것이든 남몰래 간직하고 있는 것이든 이제는 흥터로만 남은 것이든, 누구에게나 모자라기 때문에 괴로운 부분이 있습니다. 저는 결핍이 미치는 다양한 형태의 영향력과 관계성에 대해 써보고 싶었습니다. 자기가 가진 결핍을 인지하고 대응하는 방식에 따라 운명이 결정된다고 믿기 때문입니다.

어떤 사람은 자신의 결핍을 극복하기 위해 노력하고 어떤 사람은 있는 그대로 받아들이고 순응하며 또 어떤 사람은 결핍을 숨기는 데 인생을 바칩니다. 결핍이 자신을 좌지우지하는 것도 모른 채 '나는 왜 이렇지?'라고 알 수 없는 답답함으로 사는 사람도 있습니다. 좀더 엄격하게 말하면 결핍은 극복의 대상은 아닙니다. 노력으로 해결할 수 있는 게 아니니까요. 그러나 누군가는 결핍을 극복한 듯한 삶을 살고, 누군가는 결핍에 잡아먹힌 삶을 삽니다. 그 차이가 무엇일까 궁금했습니다.

그래서 자신이 스스로 만들어내지 않은 결핍으로 가득한 주인공을 내세워 그것을 어떤 식으로 적용해야 온전히 자기 자신으로 살 수 있는지를 소설로 풀어내고 싶었습니다. 세상이 편견을 가질 수밖에 없는 조건으로 세팅된 주인공이 탄생한 배경입니다. 그녀 자체는 성실하고 예쁘고 주제 파악이 빠르며 감도 좋습니다. 하지만 존재의 본질에 집중할 수 없는 환경적·태생적 결핍 속에 넣어둔 뒤 다양한 내담자들과의 만남을 통해서 그것을 깨닫고 벗어나는 과정을 그리고 싶었습니다. 독자분들에게 그것이 잘 드러났다면 좋겠습니다.

세상의 모든 문제는 문제가 뭔지 모를 때 가장 풀기 어려운

게 아닐까 생각합니다. 그러니 결핍으로 인한 문제도 나에게 무엇이 부족한지 알게 되는 순간이 해결의 시작일지 모릅니다. 누군가에게 이 소설이 그런 시작이 될 수 있으면 좋겠다는 생각으로 글을 썼습니다.

소설의 주된 소재로 사용된 타로카드의 가장 큰 특징 중 하나는 '미래에 대한 가변성'입니다. 운명이 정해져 있다는 사실을 기본 전제로 보는 다른 점사들과는 다르게 타로카드는 뽑을 때마다, 뽑는 사람마다 다른 결과가 나옵니다. 같은 질문을 던지고 오늘 뽑은 카드와 한달 후에 뽑은 카드는 같을 수도 있고 다를 수도 있습니다. 그러므로 오늘 뽑은 카드가 한없이 나쁘더라도 내일을 어떻게 사느냐에 따라 그다음 날 뽑는 카드가 달라질 수 있습니다.

'이 또한 지나가리라'라는 진리가 타로카드에 들어 있습니다. 나쁜 기운도, 좋은 기운도 영원할 수는 없습니다. 현재의 불운이 가장 바닥이라 생각한다면 앞으로는 위로 올라갈 일만 남아 있으니 너무 낙담할 필요가 없고, 현재의 행운이 가장 고점이라 생각한다면 앞으로의 위기를 대비하는 겸허하고 겸손한 마음을 다지면 됩니다. 그러니 인생을 대하는 가장 적절한 자세는 평정심이 아닐까 싶습니다. 저는 주인공이 행복을 추구하되 평온한 마음을 잃지 않는 사람이 되기를 바랍니다. 이 이야기를 읽게 될 여러분도요.

마지막으로, 소설가 지망생의 흔한 습작이 한권의 책으로 세상에 나오기까지 많은 분들의 도움이 있었습니다. 자유롭게 글을 쓸 수 있는 장이 되어준 브런치스토리와, 수많은 후보작 중에 제 소설을 끄집어내준 출판사 창비, 어설픈 이야기를 멋지게 다듬어주신 편집자님, 그리고 '언젠가는 소설가가 될 거야'라는 제 허무맹랑한 말에도 늘 믿음으로 응원해준 부모님과 남편에게 감사드립니다.

이 책에서 미처 끝내지 못한 세련의 뒷이야기가 언젠가는 세상에 나올 기회를 얻기 바라며 새로운 이야기를 쓰러 갑니다. 모두 행복하세요.

2025년 여름
문혜정